ALPHAS BEUTE

RENEE ROSE
LEE SAVINO

Übersetzt von
STEPHANIE KOTZ

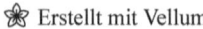 Erstellt mit Vellum

HOLEN SIE SICH IHR KOSTENLOSES BUCH!

Tragen Sie sich in meine E-Mail Liste ein, um als erstes von Neuerscheinungen, kostenlosen Büchern, Sonderpreisen und anderen Zugaben zu erfahren.

https://geni.us/jungfrauunddervampir

RENEE ROSE: HOLEN SIE SICH IHR KOSTENLOSES BUCH!

Tragen Sie sich in meine E-Mail Liste ein, um als erstes von Neuerscheinungen, kostenlosen Büchern, Sonderpreisen und anderen Zugaben zu erfahren.

https://www.subscribepage.com/mafiadaddy_de

KAPITEL 1

 aleb

SCHNEE KNIRSCHT UNTER MEINEN STIEFELN. Ich schüttle den Kopf, um den metallischen Geruch von Blut aus der Nase zu kriegen.

Ich werde verrückt.

Nein. Etwas Bösartiges lauert in diesen Wäldern. Es hat mich heute Nachmittag aus meiner Hütte gelockt und dazu veranlasst, durchs Unterholz zu wandern.

Es ist ein Kribbeln in meinem Nacken.

Der eingebildete Geruch von etwas Bösartigem in meinen Nasenlöchern. Ich weiß, dass der Geruch nicht real ist, weil ich nichts finde, ganz egal wie gründlich ich auch suche.

Es wurden keine zerfleischten Körper in Einzelteilen am Flussrand liegen gelassen. Da sind keine Schreie meiner Gefährtin und meines Jungen.

Es könnte nur ein Produkt meiner Erinnerungen sein... der Alptraum. Von dem Trauma ihres nach wie vor ungeklärten Todes vor drei Jahren. Weil ich seitdem zu viel Zeit in Bärengestalt verbracht habe. Heutzutage bin ich mehr Biest als Mann und ich weiß, dass es sich bemerkbar macht.

Ich hörte die Wölfe in Tucson über mich reden, als ich letzten Monate wegen eines Kampfes dort war.

Dieser Bär hätte getötet werden sollen, nachdem er seine Gefährtin verlor. Eines Tages wird er jemanden verletzen.

Es stimmt.

Meine Winterruhe zu unterbrechen, um nach Arizona zu gehen und gegen diesen Grizzly zu kämpfen, war dumm. Ich hätte mich nie von diesem idiotischen Wolf Trey dazu überreden lassen sollen. Ich hätte mich den Winter über in meiner Hütte verbarrikadieren sollen. Aber er wusste ganz genau, wie er den Bären reizen musste. Er deutete an, dass der Grizzly, gegen den ich kämpfen sollte, etwas Finsteres an sich hätte, und verdammt, das hatte dafür gesorgt, dass ich losziehen und mir das Arschloch selbst hatte ansehen müssen.

Nur für den Fall, dass er der Bär war, der meine Familie tötete.

Er war es nicht. Er war ein gewöhnlicher Grizzly-Gestaltwandler. Brutal wie die meisten Bären, aber nicht falsch. Nicht bösartig.

Aber wenigstens kam ich mit dem Geld von dem Kampf nach Hause. Davor war ich vollkommen pleite. Ich gab den Großteil meines Verdienstes von meinem Bauarbeiterjob im Sommer einem meiner Kollegen, dessen kleiner Sohn eine Operation brauchte, und der Rest war zusammengeschrumpft. Das ist der Mist daran, wenn man sich die Winter freinimmt.

Also rüttelte ich mich wach. Fuhr in die Wüste. Verdiente genug Geld, dass ich acht Monate mit Heidelbeeren und Lachs versorgt sein würde.

Doch jetzt kann ich einfach nicht mehr zur Ruhe finden.

Ich bin hier draußen, lasse meinen Schwanz frei im Wind schwingen, während ich rastlos durch den Wald wandere.

Noch eine Frau wird vermisst.

Das ist ein Grund dafür, dass ich mich nicht ausruhen kann.

Hier oben ist ein Serienmörder oder Entführer auf freiem Fuß.

Ich erreiche die Hauptstraße früher, als ich erwartet habe. Ich lief drei Meilen über mein Land, ohne es zu bemerken. Ein blauer Subaru fährt um die Kurve. Ich kenne ihn nicht, was merkwürdig ist. Ich kenne die meisten Autos, die über diese Straße fahren, zumindest im Winter. Ich starre in den SUV, während er an mir vorbeifährt, und als ich sehe, wer ihn steuert, fluche ich leise.

Eine einzelne Frau. Ein kurviger Rotschopf mit einem leg-dich-nicht-mit-mir-an Gesichtsausdruck. Allein, mit Koffern in ihrem Auto.

Scheiße.

Das Kribbeln in meinem Nacken wird stärker.

Ich weiß, wohin sie fährt. Sie ist auf dem Weg zur Forschungsstation der University of New Mexico. Es ist eine kleine Hütte zehn Meilen außerhalb der Stadt an einer Straße im National Forest.

Normalerweise wäre mir das scheißegal, aber in den letzten acht Monaten sind drei alleinstehende Frauen in diesem Wald verschwunden.

Drei.

Und ich betrachte das hier als meinen beschissenen Wald. Ich bin der Spitzenprädator. Kein anderes Wesen – Tier oder Mensch – sollte Menschen ausschalten.

Vor allem keine Frauen.

Ich bin weder ein Charmeur noch ein Kavalier und ich

wurde garantiert noch nie als Gentleman bezeichnet, aber der Drang, Frauen zu beschützen, steckt tief in mir drin.

Ich laufe an der Erhebung entlang und beobachte ihr Auto. Sie biegt ab und parkt vor dem einzigen Gemischtwarenladen in unserer winzigen Stadt.

Gottverdammt.

Sieht so aus, als würde ich die nächste Woche damit verbringen, Bodyguard für die entschlossene Forscherin zu spielen. Die, die zu dumm ist, um zu wissen, dass sie im März nicht hierherkommen darf. Allein.

Vor allem nicht, wenn ein Serienmörder auf freiem Fuß ist.

∽

Miranda

ICH FAHRE vor den kleinen Einkaufsladen in Pecos, um mir Vorräte für die Woche zu kaufen.

Ich hatte nicht geplant, vor Ende des Frühlings hier hoch zu kommen, aber meine Jahrringforschung kann nicht warten. Ich muss bis Juni einen Artikel veröffentlichen und damit ich den Abgabetermin einhalten kann, brauche ich die Zahlen jetzt.

Dr. Alogores Stimme schallt noch immer durch meinen Kopf. *„Noch eine Verzögerung und Sie verlieren die finanzielle Förderung. Besorgen Sie die Zahlen jetzt."*

Als ich einwandte, dass es März und noch immer Winter in unseren Sangre de Cristo Bergen war, am südlichsten Zipfel der Rockies, und –

„Ich sehe nicht, dass Ihre Forscherkollegen nach der gleichen Sonderbehandlung bei ihren Projekten verlangen."

Meine Wangen werden heiß, während er mich angrinst. Ringsum den Tisch feixen meine Forscherkollegen, allesamt Männer, mit ihm. Ich muss mich nicht umschauen, um zu wissen, dass sie mich alle innerlich auslachen. Sie ahmen alles nach, das Dr. Alogore sagt oder tut. Sie tragen sogar, was er trägt – bis hin zu dem Modeverbrechen aus karierter Krawatte und braunen Dockers.

„Na schön", murmle ich und senke den Blick auf meinen gelben Ordner. Es ist ein heller Farbtupfer in einem öden Zimmer und ich suchte ihn aus, damit er mir an einem ansonsten tristen Tag einen Funken Freude schenkt. Doch heute ist er nur gelb, die Farbe der Feiglinge.

„So ist's recht, Schätzchen", sagt Dr. Alogore zu meiner Bluse. Ich will meine Hand an meinen Ausschnitt legen, aber stoppe mich noch gerade rechtzeitig. Ich spüre den Blick all meiner männlichen Kollegen auf meinem konservativen Pullover. Meine Oma kleidet sich offenherziger als ich, aber ich werde trotzdem noch angegafft, als würde ich Dessous tragen. Ich habe das Gefühl, als würden sich diese Männer vorstellen, wie ich nackt aussehe, so wie sie mich anschauen. Vielleicht tun sie das ja. Ja, ich habe große Brüste. Der Rest von mir ist auch ziemlich kurvig. Das heißt aber nicht, dass ich anders behandelt werden sollte.

„Wenn das alles ist, dann lasst uns Mittagessen gehen. Ich bezahle", sagt der Professor. Alle mit Ausnahme von mir murmeln dankbar. Dr. Alogore zieht zum Mittagessen Lokalitäten vor, wo Frauen auf Tischen tanzen.

Ich schnappe mir meinen Ordner und eile in den Flur.

„Hey, Miranda." Einer meiner hochgewachsenen Kollegen trennt sich von dem Dockers-tragenden Rudel und kommt, um mir auf die Pelle zu rücke. Ich drehe mich um und eine Wolke Zwiebelatem wird mir entgegengepustet. Er lächelt wie ein Hai, während seine Augen auf meine Brust

geheftet sind. „Ich werde mit dir hochfahren und dir bei der Datensammlung helfen."

Igitt.

„Nein, danke", murmle ich und ziehe meinen Cardigan zu. Ich zeige nicht einmal ein Dekolleté. Diese Kerle sind einfach Widerlinge.

„Komm schon. Ich kann helfen. Es ist um diese Jahreszeit gruselig dort oben in den Bergen", sagt er mit falscher Sorge. „Wir gehen gemeinsam dort hoch und ich kann dir helfen, alles in Rekordzeit zu dokumentieren. Du kannst mich danach zum Abendessen einladen, um mir zu danken." Sein Grinsen wird breiter. „Ich kann dir mit den Forschungsergebnissen helfen und wir werden uns die Anerkennung dafür halbe-halbe teilen."

Und da ist es. Ein unverschämter Versuch, mir meine Forschung zu stehlen.

„Äh, nein danke." Ich krümme die Schultern und presse den Ordner an meine Brust. „Was? Denkst du, du kannst in der letzten Minute ankommen und ich erlaube dir dann, deinen Namen auf dem Artikel vor meinen zu schreiben?"

Er zuckt mit den Achseln. „Ergibt Sinn, nach alphabetischer Reihenfolge –"

„Nein. Ich habe alles unter Kontrolle." Ich ziehe den Kopf ein und laufe, so schnell mich meine Beine tragen können, davon. *Niemand bringt mich um meine Forschung. Nicht dieses Mal.*

Dieser Artikel könnte den Unterschied machen zwischen einem weiteren beschissenen Jahr als Post-Doktorandin in Dr. Alogores Labor und einer richtigen Professorenstelle irgendwo anders. Egal wo. Natürlich wird mir eine Professorenstelle noch immer nicht Respekt in meinem Feld garantieren. Ich habe genug Frauen in den Naturwissenschaften gesehen, deren Karrieren täglich schlecht gemacht werden, um zu wissen, dass ich jeden Schritt des Weges für meine Gleichberechtigung werde kämpfen müssen. Vermutlich bis zu dem Tag, an dem ich in Rente gehe.

Gib nie auf, gib nie nach. Das ist mein Motto.

Ich steige in Pecos aus und schnappe mir meine leeren Stoffeinkaufstaschen, um diese zu füllen. Im Laden blinzle ich, während sich meine Augen an den schwach beleuchteten, irgendwie deprimierenden Supermarkt gewöhnen. Ich war hier schon mal, weshalb ich weiß, womit ich zu rechnen habe, aber der Laden verursacht mir immer noch Gänsehaut. Nicht gekehrte Betonböden, uralte Konserven mit altmodischen Preisschildern. Wie bei jedem Gemischtwarenladen in der Nähe des Eingangs zu einem National Forest wird extrem überteuerte Tankstellenverpflegung angeboten. Brotlaibe für fast fünf Mäuse, acht Dollar teure Erdnussbuttergläser.

Ich habe mir in Albuquerque schon haltbare Nahrungs-mittel besorgt, weshalb ich zum Kühlschrank gehe, um mir eine Packung Milch, einige Eier, Speck und Butter zu holen. Das sollte mir für die fünf Tage, die ich hier oben zu sein plane, reichen.

Ich bringe alles zur Kasse, wo ein uralter Mann mit einem Einheimischen redet. Er ignoriert mich volle zwei Minuten, bevor er die Eier langsam zur Kasse zieht, während er nach wie vor plaudert.

Ich räuspere mich.

Sein Kamerad, der genauso alt ist, verabschiedet sich und schlurft aus dem Laden. Der Eigentümer dreht sich um und beäugt mich spekulativ. Ja, seine Augen sinken auf mein Dekolleté. „Was führt Sie hierher, junge Dame? Ist nicht die richtige Jahreszeit zum Angeln oder Wandern."

„Ich werde ein paar Tage in dem Forschungslabor verbringen", sage ich höflich. Es ist das haargenau gleiche Gespräch, das wir auch schon beim letzten Mal führten, als ich hier war. Zugegeben, das war vor sechs Monaten, aber trotzdem. Ich bezweifle, dass hier eine Menge Frauen herkommen, um allein zu campen oder zu wandern.

„Oh richtig, richtig. Sie sind von der University of New Mexico, stimmt's?"

„Ja."

Er hört auf, Zahlen in die Kasse zu tippen und blinzelt mich an. „Seien Sie vorsichtig so allein dort draußen. Haben Sie von den vermissten Frauen gehört?"

Ich verdränge das Grauen, das durch mich rast. Das Einzige, wovor man Angst haben muss, ist die Angst selbst. Oder?

„Das habe ich gehört, ja. Aber ich habe meinen Hund dabei. Und er ist ein guter Wachhund."

Das mag stimmen, vielleicht aber auch nicht. Ich habe einen haarigen Deutschen Schäferhund / Australian Shepherd Mischling, der gerne seinen Ball apportiert. Aber er hat ein wild klingendes Bellen.

„Nun, Sie werden vielleicht Ihren Hund beschützen müssen. Sie wissen, dass wir in diesem Wald ein Bärenproblem haben, oder?"

Stimmt ja, das Bärenproblem. Davon erzählte er mir schon das letzte Mal, als ich hier war. Als Ökologin kann ich es nicht leiden, wenn Menschen automatisch annehmen, dass die Tiere das Problem sind. Sind nicht unsere Überbevölkerung und der Schwund der Lebensräume der Tiere das eigentliche Problem?

Als ich im vergangenen Sommer hier war, beugte er sich über die Theke und betrachtete mich aus zusammengekniffenen Augen. „Passen Sie dort oben auf. Ein tollwütiger Bär durchstreift diese Wildnis. Riss eine Frau und ihr Kind vor ein paar Jahren in Fetzen."

„Wenn er vor ein paar Jahren tollwütig war, wäre er mittlerweile tot, meinen Sie nicht auch?" Ich hasste es, Wissenschaft und Logik als Waffen zu benutzen, aber... bitte.

„Nun, er mag nicht tollwütig sein, aber er ist definitiv verwildert", verkündete der alte Mann.

Ich konnte den Zorn, der sich auf mein Gesicht geschlichen haben musste, nicht verbergen. „Bären können nicht verwildern. Wir halten sie nicht als Haustiere."

Der Mann knallte mein Wechselgeld auf die Theke und funkelte mich finster an. „Dann eben verrückt! Dort draußen ist ein verrückter Bär. Unheimlich. Gigantisches Tier mit Augen, die gelb leuchten, und einem echten Verlangen, Dinge zu zerstören. Zur gleichen Zeit, in der diese Frau und ihr Kind getötet wurden, zerkratzte der Bär jeden Baum in einem drei Meilen Radius mit seinen Krallen."

„Ja, ja, ich habe von dem Bären gehört", erzähle ich ihm jetzt. „Aber Sie haben in letzter Zeit keine Bärenprobleme gehabt, oder?"

„Nein, es ist einige Jahre her. Aber irgendetwas stimmt mit dem Tier nicht, das sage ich Ihnen. Passen Sie auf Ihren Hund auf oder dieser Bär tötet ihn vielleicht nur zum Spaß – merken Sie sich meine Worte."

Richtig. Und Bigfoot lädt mich vielleicht zu einem Kaffeekränzchen ein. Ich wollte argumentieren, dass Bärenangriffe unglaublich selten sind und ein Tier, nur weil es ein Spitzenprädator ist, nicht automatisch darauf aus ist, Menschen zu fressen. Die meisten Tiere wollen in ihrem natürlichen Lebensraum einfach in Ruhe gelassen werden. Und lass mich erst gar nicht mit der Diffamierung von Haien und Bären und Wölfen in animierten Kinderfilmen anfangen.

Der Mann deutet auf die Zahl an der Kasse. „Achtundzwanzig, zweiundzwanzig."

Yeah, wie ich schon sagte – überteuert.

Ich reiche ihm mein Geld und versuche, das Rumoren in

meinem Magen zu unterdrücken. „Okay, ich werde ihn stets in meiner Nähe halten. Danke für die Warnung."

Obwohl ich meine wiederbenutzbaren Einkaufstaschen mit dem Essen auf das Band gelegt habe, hat der Mann all mein Essen in Plastiktüten verstaut.

Ich nehme sie, leere das Essen in meine Stofftaschen und gebe ihm die Tüten zurück. „Die brauche ich nicht, danke."

Während ich aus der Tür laufe, höre ich ihn rufen: „Seien Sie vorsichtig, hören Sie?"

„Jepp, das werde ich sein. Dankeschön!"

In meinem Subaru bellt Bär glücklich, weil ich zu ihm zurückgekehrt bin.

Ich öffne die Tür und stelle die Einkaufstaschen auf den Beifahrersitz, während Bär nach vorne hechtet und versucht mein Gesicht von der Rückbank aus zu küssen. „Bist du bereit, zur Hütte zu fahren, Junge?"

Er wufft und versucht weiterhin, mein Gesicht abzulecken.

Ich neige mein Gesicht von ihm weg und streichle ihm rasch den Kopf. „Leg dich hin", befehle ich ihm.

Er hüpft sofort über die Rückbank in den Kofferraum, wo ich sein Bett verstaut habe, und ringelt sich darin ein.

Ich lächle in den Rückspiegel. „Braver Junge."

Schneeflocken fallen auf meine Windschutzscheibe und ich spreche ein Gebet an die Wettergötter. Die Wetter-App, in die ich vorhin einen Blick warf, sagte, dass es eine leicht winterliche Mischung geben, es morgen jedoch aufklaren würde. Es wird kühl werden, aber ich sollte in der Lage sein, meine Forschung bis zum Ende der Woche zu beenden und nach Hause zu fahren.

 *aleb*

ES SCHNEIT.

Ich kann einzig und allein an den Rotschopf denken und ob sie es sicher zu ihrer Hütte geschafft hat. Ich spüre, dass eine Kältefront aufzieht und mein Bär sagt mir, dass es einen schlimmen Schneesturm geben wird. Das Wetter verändert sich hier oben schnell.

Das Gute am Schnee ist, dass er den Psychopathen, der Jagd auf Wanderinnen macht, vielleicht aufhalten wird.

Das Schlechte ist, dass er die entschlossene Forscherin viel verletzlicher macht. Wenn sie dort eingeschneit ist, hat sie auch keinen Ort, an den sie fliehen kann.

Dumme, sture Frau.

Nein, nicht dumm. Sie ist eine Forscherin. Vermutlich extrem klug.

Aber ich schiebe meine widerwillige Bewunderung für robuste, selbständige Frauen wie sie beiseite.

Ich denke über die Gefahr nach, in der sie schweben könnte. Dort draußen ist irgendetwas, das Jagd auf hübsche junge Frauen macht.

Es ist zweifelhaft, dass es sich um denselben Dreckskerl handelt, der meine Familie tötete, aber ich bin trotzdem hinter ihm her. Denn ich weiß, wie es ist, wenn einem jemand, den man liebt, genommen wird. Und ich werde nicht danebenstehen und zulassen, dass diese Tragödie über andere hereinbricht.

Nicht in meinem Wald.

Er muss irgendwo in der Nähe leben. Das Problem ist, dass ich jeden in der Stadt kenne. Und ich denke, meine Instinkte würden mir sagen, wenn mit jemandem in Pecos etwas nicht stimmte. Außerdem würde ich den Geruch erkennen. Meine Nase kann man nicht reinlegen. Der Geruchssinn eines Bären ist 2100mal besser als der eines Menschen. Siebenmal besser als der des besten Bluthundes. Und ich erinnere mich an den Geruch, der vermischt mit Blut und Tod an meiner Familie gehaftet hatte. Es war kein Bär. Es war auch kein Mensch.

Es war kein Tiergeruch, den ich kannte.

Und vielleicht ist das eine Spur, vielleicht auch nicht, aber ich nahm einen ähnlichen Geruch in Tucson wahr. Nicht denselben – zur Hölle, wenn es derselbe gewesen wäre, wäre der Kerl sofort tot gewesen. Aber da waren einige Männer im Kampfklub. Sie waren Gestaltwandler, aber ich konnte nicht herausfinden welches Tier sie waren.

Und das macht keinen Sinn.

Doch ich traute meinen Sinnen nicht, als ich dort war. Und in mitten von all diesen Gestaltwandlern zu sein, in der Großstadt zu sein – wenn man Tucson denn eine Großstadt nennen kann und ich tue das – machte meinen Bären so nervös, dass ich die gesamte Zeit, die ich dort war, zwischen meiner menschlichen und tierischen Gestalt hin und her wechselte. Ich blieb kaum bei Verstand. Es machte mich wahnsinnig mürrisch und zu einer Gefahr für alle in meiner Nähe. Ich wollte nur zurück zur I-10 gelangen und so schnell ich konnte davonfahren.

Erst seit ich wieder hier bin, zurück in meiner Hütte, wo ich der antisoziale Einsiedler sein kann, der ich bin, habe ich meine Eindrücke sortieren können. Jetzt wünsche ich mir, ich wäre geblieben und hätte Fragen zu diesem Geruch gestellt.

Ich stehe in meiner geöffneten Tür und starre hinaus auf den fallenden Schnee. Sieht so aus, als wäre es keine Option, wieder in die Winterruhe zu verfallen. Ich muss nach dem Menschen sehen.

Ich werde nicht zu der Forscherhütte fahren – das würde ihr nur eine Scheißangst einjagen. Sie würde *mich* für den Psychostalker halten. Ich bin mir sicher, sie wurde vor der Gefahr gewarnt. Es wird jetzt allerdings zu kalt zum Laufen. Zumindest in Menschengestalt.

Ich könnte bis zum Morgen warten und dann zur Hütte wandern.

Mein Bär grollt.

Fuck.

Sieht so aus, als würden wir auf eine vierbeinige Wanderung gehen.

Ich schlüpfe aus meinen Kleidern und verstaue sie direkt hinter der Tür. Draußen wird das Schneetreiben stärker. Die Flocken brennen auf meiner nackten Haut und meinen Fußsohlen, während ich die Tür in Menschengestalt zuziehe. Daraufhin schließe ich die Augen und falle auf alle viere. Der Bär ist immer so dicht an der Oberfläche, bereit, zu übernehmen.

Er rennt.

Er liebt es, zu rennen.

Wenn es nach ihm ginge, würde ich jegliche Menschlichkeit aufgeben. Als Bär durch diesen Wald streifen. All den Schmerz, die Tragödie vergessen. Das Leben ist kaum lebenswert.

In den Monaten nach Jens und Gretchens Tod gab ich ihm beinahe nach. Ich wollte es tun. Ich hoffte, er würde auch noch das letzte bisschen von Caleb verschlucken und mir die Fähigkeit, zurückzugehen, nehmen.

Aber die Wölfe mischten sich ein. Ich weiß nicht, wie sie davon Wind bekamen, aber das Tucson Wolfrudel tauchte auf seinen Motorrädern auf und jagte den Einwohnern Pecos eine Heidenangst ein, die dachten, die Hell's Angels wären eingefallen.

Sie machten als Rudel Jagd auf mich. Drängten mich bei einem Kampf in die Enge. Sie hatten Glück, dass ich sie nicht alle umbrachte. Die Wölfe umstellten mich und Garrett Green, ihr Alpha, nahm seine menschliche Gestalt an und befahl mir, mich zu verwandeln. Er packte genügend Alphamacht in seinen Befehl, um mich dazu zwingen zu können.

Sie schleiften mich zurück zu meiner Hütte und blieben bei mir, bis ich wieder ein Mensch war. Zwangen mich jedes Mal, wenn ich mich zu verwandeln versuchte, zurück in meine menschliche Gestalt.

Ich schätze, sie denken, ich sollte dankbar sein.

Das bin ich nicht.

Ich hasse die Mistkerle.

Sie brachten mich zurück zu meinem Schmerz. In ein Leben, das ich nicht führen möchte.

Andererseits hat es etwas für sich, zu wissen, dass mir ein ganzes Rudel Gestaltwandler den Rücken stärkt. Bären sind im Allgemeinen einzelgängerische Tiere, weshalb es merkwürdig war, von einem Rudel beansprucht worden zu sein. Ich weiß noch immer nicht, warum sie es taten.

Denn sie hätten genauso gut einfach hier hochkommen und mir den Garaus machen können.

Das hätten sie vermutlich tun sollen.

Ich galoppiere durch den Schnee, mein Bär prustet vor Freude über den Schnee auf meiner Schnauze, den Geschmack auf meiner Zunge, die frische Luft, die meine haarigen Ohren kühlt.

Der Ausflug zu der Forscherhütte beansprucht mit meinen riesigen Bärenschritten kaum Zeit.

Ich umkreise sie zweimal und verschaffe mir einen Eindruck von den Gerüchen.

Da ist ein Tier – Hund.

Das ist gut. Ich bin froh, dass sie nicht ganz allein ist.

Und der Geruch der Frau.

Er ist ein angenehmes Kitzeln in meiner Nase. Wie Erdbeeren und Vanilleeis, nur nicht so süß. Ich habe nicht damit gerechnet, dass ich ihn so sehr mögen würde. Es ist immerhin ein menschlicher Geruch. Nicht mein Ding.

Der Hund fängt zu bellen an, als ich der Hütte näher komme. Kluges Tier.

Der Alpha in mir knurrt, als wolle ich ihn in seine Schranken verweisen, aber er macht nur seinen Job. Er beschützt seinen Menschen, wie er es tun sollte.

Ich schlendere zur Rückseite der Hütte. Ich muss vermutlich nicht länger bleiben. Ich nehme hier keine anderen Gerüche wahr. Aber irgendetwas zieht mich an. Pure Neugierde auf die furchtlose Frau, die es für eine gute Idee hält, allein hier hoch zu kommen, während ein Schneesturm tobt und ein Mörder auf freiem Fuß ist.

Ich stelle mich auf meine Hinterbeine, lege meine Pfoten auf den Fenstersims und spähe durch das Fenster.

Fick. *Mich.*

Das Mädchen – vergiss das, sie ist zu hundert Prozent

eine Frau, auch wenn sie jung ist – hat ein zu großes Feuer entfacht. Ich weiß, dass es zu groß ist, weil sie sich bis auf ein hellrosa Top ausgezogen hat. Ein *sehr kleines* hellrosa Top. Eines, das Probleme hat, ihre großen, üppigen Brüste zu beherbergen. Ein hübsches Tattoo schlängelt sich um ihren Oberarm – grüne Ranken und ein kobaltblauer Schmetterling.

Mein Bär knurrt.

Sie ist verdammt hübsch. Menschliche Frauen sind nicht mein Typ – überhaupt nicht. Aber wenn sie es wären, würde ich ihre Sorte wählen. Sie sieht wie ein schweizerisches Milchmädchen aus. Eine Wikingerprinzessin. Nein, mit diesen roten Haaren wäre sie ein irisches Weib. Sie ist stämmig. Grobknochig, gut gepolstert. Sie hat einen kräftigen Körper mit Hüften, die breit genug sind, um ein Bärenjunges zu tragen. Volle, erdbeerrote Lippen. Glatte, cremeweiße Haut.

Sie strotzt nur so vor Gesundheit.

Hat jede Menge Hirn.

Sie wird irgendein menschliches Arschloch zu einem sehr glücklichen Mann machen, wenn sie das nicht schon getan hat.

Der Hund, irgendein haariger, schwarzer Schäferhund, dreht vollkommen durch, als ich knurre, bleckt seine Zähne und keift das Fenster an.

Ich sollte mich abwenden, aber ich tue es nicht. Ich habe mich noch nicht sattgesehen.

Ich starre sie noch immer an, als die heiße Wissenschaftlerin herumwirbelt und mich erblickt. Ihre Augen weiten sich und sie kreischt. Es ist eher ein Aufjaulen, um ehrlich zu sein. Fast schon ein Schlachtruf. Sie stürzt zu ihrem Hund, als würde er in Gefahr schweben, und packt ihn am Halsband.

„*Bär, bleib zurück.*" Sie wendet nicht den Blick von mir ab.

Der Befehl kitzelt etwas in mir. Ein inneres Lächeln. Wie niedlich, dass sie denkt, sie könne einen Bären herumkommandieren.

Aber dann wiederholt sie „*Bär, nein*" und mir wird bewusst, dass sie mit dem Hund redet.

Urkomisch.

~

Miranda

OH HEILIGE MUTTER GOTTES.

Der Mann im Laden hatte recht. Es gibt hier oben einen verrückten, verflixten Bären.

Denn ich schwöre bei Gott, dass er mich gerade anlächelt. Er muss über zweieinhalb Meter groß sein und hat einen intensiven, intelligenten gelben Blick. Als würde er meine Gedanken lesen.

Mein Herz hämmert wie verrückt, aber die Vernunft übernimmt das Ruder. Der Bär ist draußen. Bär – mein Hund – und ich sind drinnen. Sowie ich mir dessen sicher bin, vielleicht sogar schon davor, werden meine Knie ganz weich wegen der schieren Pracht des Tieres.

Ich bin noch nie zuvor persönlich einem Bären begegnet. Klar, ich habe sie hinter Glas im Zoo gesehen, aber das hier ist ganz anders. Ich sehe einen Bären in der Wildnis.

„*Ursus americanus*. Der amerikanische Schwarzbär", sage ich in einer pseudotiefen Stimme wie der Erzähler einer Naturdokumentation – das ist eines meiner Lieblingsspiele. Ein Partytrick, den ich als Studienanfängerin entwickelte, um ein paar Lacher zu kassieren. „Benannt nach seinem schwarzen Fell, auch wenn das Fell seiner Spezies Variationen von Braun oder Blond aufweisen kann." Und dieser hier ist absolut umwerfend. Er ist ein Schwarzbär, aber hat die Größe eines Grizzlys. Gesund – mit einem glänzenden, dichten Pelz dunkler Haare.

Ich fahre damit fort, mein eingebildetes Publikum zu belehren: „In den kalten Monaten verlangsamt sich der Metabolismus des Bären bis zu dem Punkt, an dem sich der Bär in einen schlafenden Zustand begeben kann, der allgemeinhin als Winterruhe bekannt ist. Der Bär kann Energie sparen und die harsche Jahreszeit überstehen, wenn Essen rar ist."

Warum in aller Welt befindet er sich nicht mehr in der Winterruhe? Wir hatten eine kurze Warmwetterperiode; vielleicht hat ihn diese früh aus seiner Höhle gelockt.

Armer Bär. Reingelegt von der Natur.

Gott, ich hoffe, er kann überleben. Was wird er zum Fressen finden, wenn die Flüsse halb gefroren sind und nichts blüht?

Nun, ich schätze, deswegen streift er um diese Hütte. Er riecht wahrscheinlich Essen.

Natürlich kann ich ihn nicht füttern. Das ist ein schrecklich gefährliches Unterfangen und bringt Bären nur bei, Menschen mit Fressen zu assoziieren, was zu Bärenangriffen führt.

Vielleicht kann ich draußen im Wald etwas für ihn liegen lassen, wenn ich meiner Forschung nachgehe. Aber es wird dann immer noch nach Mensch riechen. Und ich erinnere mich daran, dass Bären einen exzellenten Geruchsinn haben – 300mal besser als ein Hund oder so etwas Verrücktes.

Zu schade, dass man Bären nicht zum Jagen und Suchen trainieren kann. Vielleicht würden sie die Frauen finden, die verschwunden sind.

Der Bär neigt seinen Kopf zur Seite, die Augen auf meine gerichtet, als würde er versuchen, meine Gedanken zu lesen.

Ein Kribbeln rast über meine Haut. Jetzt verstehe ich, warum die Stadtleute den Bären für verrückt halten. Da ist irgendetwas Unheimliches an ihm. Er scheint eine beinahe menschliche Intelligenz zu besitzen.

„Hey, großer Kerl", murmle ich. „Du bist wunderschön." Bär stellt das Knurren ein und folgt meinem Beispiel. Er setzt sich hin, aber behält den echten Bären im Fenster im Blick, die Ohren nach vorne geneigt, die Nackenhaare aufgerichtet und bereit, in Aktion zu treten.

Der riesige Bär schnaubt und das Glas beschlägt.

Ich lächle. Ich kann einfach nicht anders. Ich fühle mich so geehrt, dass ich so ein umwerfendes Wesen sehen darf. Wie es so häufig im Angesicht roher Natur geschieht, bin ich erfüllt von Staunen – überwältigt von einer Dankbarkeit für die unglaubliche Schönheit und Großzügigkeit von allem, das es auf dieser Erde zu finden gibt.

Deswegen wurde ich auch Ökologin. Und ich bin dankbar für Augenblicke wie diesen, die mich daran erinnern. Das hier muss ich mir ins Gedächtnis rufen, wenn ich wieder einmal von dem Sexismus und der Engstirnigkeit der akademischen Welt überwältigt werde.

Als ich Studentin war, verbrachte ich einen Sommer als Freiwillige Helferin in Guatemala. Meine Aufgabe war es, Latrinen zu bauen. Während ich dort war, spürte ich ein Erdbeben. Kein großes. Nur ein Beben oder *temblor*, wie es die Einheimischen nannten. Aber in diesem Moment fühlte ich mich so hilflos. Ich realisierte, wie winzig und unbedeutend Menschen im Angesicht der Naturkräfte sind. Das machte mir keine Angst – es lehrte mich Demut. Erneuerte meinen Respekt vor der Mutter Erde und allem, das sie repräsentiert.

Es ist nicht weise – nicht, weil ich in Gefahr schwebe, sondern weil ich nicht zulassen sollte, dass sich dieser Bär in der Gegenwart von Menschen so wohl fühlt – aber ich mache einen Schritt nach vorne, um einen besseren Blick auf ihn werfen zu können. Um meiner Ehrfurcht Raum zu geben.

Der Bär schnaubt erneut, aber bewegt sich nicht. Ich nähere mich langsam und erfasse jedes Detail der hübschen Kreatur. Den unverwandten goldenen Blick, die braune Färbung um seine Schnauze.

„Bist du nicht umwerfend?", säusle ich.

Ich schwöre, der Bär lächelt erneut, aber dann fällt er aus meinem Sichtfeld. Ich stürze zum Fenster und spähe hinaus, während er davongaloppiert. Es ist verrückt, was für eine Strecke er nur mit wenigen Sprüngen hinter sich bringt. Seine kraftvollen Beine trommeln über den Boden, als gehöre er ihm.

Ich schätze, das tut er auch. Die Bären sollten diese Berge besitzen. Sie sollten nicht von dem zunehmenden Wettbewerb um Platz aus ihrem natürlichen Lebensraum verdrängt werden.

Ich summe leise vor mich hin, während ich zuschaue, wie er immer kleiner wird und schließlich im fallenden Schnee und der hereinbrechenden Dämmerung verschwindet. Es fällt viel mehr Schnee, als ich erwartet habe – die Wetter-App hat sich geirrt.

Ich Glückspilz. Eine Sichtung eines riesigen Schwarzbären. Ich habe noch nie zuvor das Staatsäugetier von New Mexico gesehen. Ich meine außerhalb eines Zoos. Das allein macht die ganze Reise schon all die Mühen wert. Nicht, dass ich es nicht liebe, zu dieser Hütte hoch zu kommen. Zeit allein in der Natur zu verbringen, ist meine Lieblingsaktivität – sogar im Winter. Ich liebe dieses abgeschiedene-rustikale-Hütte-im-Wald Ding irgendwie. Ich habe mich für verschiedene Forschungsstipendien beworben, da ich davon träume, dass mir die Abteilung erlauben wird, das Geld zu nehmen und einfach hier oben zu leben, während ich wochen- oder sogar monatelang Daten sammle und analysiere.

Seit ich als Kind zum ersten Mal campen ging, wusste ich, dass ich in die Wildnis gehöre. Ich machte letztendlich einen Doktor in Ökologie, weil mir die Natur sehr am Herzen liegt und ich eine Leidenschaft entwickelt habe, sie zu beschützen.

Wenn ich beweisen kann, dass sich der Klimawandel auf die Bäume auswirkt, wird das zu den Umweltbewegungen auf der ganzen Erde beitragen. Das ist der wahre Grund dafür, dass ich mitten in einem Schneesturm hier draußen bin und forsche. Nicht, um Dr. Alogore etwas zu beweisen oder den Ruhm einer Veröffentlichung einzuheimsen. Nein, das hier ist für den Planeten.

Ich arbeite hart daran, einen Unterschied zu machen, und ich glaube, dass ich das tun werde.

Caleb

Ich muss mich gewaltig anstrengen, damit ich mich in meine menschliche Gestalt zurückverwandeln kann, als ich meine Hütte erreiche, und als es mir endlich gelingt, habe ich einen Ständer in der Größe des Eiffelturms.

Tja.

Jetzt bin ich wach.

Und es ist noch nicht einmal Frühling.

Weil ich noch den Schnee und Dreck des Waldes auf meiner Haut trage, gehe ich in die Dusche.

Während das Wasser über meinen Körper strömt, bemühe ich mich, nicht an diese lächerliche menschliche Wissenschaftlerin zu denken, die mich anstarrte, als wäre ich eine Art Gott. Wie sich diese vollen Lippen bei den Worten ‚*du bist wunderschön*‘ bewegten.

Wunderschön? Nicht einmal annähernd.

Ich bin Dunkelheit und Verzweiflung. Ein stattlicher Bär. Ein erbärmlicher Mann. Und viel zu oft gefangen zwischen den beiden – weder Mann noch Bär, aber etwas Krankes und Rohes und Verdorbenes.

Aber ich kann das Bild von ihr nicht stoppen, das vor meinen Augen Gestalt annimmt. Ihre kurvige Figur. Die cremefarbene Haut. Das äußerst kompetente Auftreten.

Ich packe meinen Schwanz und gebe mein Bestes, mir nicht ihren prallen Mund um diesen vorzustellen.

Oh fuck – jetzt habe ich daran gedacht. Und gottverdammt, was für ein wundervoller Gedanke. Meine Schenkel erzittern, als ich mir vorstelle, dass das heiße Wasser aus der Dusche die Hitze ihres Mundes ist, der über meine Länge gleitet.

Ich würde vermutlich nicht in ihren Mund passen. Auch wenn sie für einen Menschen recht drall ist. Würde sie mit dem gleichen glühenden Staunen zu mir aufsehen, während sie mich zwischen diese Schmolllippen nimmt? Als würde sie mir zu Füßen liegen wollen, nur weil ich Fell und Krallen habe?

Ich schüttle den Kopf und Schuldgefühle verschließen die Fantasie wie der Deckel eine Mülltonne.

Wie konnte ich nur?

Ich habe mich mit Jen fürs Leben gepaart. Und die meisten Bären lassen sich nicht nieder – wir sind selten monogam. Aber ich tat es.

Ich sollte nicht von einer anderen Frau angetörnt werden. Vor allem nicht von einer menschlichen.

Doch mein Schwanz ist da anderer Meinung. Sogar mein

Bär ist anderer Meinung – er ist direkt an der Oberfläche und drängt mich dazu, mich zu verwandeln und zurück zur Forscherhütte zu rennen. Ich bin noch immer steinhart und meine Faust hat nicht aufgehört, sich über das pochende Glied hoch und runter zu bewegen.

Fuck.

Nun, es ist nicht so, als würde ich tatsächlich irgendetwas mit ihr tun. Es ist eher wie ein kleiner Ausflug in die Pornowelt. Ich erlaube mir, den Pfad in eine dumme Fantasie zu beschreiten. Wo kein Kläger, da kein Richter, stimmt's? Ich schließe die Augen und erinnere mich an den Geruch der Menschenfrau. Lust summt durch meinen Körper; das Wasser ist plötzlich viel zu heiß. Ich drehe es auf kalt und pumpe meinen Schwanz fester. Meine Hoden ziehen sich zusammen.

Verdammt, wann habe ich mir das letzte Mal einen runtergeholt? Es ist Monate her. Mindestens ein halbes Jahr. Mein Körper feiert das Aufleben meiner Libido und Hormone strömen durch meinen Körper. Ein weiteres Mal kämpft sich das Bild der Wissenschaftlerin, die mich auf ihren Knien verwöhnt, an die vorderste Front meiner Gedanken.

Dieser pralle Mund…

Ich komme, meine Hand ruckt hektisch, während ich mich auf den Porzellanboden der Wanne ergieße.

Erleichterung veranlasst mich dazu, zusammenzusacken und eine Schulter gegen die kühlen Fliesen zu lehnen. Die Wonne hält nur einen Moment an und dann durchfährt mich Ekel.

Was zur Hölle stimmt nur nicht mit mir? Ich sollte *gar nichts* über diese Menschenfrau denken abgesehen davon, wie ich meinen Bären daran hindern kann, hervorzubrechen, und wie ich sie vor dem Bösen beschützen kann, das im Wald lauert.

iranda

ICH PACKE MICH WARM EIN, bevor ich am nächsten Morgen nach draußen gehe. Der Schneefall hat aufgehört, was gut ist, denn ich will mit dem Anfang meiner Forschung nicht warten. Und ich bin froh, dass ich gestern hier hoch gefahren bin, da die Straßen heute wahrscheinlich vereist sind. Ich zähle darauf, dass das Wetter nach ein paar Tagen wieder aufklart, damit ich am Ende der Woche nach Hause gehen kann.

Bär steht an der Tür und dreht sich vor Aufregung darüber, dass wir einen Spaziergang machen, im Kreis.

„Willst du raus, Junge? Bist du bereit für unsere Wanderung?", stachle ich ihn noch an.

Er wirbelt erneut im Kreis, seine Pfoten tanzen bereit über den Boden und sein haariger Schwanz wackelt. Ich liebe diesen Hund. Wirklich – er macht meine Tage regelmäßig besser.

„Okay, dann gehen wir." Ich ziehe meine Lederhandschuhe an. Sie sind nicht so warm wie große, isolierte Fäustlinge, aber ich muss dort draußen arbeiten und werde individuelle Finger brauchen.

Ich schnappe mir meinen Rucksack, in dem alles verstaut ist, das ich brauche: mein Tablet, Batterieladegerät, Snacks zum Mittagessen und eine Wasserflasche. Ich nehme mein Handy für Notfälle mit, auch wenn der Empfang hier draußen so schlecht ist, dass ich bezweifle, dass es mir irgendeine Hilfe wäre.

Sowie ich die Tür öffne, schlägt uns der Wind entgegen. Ich keuche laut auf, dann lache ich über meine Reaktion. „Verdammt, es ist kalt, oder Kumpel?"

Bär rast nach draußen in den Schnee und saust hin und her, um noch einmal jeden schneebedeckten Busch zu untersuchen, an dem er bereits geschnüffelt und angepinkelt hat, als er heute Morgen rausgegangen ist. Der Seite der Hütte, wo der Bär – der echte Bär – gestern stand, schenkt er besondere Aufmerksamkeit.

Ich wickle mir den Schal fester ums Gesicht, sodass nur meine Augen frei bleiben und stecke die Enden in meine Jacke, um all die Schwachstellen auszustopfen, an denen der Wind direkt durch die Jacke weht. Ich schaue zum Himmel hoch. Jetzt ist es sonnig, aber Wolken ziehen aus dem Norden herbei. Ich muss einplanen, zur Mittagszeit wieder in der Hütte zu sein für den Fall, dass ein Sturm aufzieht.

„Wir werden die Forschung heute etwas verkürzen müssen, was, Junge?"

Bär hüpft vor mir her, als wäre der Schnee ein Geschenk nur für ihn.

Es ist ein Leichtes, der Straße zu folgen, auch wenn sie mit Schnee bedeckt ist, und ich kenne die Pfade recht gut. Den ganzen Tag in der Hütte eingesperrt zu sein, ohne Zahlen für meine Forschung, über denen ich brüten kann, klingt nicht gerade spaßig. Wenn ich heute wenigstens anfangen kann, werde ich mich besser fühlen.

Ich stapfe durch den Schnee, der stellenweise knietief ist. Er ist höher als meine Stiefel und bleibt in Form kleiner Eisbälle an meiner Jeans hängen. Verdammt. Mir wird sehr schnell zu kalt werden.

Bär scheint das nicht zu stören. Er hüpft immer noch umher, rennt vor mich, um die Gegend zu erkunden, und rast dann durch den Schnee zurück.

„Du würdest einen guten Schlittenhund abgeben, nicht wahr, Bär? Ich wünschte, ich hätte heute einen Schlitten dabei, das würde das hier um einiges erleichtern." Oder Langlaufskis. Oder Schneeschuhe. Das hier ist verrückt.

Ich brauche dreimal so lange wie gewöhnlich, um zum Anfang des Wanderweges zu gelangen. Doch ich laufe weiter, biege auf den Pfad und folge ihm eine langsame Steigung hinauf.

Ich beginne, indem ich meine Parzelle abstecke – ich markiere einen Acre Land für meine Stichproben. Dann fange ich an, wobei ich mit der ersten riesigen Ponderosa-Kiefer beginne. Ich nehme eine Kernstichprobe, die ich ins Labor mitnehmen möchte, um die Ringe zu untersuchen. Ich studiere die Auswirkungen des Klimawandels auf Bäume und das ist messbar. Bald werde ich genug Daten haben, um es beweisen zu können, und werde endlich Anerkennung als Forscherin der University of New Mexico erhalten.

„Beobachten Sie die Weibchen der Spezies", sage ich in meiner Dokumentarfilm-Erzählerstimme. „Nachdem sie die vergangenen Jahrhunderte zu einem Leben im Haus und am Herd verbannt worden war, erlauben Durchbrüche bei der Empfängnisverhütung der Frau heute größere Freiheiten und Kontrolle über ihr Berufsleben. Sie ist in der Lage, Pflichten und Verantwortungen zu übernehmen, die denen ihrer männlichen Kollegen entsprechen, für die sie jedoch nur achtzig Prozent ihres Nettogehaltes erhält. Als das schwächere Geschlecht wahrgenommen, erträgt sie das Gehabe der Männchen und die Mobbing-Versuche als Preis für den Eintritt in die Arbeitswelt." Wenigstens bis ich mir ein Stipendium für mein Projekt sichere. Dann heißt es „*Sayonara*, Vollidioten!" Ich drücke meine Finger, um sie aufzuwärmen, und mache mich an die Arbeit.

Die nächsten paar Stunden beschäftige ich mich damit, Proben zu nehmen. Wegen des Schnees ist es schwer, auf dem Pfad zu bleiben, aber ich bin recht zuversichtlich, dass ich ihm gefolgt bin. Es spielt ohnehin keine große Rolle – zur Hütte zurückzukehren wird leicht sein. Ich muss lediglich unseren Fußabdrücken im Schnee folgen.

Ich will gerade eine Pause einlegen und etwas essen, als der Wind an Fahrt aufnimmt. Ich habe nicht bemerkt, dass die Wolken hergezogen sind und jetzt die Sonne verdecken.

Verdammt. Keine Zeit für eine Pause. Wir müssen zurück zur Hütte, bevor der Sturm über uns hereinbricht. Ich pfeife nach Bär. Wind bläst mir ins Gesicht und schneidet durch meine Kleider. Er wirbelt in Böen um mich, wodurch unklar ist, ob es zu schneien begonnen hat oder ob der Wind nur den Schnee aufwirbelt, der gestern gefallen ist.

Ich brumme in meiner David Attenborough Imitation: „Das Wetter ist in den Bergen anfällig für große Veränderungen. Warme Tage – so warm, dass ein Bär aus seiner Winterruhe aufwacht – gefolgt von Temperaturstürzen, die mit heftigen Winterstürmen einhergehen –" Ein scharfer Wind fährt mir über den Hals und ich gebe den Mini-Dokumentarfilm-Witz auf. Es ist saukalt. Ich muss hier raus.

Vor mir höre ich, wie Bär durchdreht – er bellt und knurrt etwas an.

„Bär! Hierher, Junge!" Ich spreche mit scharfer, befehlender Stimme, aber Bär kommt nicht angerannt.

Was zum Kuckuck ist dort draußen?

Panik durchfährt mich. Was, wenn es der Bär von gestern Abend ist?

Oh Gott, tu meinem Hund nicht weh.

Wie gerufen, heult der Wind durch die Bäume und dieses Mal bin ich mir sicher, dass es schneit. Niederschlag prasselt auf mein Gesicht – hart.

Ich renne los und folge dem Geräusch von Bärs Bellen. „Bär! Komm hierher! *Bär, komm her!*"

Furcht strömt durch meine Adern, als er noch immer nicht kommt und sein Knurren und tiefes Bellen fortfahren. Ich erblicke ihn gerade rechtzeitig, um zu sehen, wie er in der Ferne verschwindet, als würde er etwas jagen.

Scheiße.

„Bär, nein! Böser Hund", brülle ich mit meiner tiefsten, wütendsten Stimme.

Normalerweise ist er ein äußerst gehorsamer Hund. Vielleicht ein bisschen verwöhnt, aber er kommt immer, wenn er gerufen wird. Jetzt sehe ich ihn jedoch nur gelegentlich zwischen den Bäumen aufblitzen, während er jagt, was auch immer er angeknurrt hat.

Verfluchter Hund.

Es ist nicht einmal so, als wäre das unser erster Waldausflug.

„Bär! Bär, komm zurück! Jetzt!"

Endlich stoppt er. Ich sehe, dass er sich in der Ferne umdreht und in meine Richtung blickt, ehe er sich wieder dorthin dreht, wohin er unterwegs war.

„Nein! Komm hierher!"

Er blickt noch einmal lange in die andere Richtung, dann trottet er zu mir zurück, den Schwanz eingeklemmt und leicht geduckt laufend wegen des Knurrens in meiner Stimme.

Ich schimpfe mit ihm, als er bei mir ankommt, und drehe mich dann um, um den Pfad zu suchen.

Fuck.

Es schneit so heftig, dass unsere Spuren kaum noch zu sehen sind.

Ich beginne, zu rennen.

„Komm, Bär. Wir müssen schnell machen", keuche ich. Die Höhe hier setzt mir schon an einem guten Tag zu, aber wenn man dem noch eiskalte Luft hinzufügt, dann tun meine Lungen allein vom Atmen weh. Ich dränge weiter vorwärts und strenge mich an, meiner ansteigenden Panik einen Schritt voraus zu sein.

Wenn ich mich hier draußen verirre, habe ich keine Möglichkeit, irgendjemanden zu kontaktieren, um Hilfe zu bekommen. Bär und ich werde erfrieren, bevor uns jemand findet.

Meine Füße stapfen durch den Schnee. Ich stolpere über etwas unter dem Pulver und falle kopfüber mit dem Gesicht in einen halben Meter kalter, nasser Flocken. Bär trottet zurück und leckt mein Ohr, während ich mich auf die Füße rapple.

Wir dürfen keine Zeit verlieren. Wir müssen in Bewegung bleiben. Ich renne noch schneller, was natürlich bedeutet, dass ich abermals hinfalle.

Und noch einmal.

Mist, ich denke, ich werde nur ungeschickter wegen der Kälte.

Ich fange erneut zu rennen an, nur um zu bemerken, dass ich meine Richtung umgekehrt habe – ich folge meinen frischen Spuren anstatt den alten.

Heilige Scheiße. Wo sind die alten?

Ich wirble herum, Panik packt meine Kehle. Ein erbärmliches Wimmern kommt aus meinem Mund.

„Es ist okay, Bär", murmle ich. „Wir werden es rauskriegen, stimmt's? Weißt du, in welcher Richtung unser Zuhause ist?" Ich lasse meinen Blick über die Gegend schweifen in der Hoffnung, etwas zu sehen, das mir bekannt vorkommt, aber alles ist von einer weißen Decke verhüllt. Ich habe keinen blassen Schimmer, wo wir sind oder aus welcher Richtung wir gekommen sind. „Geh nach Hause, Bär", probiere ich es, aber er legt nur die Ohren an und wedelt mit seinem schneeverkrusteten Schwanz, da er mich nicht versteht.

Ich versuche, tief Luft zu holen, aber meine Lungen lehnen die kalte Luft ab. Ich kann das. Ich kann das rauskriegen. Bergab.

Wir müssen bergab gehen, stimmt's? Als wir den Pfad betraten, liefen wir bergauf, solange wir also bergab gehen, müssen wir uns in die richtige Richtung bewegen.

Wo ist der Fluss? Das würde mir helfen, herauszufinden, wo wir sind.

Das Problem ist, dass momentan schwer zu sagen ist, was bergab und was bergauf ist. Ich kann kaum fünf Schritte weit sehen. Der Wind weht aus allen möglichen verrückten Richtungen und peitscht mir Schnee ins Gesicht. Ich gebe mein Bestes, mich an dem Berg zu orientieren und die logischste Richtung zu wählen. Ich kann das hinkriegen. Wenn wir nur in Bewegung bleiben, werden wir irgendwann entweder die Stadt oder den Fluss oder irgendetwas erreichen. Und wir werden nicht erfrieren, solange wir nicht stehenbleiben.

Es ist idiotisch, aber dieses *Findet Nemo* Lied *Einfach schwimmen, schwimmen* beginnt, in meinem Kopf zu spielen. Klasse – genau das, was ich brauche – ein Erkennungslied für diesen Marsch.

Eine Stunde später bin ich erschöpft, meine Jeans ist an meine Beine gefroren und ich bin am Verhungern. Ich rufe nach Bär und stoppe, um etwas Essen aus meinem Rucksack zu holen. Ich esse einen Müsliriegel und füttere ihm auch einen. „Wir werden uns nur eine Minute ausruhen und dann gehen wir weiter, okay, Junge?" Ich lehne mich mit dem Rücken an einen Baum. Es fühlt sich so gut an, zu stoppen. Witzig, aber es ist auch gar nicht mehr so kalt.

Ich lasse mich nach unten gleiten, um mich hinzusetzen. Gott, ja. Ich muss mich nur ein kleines Weilchen ausruhen. Ausruhen und unter diesem Baum aufwärmen. Vielleicht klart der Himmel ja bald auf und dann wird es einfacher sein, den Rückweg zu finden.

Oder der Schnee wird schmelzen…

Bär stupst mich an. Leckt mein Gesicht.

Dann bellt er.

„Es ist okay, Junge", brumme ich.

Ich bin plötzlich so müde.

Ich bemerke kaum, dass Bär angefangen hat, lauter und lauter zu bellen…

~

VERSUCHSPERSON 849

FRAU. Frau im Wald und ich verlor sie.

Verdammter Hund.

Wir brauchen die Frau für unsere Tests. Unsere sehr wichtigen Tests. Wir müssen messen, wie viele Schmerzen sie ertragen kann, um zu bestimmen, welche Stressoren die Veränderung auslösen.

Nein, nicht die Veränderung.

Diese Frauen verändern sich nicht.

Warum verändern sie sich nicht?

Vielleicht können sie mit dem richtigen Stressor ihr inneres Tier finden. Nach genügend Injektionen des Serums.

So wie sich meines in Momenten größter Gefahr oder Furcht manifestiert.

Oder teilweise manifestiert.

Wenn ich genügend Tests durchführe, genügend Übung habe, dann lerne ich vielleicht, das wilde Tier in mir zu kontrollieren. Den Zorn. Den Schrecken.

Ich muss das Serum entwickeln, um mein Tier zu reparieren. Damit ich mich vollständig verwandeln kann.

Deswegen muss ich diesen Frauen helfen. Sie weiteren Tests unterziehen. Mehr Versuche durchführen. Mehr Schmerz. Bald werden sie zu den Tieren werden, die sie gerne wären.

Bald werden wir die Ergebnisse haben, auf die wir hingearbeitet haben.

~

Caleb

DRAUßEN TOBT EIN HEFTIGER SCHNEESTURM. Mein Bär sollte sich eigentlich hinlegen und schlafen wollen, aber irgendetwas zieht mich aus der Hütte. Das gleiche schlechte Gefühl, das ich gestern hatte, aber viel stärker. Vielleicht werde ich auch nur verrückt.

Sie ist immer da. Diese Möglichkeit. Ich verbringe zu viel Zeit in Bärengestalt. Mein menschlicher Verstand wurde davon beeinträchtigt. Meine Selbstbeherrschung.

Ich ziehe die Tür auf und ein Windstoß pustet mir Schnee

ins Gesicht. Ich bin in Menschengestalt, aber ich hebe trotzdem meine Nase in die Luft und schnüffle. Ich höre etwas. Es ist schwach, aber ein Hund bellt. In dem Bellen schwingt eine verängstigte Note mit, die ich sogar aus dieser Entfernung bemerke. Es ist ein warnendes Bellen – ein Notfallbellen.

Fuck.

Meine Haut juckt, der Drang, mich zu verwandeln, überkommt mich. Beim kleinsten Anzeichen von Gefahr will mein Bär nach vorne stürzen. Deswegen bin ich heutzutage kaum geeignet für menschliche Gesellschaft.

Gerade jetzt ist mein Bär bis aufs Äußerste angespannt, weil ich genau weiß, wessen Hund da bellt, und ich habe schreckliche Angst, herauszufinden, warum er bellt. Ich schlüpfe wieder in die Hütte und ziehe meine Stiefel sowie eine Jacke und Hut an, dann gehe ich hinaus in den Schneesturm.

„Bell weiter, Hund. Ich komme", sage ich laut. Solange er damit weitermacht, sollte ich sie finden können. Ich hoffe, dass es *sie* sind, die ich rette, und nicht nur ihn.

Ich hoffe, dass es der Sturm ist, der sie bedroht, und nicht etwas – jemand – anderes.

Meine langen Schritte werden zu einem Rennen, je mehr sich meine Gedanken mit all den Dingen beschäftigen, die schiefgegangen sein könnten. Die Hitze der Verwandlung brodelt direkt unter der Oberfläche. Ich will meine Bärengestalt annehmen, damit ich mehr Boden gutmachen kann, schneller dorthin gelangen kann, aber ich widerstehe dem Drang. Ich werde der reizenden Wissenschaftlerin in Bärengestalt keine große Hilfe sein. Nicht, wenn sie nicht angegriffen wird.

Die Erinnerung daran, wie ich Jen und Gretchen tot

auffand, strömt wieder auf mich ein und ich verliere beinahe die Kontrolle.

Bitte nicht.

Lass das nicht noch einmal geschehen.

Als ich näher komme, greift der Hund an, rennt zu mir und knurrt böse. Er stoppt auf halbem Weg zwischen ihr und mir, setzt sich und bellt einfach nur. Das arme Tier weiß nicht, ob es seine Herrin vor mir beschützen oder mich zu ihr führen soll. Seine Instinkte drehen gerade völlig durch, weil es den Drang verspürt, sein Überleben zu sichern und seiner Besitzerin zu helfen.

Arme Kreatur. Ich ignoriere den Hund und zeige meine Dominanz. Er winselt, als ich vorbeigehe, da er wahrscheinlich meinen Geruch wahrnimmt und realisiert, dass ich nicht menschlich bin. Zumindest nicht vollständig.

Ich finde die junge Wissenschaftlerin an einem Baum lehnend. Ihre Augen sind geöffnet, aber sie scheint kaum bei Bewusstsein zu sein. Sie befindet sich vermutlich in einer Phase der Hypothermie.

Meine Fresse.

Was zur Hölle ist ihr hier draußen zugestoßen? Ich schnuppere, aber ich nehme keinen anderen Geruch außer ihren und den des Hundes wahr.

Sowie sie sich von diesem Schlamassel erholt hat, werde ich sie über mein Knie legen, weil sie überhaupt an einem Tag wie diesem draußen war.

Okay… das war ein merkwürdiger Gedanke.

Ich würde nie so etwas tun.

Mit keiner Frau.

… die nicht meine Gefährtin ist.

Guter Gott, ich wohne schon zu lange allein hier oben. Die erste Frau, die hier im wahrsten Sinne des Wortes vorbeigeschneit kommt, sollte nicht eine solche Wirkung auf mich haben. Insbesondere, wenn sie menschlich ist.

Ich greife nach unten und hebe die Wissenschaftlerin vom Boden, indem ich sie zuerst auf ihre Füße ziehe, mich dann bücke und sie mir über die Schulter lege.

Sie murmelt irgendetwas Unverständliches, aber ich ignoriere es. Die Gefahr ist noch nicht gebannt und ich muss sie noch zurück zu meiner Hütte bringen und aufwärmen. Ich würde rennen, aber ich habe Angst, dass sie dabei zu stark durchgeschüttelt werden würde. Ich will nicht das zerbrechliche Menschengenick brechen. Ich entscheide mich für lange, eilige Schritte.

Der Hund rennt neben mir her und versucht, hochzuspringen und über das Gesicht seiner Herrin zu lecken.

Wir erreichen meine Hütte und obwohl ich die Gasöfen nicht ununterbrochen laufen lasse, scheint uns Wärme entgegenzuschlagen.

Der Mensch wimmert, als ich sie auf ihre Füße stelle. Mir kommt der Gedanke, dass ich etwas zu ihr sagen sollte, etwas Beruhigendes, aber diese Art von Worten sind längst vergessen. Dieser Tage spreche ich kaum mit jemandem und wenn ich es tue, sind es keine Höflichkeiten. Höflichkeit ist nichts für mich. Oder Geplauder. Definitiv nicht freundlich.

Jemanden zu trösten, ist wie eine fremde Sprach für mich, unbekannt.

Ich ziehe ihr ihren Rucksack aus und lasse ihn hinter die Tür fallen. „Komm her", grunze ich, nehme sie am Ellbogen und schiebe sie zum Bad. Sie steht dort desorientiert und lammfromm, während ich die Wanne mit lauwarmem Wasser fülle.

Ich ziehe ihr die klatschnassen Lederhandschuhe von den Händen, dann öffne ich den Reißverschluss ihrer Jacke und zerre sie ihr vom Körper. Ihre Augen weiten sich leicht, aber sie scheint noch nicht sprechen zu können.

„Wir müssen deine Körpertemperatur erhöhen", knurre ich, schäle als Nächstes den Pullover von ihr, dann das sexy rosa Top, in dem ich sie gestern Abend sah.

Ihr BH ist auch rosa und auch wenn ich mich wirklich anstrenge, nicht auf ihre Brüste zu glotzen, werde ich verdammt noch mal von ihnen geblendet, als sie rauspurzeln. Sie sind groß und prall. Cremeweiß mit einigen kupferfarbenen Sommersprossen auf der oberen Rundung und zwischen ihnen.

Die Nippel – fuck, die Nippel sind die reine Perfektion. Ein Pfirsichrosa und härter als Glas.

Sie besitz noch genügend Grips, ihre Brüste zu bedecken – oder zumindest versucht sie es, aber ihre Finger funktionieren noch nicht, weshalb sie sie locker vor ihr Gesicht hält, als seien sie gebrochen, und ihre Unterarme benutzt, um die Nippel zu verbergen.

Nachdem ich ihr die Stiefel ausgezogen habe, knöpfe ich ihre Jeans auf. Sie steht einfach nur da und lässt es geschehen. Ich weiß nicht, warum zum Teufel sie keine Schneehose anhatte, wenn sie schon in diesem Schneesturm raus ist.

Ich weiß nicht, warum zum Teufel sie überhaupt in diesem Schneesturm raus ist, aber ich beabsichtige, das herauszufinden.

Später.

Wenn sie sprechen kann.

Ihre Jeans ist an ihre Beine gefroren. Ich zucke zusammen, als ich sie von ihrer wund gescheuerten, roten Haut schäle. Ich hoffe beim Schicksal, dass sie keine Erfrierungen hat.

„W-wer bist du?", gelingt es ihr, zu sagen, während ich

ihre Hüften stütze und ihr ihre Socken ausziehe. Zum Glück sind sie aus Wolle. Die Zehen sehen noch intakt aus.

„Ich bin der Mann, der dich vor dem Erfrieren gerettet hat." Es ist eine beschissene Antwort, aber mürrisch ist mein Modus Operandi.

Als ich versuche, ihr Höschen – Baumwolle, ebenfalls rosa – nach unten zu ziehen, greift sie danach oder versucht es zumindest.

„Na schön", blaffe ich. „Lass es an." Ich hebe mein Kinn zur Wanne. „Du gehst dort rein."

Ich stütze sie an ihrem Ellbogen und führe sie in die Badewanne. Sie schreit vor Schmerz auf, als ihr Fuß das warme Wasser berührt. Ich habe darauf geachtet, es nicht zu warm zu machen, aber ich bin mir sicher, dass es trotzdem höllisch brennt.

„Ich weiß. Es wird wehtun, wenn das Blut wieder zurück-rauscht. Lass es langsam angehen." *So.* Ich kann einiger-maßen zivilisiert sein.

Sie knirscht mit den Zähnen und lehnt sich an mich, damit sie mit ihrem anderen Fuß in die Wanne steigen kann, wobei sie scharf die Luft einzieht.

„Jetzt setz dich rein. Ich muss mich um deinen Hund kümmern."

Sie reißt die Augen weit auf. „Bär? Wo ist Bär?" Sie versucht, um mich herum zu spähen, was niedlich ist, weil ich viel zu groß bin, als dass man an mir vorbeischauen könnte.

Ihr Hund ist direkt hinter mir – komplett im Weg. Er gibt ein leises Wimmern von sich, als er seinen Namen hört.

„Ist er okay?"

Meinem Bären gefällt es, dass sie sich größere Sorgen um ihren Hund macht, als um sich selbst, aber ich bin nicht über-rascht. Ich habe bereits den Eindruck gewonnen, dass sie eine enge Bindung haben. Und dass sie eine Tierfreundin ist.

„Er hat dir dein verdammtes Leben gerettet", informiere ich sie.

„Das habe ich nicht gefragt." Ihre Zähne klappern, während sie sich in die Wanne senkt und aufschreit, als ihr Hintern auf das Wasser trifft.

„Ich weiß es nicht. Ich versuche, zuerst deinen Arsch aufzutauen."

„Charmant", murmelt sie, keucht und verzieht das Gesicht, während sie tiefer ins Wasser sinkt.

Sowie ich mir sicher bin, dass sie nicht ertrinken wird oder so was, schnappe ich mir ein Handtuch und werfe es über ihren Hund. Das bringt nicht viel, weil sein Fell mit Eis und Schnee verklebt ist, die noch nicht geschmolzen sind.

Fuck.

Irgendwo meine ich, einen Föhn zu haben. Er gehörte Jen, aber ich behielt ihn, weil er gelegentlich ganz nützlich ist. Nicht für die Haare, aber für Reparaturprojekte, wie das Trocknen von Kleber oder feuchtem Gips. Ich finde ihn unter dem Waschbecken und stecke ihn in die Steckdose.

„Hund", sage ich streng. Der Hund duckt sich.

„Warum hat mein Hund Angst vor dir?"

Ich schaue in ihre Richtung. Sie wirkt noch immer verstört. Kaum am Leben. Verwirrt. Es macht mich stinkwütend, denn es ist eindeutig, wie knapp sie dem Tod entronnen ist. Wenn ich ihren verdammten Hund nicht gehört hätte…

Ich blicke nach unten auf den Grund, aus dem sie noch atmet. Er klemmt den Schwanz ein und senkt unterwürfig den Kopf. „Weil er mich als Alpha erkennt", sage ich. *Und als einen riesigen verdammten Schwarzbären.* Der arme Hund muss tierische Angst haben, weil er auf einer Ebene weiß, was ich bin.

Ich schalte den Föhn an, was weiteren Fragen ein Ende setzt. Der Hund steht da und akzeptiert es, krümmt sich wegen des Lärms und des heißen Luftstroms. Ich föhne ihn, bis der Schnee von ihm geschmolzen ist und sein nasses Fell das Bad mit seinem Gestank verpestet.

Es kostet mich sämtliche Selbstbeherrschung, nicht zu der nackten Wissenschaftlerin in meiner Badewanne zu schauen. Tatsächlich bin ich mir nicht sicher, warum ich in dem gleichen Zimmer wie sie geblieben bin. Meine Konzentration wird gerade hart auf die Probe gestellt. Ich sollte *nicht* ihre vollen Brüste begaffen, wenn ihre Gesundheit noch immer auf der Kippe steht. Vor allem weil es meinen allgegenwärtigen Bären noch näher an die Oberfläche lockt. Scheiße – meine Augen leuchten im Moment vermutlich gelb.

Und dann schaue ich zu ihr, weil, yeah – hübsche Brüste – und ich realisiere, dass sie sich nicht so schnell erholt, wie ich das erwartet habe.

Natürlich weiß ich rein gar nichts über Menschenfrauen, aber ich habe nicht damit gerechnet, dass ihre Zähne noch immer klappern oder ihr Körper noch so stark zittern würden.

Fuck.

Mein Bär knurrt, als wäre der Tod ein realer Feind, vor dem er sie beschützen könnte. Ich dränge ihn zurück – ich kann nicht denken, wenn ich halb irre vor Tiergedanken bin, und ich muss nachdenken. Ich muss herausfinden, wie ich diese Frau retten kann.

Ich lasse den Hund allein – sein Fell ist jetzt ohnehin fast trocken – und marschiere zur Wanne.

„Raus", befehle ich.

Sie bewegt sich nicht. Nicht einmal ihre Augen. Als stünde sie noch immer unter Schock.

Verdammt.

Ich greife hinter beide Ellbogen und hebe sie auf die Füße. „Raus mit dir", versuche ich es erneut mit einem

Befehl. Ich brauche ihre Hilfe oder ich werde mich wieder darauf verlegen müssen, sie über meine Schulter zu werfen.

Sie steht einfach nur da und zittert.

Verflucht. Ich schnappe mir ein Handtuch und wickle es ihr um die Schultern, dann lege ich einen Arm unter ihre Knie und hebe sie hoch, sodass ich sie wie ein Baby in meinen Armen trage. „Gehen wir, Prinzessin. Ich muss dich aufwärmen."

„Mir ist k-k-k-kalt", stottert sie.

„Hab ich bemerkt", erwidere ich trocken, während ich sie hinaus ins Wohnzimmer trage, dicht gefolgt von ihrem Hund. Ich lege sie auf das Sofa und trockne sie fertig ab, wobei ich die Haut, die von Eis und Schnee knallrot ist, nur sachte abtupfe. Ihr feuchter Hund sitzt neben dem Sofa und beobachtet alles. Er ist noch immer in Habachtstellung für den Fall, dass sie Hilfe braucht.

Und das tut sie. Dieser Mensch braucht ärztliche Behandlung. Ein Krankenhaus oder irgendeine andere Art von Notfallhilfe. Ich weiß es nicht, denn Gestaltwandler heilen von selbst und ohne Einmischung von Ärzten.

Ein Schlafsack!

Das ist es, was ich brauche.

Ich erinnere mich, gehört zu haben, dass es eine Möglichkeit ist, die Körperwärme einer Person anzuheben. Man steckt sie mit einem anderen Körper in einen Schlafsack. Oh, vorzugweise nackt.

Scheiße. *Ich bin so was von geliefert.*

Mein Schwanz wird hart allein bei dem Gedanken daran, Haut an Haut neben der attraktiven Wissenschaftlerin zu liegen. Mein Bär windet sich direkt unter meiner Haut und ist ganz hibbelig. Immer hibbelig. Immer bereit, brüllend hervorzubrechen und seine Krallen und Zähne in etwas zu versenken.

Vor allem für eine bedrohte Frau.

Sie ist nicht einmal eine Bärin, will ich ihm mitteilen. *Beruhig dich, verdammt noch mal.*

Vielleicht hat er auch den Verstand verloren. Wir sind beide verrückt geworden. Ich wegen zu viel Zeit in Tiergestalt. Mein Tier wegen zu viel… fuck, wenn ich das wüsste. Elend? Trauer?

Ich decke die bibbernde Frau mit einer Decke zu und verfluche mich, weil ich nichts Weicheres habe. Nachdem ich ein loderndes Feuer im Kamin gebaut habe, grabe ich einen Schlafsack aus dem Schrank und lasse ihn auf den Teppich vor dem Kamin fallen. Mein Bär treibt sich noch immer unter der Oberfläche herum und bringt meine Gedanken mit tödlicher Aggression durcheinander. Es gibt einen Grund dafür, dass Menschen die Mamabärin fürchten. Der Beschützerinstinkt ist bei unserer Spezies sehr stark ausgeprägt.

Hier gibt es niemanden, der getötet werden muss, Depp. Und du wirst die Frau verletzen, wenn du nicht endlich Ruhe gibst.

Der Mensch zittert noch immer auf meinem Sofa und ihre Zähne klappern. Zartes verdammtes Blümchen. „Komm her", sage ich barsch, packe ihre Handgelenke und ziehe sie hoch. „Wir müssen deine Körpertemperatur anheben. Geh in den Schlafsack dort." Ich deute darauf und führe sie dorthin.

Sie bewegt sich wie eine unbeholfene Holzpuppe, ihre Schritte sind steif und unkoordiniert. Es gelingt ihr, sich in den Schlafsack zu quetschen.

„Zieh das Höschen aus."

Verdammt. Das klingt nicht gut.

Sie rührt sich nicht.

„Es ist nass und kalt. Zieh das verdammte Ding jetzt aus", blaffe ich und lege einen Alphabefehl in meine Stimme. Der

Hund hört ihn, zieht den Schwanz noch mehr ein und senkt den Kopf.

Ich rechne eigentlich nicht damit, dass sie mir gehorchen wird. Sie ist keine Gestaltwandlerin, also reagiert sie zum einen nicht auf Alphabefehle. Zum anderen kennt sie mich überhaupt nicht. Ich bin ein völlig Fremder, der ihr befiehlt, ihr Höschen auszuziehen. Das könnte definitiv falsch verstanden werden.

Nach einigen Herzschlägen windet sie sich in dem Schlafsack, aber die Bewegungen scheinen sie zu erschöpfen und sie wird reglos, zittert nur noch.

Scheiße. Ich ziehe den Reißverschluss an der Seite des Schlafsacks auf und packe die Seiten ihres Höschens. Ihre Augen werden ganz groß, als ich es nach unten ziehe.

Da verwandle ich mich beinahe an Ort und Stelle. Und das nicht, um sie zu beschützen.

Anscheinend ist mein Bär der Meinung, dass diese kurvige Menschenfrau fast so gut wie eine Bärin ist, denn meine Zähne schärfen sich in meinem Mund, als wolle er ihr einen Paarungsbiss verpassen.

Verrückter, verrückter Bär. Ich muss das unter Kontrolle kriegen oder es könnte passieren, dass ich diesen zerbrechlichen Menschen unabsichtlich verletze. Ich schließe die Augen und wende das Gesicht ab für den Fall, dass meine Iriden gelb geworden sind. Ich kämpfe ein Knurren von meinem Bären nieder. Beim Schicksal, eine nackte Frau in Kussdistanz zu haben, stellt alle möglichen Dinge mit dem Biest in mir an.

Geh wieder schlafen, Bär.

Sie berühren und mich neben ihren nackten Körper zu legen, ist das Letzte, das ich tun sollte angesichts dessen, wie wenig Kontrolle ich über mein Tier habe. Aber es muss getan werden. Ihr Leben schwebt noch immer in Gefahr.

Ich ziehe mich bis auf meine Boxershorts aus, zwänge mich zu ihr in den Schlafsack und ziehe den Reißverschluss hoch. Ihr Geruch dringt in meine Nasenlöcher – von der Sonne gewärmte Erdbeeren. Vanilleeis. Hitze explodiert in meinen Gliedern. Ich kämpfe darum, meinen Bären zu beruhigen, indem ich langsame, gemessene Atemzüge nehme und mich auf die Kälte ihrer Haut an meiner brennenden konzentriere.

Ich drehe sie von mir weg und schmiege mich an ihren Rücken. Sie versteift sich, aber protestiert nicht. Ich bete, dass meine Absicht eindeutig ist – das hier ist kein romantischer Moment, es ist eine lebensrettende Maßnahme.

Zumindest hoffe ich, dass es ihr Leben rettet.

Ihr ausladender Hintern füllt meinen Schoß. Ihr nackter, praller Hintern. Nichts befindet sich zwischen ihm und meinem Schwanz außer einer dünnen Boxershorts.

Es gelingt mir, meine Hüften leicht von ihr weg zu neigen, als mein Schwanz länger wird. Hitzeschauer rasen mein Rückgrat hoch, während sich der Schmerz der Verwandlung an mich anschleicht.

Beim Schicksal, im besten Fall werde ich die Frau zu Tode erschrecken, wenn sie meine Männlichkeit an ihrem Hintern spürt. Insbesondere weil ein Bärenpenis… er ist riesig. Ich prahle nicht, ich benenne nur Fakten. Im schlimmsten Fall könnten wir eine Situation haben, in der mein Bär sie zerfleischt.

Nein, ich würde sie nicht verletzen. Mein Bär würde niemals eine Frau verletzen.

Rede dir das nur ein, wispert eine Stimme in meinem Hinterkopf. *Du weißt es nicht mit Sicherheit.*

Es ist höllisch heiß in dem Schlafsack. Ich schwitze wie ein Dämon, aber bin erleichtert, zu spüren, dass sich ihre

Haut an meiner erwärmt. Ihre Zähne hören zu klappern auf. Das Zittern verklingt.

Die arme Frau gleitet in einen sanften Schlummer, vermutlich erschöpft von der ganzen Tortur.

Ich pfeife leise nach ihrem Hund, der um uns herum läuft und mich im Auge behält, und klopfe auf die Stelle auf meiner anderen Seite. Der treue Hund braucht wahrscheinlich auch meine Körperhitze, um sich aufzuwärmen. Er lässt sich neben mir auf den Bauch fallen, versteht, was ich will. Ich schiebe ihn an den Schlafsack und biete ihm meine Seite an, an die er sich schmiegen kann.

Jetzt muss ich nur noch herauskriegen, wie ich meinen Bären zurückdrängen und mit diesem gigantischen Ständer einschlafen kann.

KAPITEL 4

M iranda

DAS ERSTE, das ich bemerke, ist das Geräusch leisen Schnarchens.

Direkt neben meinem Ohr.

Dann registriere ich, wie wahnsinnig heiß mir ist. Im Sinne von so heiß, dass ich schwitze. Und meine glitschige Haut gleitet über die glitschige Haut von jemand anderem.

Oh Gott!

Meine Augen fliegen auf, als ich mich wieder an meine Rettung erinnere.

Der gigantische Mann, der mich über seine Schulter warf und zu seiner Hütte brachte, liegt auf seinem Rücken neben mir. Mein Kopf ruht auf seinem Arm und – oh meine Güte, eines meiner Beine ist über seines geworfen, als würden wir hier nach dem Sex kuscheln und nicht zwei völlig Fremde sein, die gemeinsam nackt in einem Schlafsack liegen.

Es ist dämmrig in der Hütte, da nur die ersten Strahlen

Morgenlicht durch die Fenster fallen, aber das Feuer brennt noch im Kamin und beleuchtet den Raum mit einem flackernden, bernsteinfarbenen Licht. Ich hebe meinen Kopf und starre den Fremden an. Er ist riesig, seine muskulöse Brust und Arme sind mit schwarzen Tattoos übersät. Er hat hohe Wangenknochen, eingefallene Wangen darunter und trägt einen widerborstigen dunklen Bart wie eine Art Holzfäller.

Ich weiß nicht, ob es die Wildheit an ihm ist – das eindrucksvolle Erscheinungsbild und die ruppigen Manieren, die Abgeschiedenheit seiner Hütte – aber ein Anflug von Furcht durchfährt mich plötzlich.

Was, wenn das hier der Serienmörder ist? Vielleicht entführt er Frauen und bringt sie in eben diese Hütte.

Ich muss aus diesem Schlafsack raus. Und dieser Hütte.

Sofort.

Natürlich befindet sich der Reißverschluss des Schlafsacks auf der anderen Seite.

Ich ziehe mein Bein langsam von dem Hünen und mache mich daran, mich nach oben zu schieben und aus dem Schlafsack. Und das ist der Moment, in dem ich den anderen Arm des Mannes sehe.

Sein tätowierter Arm – der, der nicht als Kissen für meinen Kopf diente – ist schützend um Bär gekrümmt.

Der Atem entweicht mir in einem erleichterten Schwall – fast ein Lachen.

Die Erinnerung daran, wie er meinen besten Freund mit einem Föhn trocknete, kommt mir wieder in den Sinn.

Er kann kein Serienmörder sein. Dieser Mann hat nicht nur mein Leben, sondern auch Bärs gerettet.

Er hält die Frauen vermutlich gerne am Leben, damit er sie foltern kann, versucht das Flüstern der Angst anzumerken. *Und Serienmörder können auch Hundefreunde sein.*

Die Sache ist die, er ist kein Hundefreund. Ich bezweifle,

dass er überhaupt ein Menschenfreund ist. Er war gestern grimmig und half nur widerwillig. Wäre ein Serienmörder so mürrisch, wenn er mich dort hatte, wo er mich wollte? Nein, er würde feiern.

Das ist es zumindest, was ich mir einrede.

Nichts davon kann meiner neugefundenen Faszination von der kräftigen Brust des Mannes zugeschrieben werden. Oder dass ich mir meiner Nacktheit plötzlich akut bewusst bin. Der Feuchtigkeit zwischen meinen Beinen. Mein Körper reagiert auf den Anblick seiner wohlgeformten Muskeln, die Nähe eines nackten Mannes. *Ist er nackt?*

Ich spähe in den Schlafsack.

Boxershorts.

Und, ähm, eine Morgenlatte.

Heilige Scheiße, sein Glied ist riesig!

Meine Brustwarzen ziehen sich zusammen und ein langsames Pochen setzt zwischen meinen Beinen ein.

Ich bin mir nicht sicher, wann ich jemals so angetörnt war. Natürlich ist es lange Zeit her, seit ich Sex hatte. Eine wirklich lange Zeit.

Vor drei Jahren und das war mit Will Carter, einem anderen Studenten, der mich übel verarschte. Er benutzte mich, damit ich ihm bei seiner Forschung half, und machte sofort Schluss mit mir, als er wusste, was zu tun war.

Was der Grund dafür ist, dass ich mit Männern nichts am Hut haben will. Oder Sex. Oder Beziehungen.

Beobachte die Männchen der Spezies, vergiftet von Testosteron. Angetrieben von seinem Konkurrenzdenken und feindseligen Instinkten, betrachtet er eine intelligente Frau als eine Bedrohung...

Denn als Frau im Feld der Naturwissenschaften zu arbeiten, hat mich eine Lektion sehr gut gelehrt: Wenn ich nicht auf mich und meine Forschung aufpasse, werde ich nie irgendwo hingelangen. Sex, Beziehungen, sogar Freund-schaften – sie versauen dir am Ende nur die Karriere.

Es hilft auch nicht, dass mich das überschüssige Gewicht, das ich mit mir herumschleppe, wie eine Fruchtbarkeitsgöttin aussehen lässt anstatt wie ein richtiger Wissenschaftsfreak. Und dieser Mann hier durfte das alles die ganze Nacht lang sehen. Jedes Pfund Fleisch an mir.

Meine Pussy zieht sich zusammen, als vermute sie, dass ihm gefiel, was er sah, obwohl mir mein Gehirn etwas anderes sagt.

Es ist verrückt – und sieht mir gar nicht ähnlich – aber ich schiebe den Schlafsack langsam nach unten, um mehr von der Brust des Mannes sehen zu können. Ich sage mir, dass ich nur den Rest der Tattoos sehen will.

Die rituellen Markierungen des Männchens signalisieren seine Schmerztoleranz und Widerstand gegen konservative Ideale...

Hallo zwölfpack Bauchmuskeln. Sein Körper ist zugleich sowohl schlank als auch groß. Ich bin versucht, die Löckchen in seinem dunklen Bart zu berühren, aber ich weiß, dass das zu weit gehen würde.

Bär hebt seinen Kopf und wedelt mit dem Schwanz.

Ich spreche nicht mit meinem Hund, weil ich meinen Retter nicht aufwecken will. Nicht bis ich sicher aus diesem Schlafsack gekrabbelt bin und etwas zum Anziehen gefunden habe. Ich fahre damit fort, mich zu winden und im Armeestill aus dem Schlafsack zu robben, woraufhin er schnaubt und den Arm nach oben biegt, der unter meinem Kopf war und jetzt auf meiner Taille liegt und mich so gefangen hält.

Oh Mist.

Meine Brüste streifen jetzt den oberen Bereich seines Kopfes und meine Pussy ist feuchter denn je, nur weil ich seine Kraft spüre.

Ich stelle mir vor, wie er diese Kraft nutzt, um mich nach unten zu drücken und diese sinnlichen Lippen zu meiner Brustwarze zu führen.

Oh mein Gott, was? Okay, ich bin verrückt. Mich nach unten drücken? Definitiv keine Fantasie, die ich jemals zuvor hatte. Ich fahre nicht auf arrogante, dominante Männer ab, die denken, sie müssen in der Beziehung oder dem Bett das Kommando übernehmen.

Widerlich.

Ich versuche, weiter nach oben zu robben, aber sein Arm um meine Taille spannt sich an, obwohl er wieder leise zu schnarchen begonnen hat.

Was für eine Sorte Mann festigt seinen Griff um eine Frau, während er schläft?

Ein Serienmörder, flüstert die besorgniserregende Stimme.

Ich schüttle das ab. Nein, das stimmt nicht. Ein Mann, der es gewöhnt ist, mit einer Frau zu schlafen.

Und ich sollte das niedlich finden, aber stattdessen zieht sich ein Knoten der Eifersucht in meinem Bauch zusammen. Dieser Kerl bringt also regelmäßig Frauen zu seiner Hütte? Wer sind sie? Frauen aus der Stadt?

Okay, ich gebe auf. Ich werde es riskieren müssen, den Mann aufzuwecken. Ich bin am Verhungern und ich muss pinkeln. Ich räuspere mich.

Nichts. Er regt sich nicht einmal.

Ich versuche, den Arm um meine Mitte wegzuschieben, aber er bewegt sich keinen Millimeter. Ich räuspere mich erneut.

„Ich, äh, muss aufstehen", sage ich schließlich laut.

Er regt sich noch immer nicht.

Wow. Ein Tiefschläfer.

Nun, Scheiß auf höflich. Dieser Kerl muss mich rauslassen. Ich drücke gegen den Arm und bemühe mich mit aller Kraft, aus dem Schlafsack zu kommen, wobei ich ihm aus Versehen das Knie in die Rippen ramme.

Er schnaubt und schüttelt den Kopf, ehe er sich in einer langsamen, aber fließenden Bewegung auf die Seite rollt und auf seinen Ellbogen stützt. Er blinzelt, als hätte ich ihn gerade von den Toten auferweckt. Seine Augen wirken zunächst gelb, aber das muss eine Spiegelung von dem Feuer gewesen sein, denn nachdem er geblinzelt hat, bemerke ich, dass ihre Farbe ein sehr dunkles Braun ist. Fast schon schwarz.

Dann reißt er seine Lider weit auf, denn, yeah. Eine kurvige, nackte Frau befindet sich auf Händen und Knien neben seinem Kopf. Ich bin mir sicher, er erhält mehr als einen Blick auf viel zu viele meiner unbekleideten Körperstellen. Nach einer kurzen Debatte, ob ich wieder in den Schlafsack tauchen oder rauskrabbeln soll, entscheide ich mich für rauskrabbeln. Weil ich meinen nackten Körper nicht unbedingt an der Vorderseite seines nackten Körpers entlangreiben muss – *Stopp, Gehirn!* – krabble ich, so schnell ich kann, nach draußen, verdecke meine Brüste mit meinem Unterarm und meine Pussy mit meiner anderen Hand.

Der Mann gibt ein tierähnliches Knurren von sich und sein muskulöser Arm schwingt durch die Luft, während er seinen Körper verdreht und hinter sich nach oben greift. Das Feuer leuchtet wieder in seinen Augen und verleiht ihnen ein tierähnliches Glühen.

Ein jägergrünes Flanellhemd fliegt durch die Luft auf mich zu und ich fange es mit meinem Gesicht. Ich ziehe es an, knöpfe es schnell zu und ziehe den Saum so weit nach unten, wie es geht. Er ist ein großer Mann, aber ich bin eine große Frau – kurvig, sage ich gerne, weil sich das besser anfühlt als übergewichtig – und ich fülle das Hemd aus, sodass es kaum bis über meinen Schritt fällt.

Mein Gesicht brennt, während er mich mit dunklen Augen beobachtet. Ich erinnere mich daran, dass er mich gestern Abend aus dem Bad trug, als wöge ich nichts. Als wäre ich die Heldin in einem Film.

Ich schüttle den Kopf, um diesen naiven Gedanken zu verdrängen.

„Ähm, danke", murmle ich und weiche zurück, während er aus dem Schlafsack zu kriechen beginnt.

Er stoppt, kurz bevor seine Hüften auftauchen, und zieht den Stoff zu seiner Taille hoch.

Ich kann einfach nicht anders, als hinzuschauen, denn der Grund dafür, dass er nicht rauskommt, ist offensichtlich.

Jepp. Gigantisches Zelt im Schlafsack. Heilige Scheiße, diese Zeltstange ist hoch.

Ich wende mich ab, um ihm etwas Privatsphäre zu geben.

Bad. Das ist es, was ich brauche. Ich sehe mich um, weil ich mich von letzter Nacht nicht an den Grundriss erinnern kann, als ich zu desorientiert von der Kälte war.

Ich muss an Hypothermie gelitten haben.

Ein frischer Anflug von Dankbarkeit durchströmt mich. Bär und ich wären beide tot, wenn dieser Mann nicht gewesen wäre. Dessen Namen ich nicht einmal kenne.

Ich finde das Bad und pinkle schnell. Meine Kleider liegen noch in einer Pfütze dort auf dem Boden, wo er sie gestern ablegte. Ich erinnere mich daran, wie mich diese großen Hände entkleideten. Es war nicht sexy – er war vor allen Dingen verdrossen – aber die Erinnerung daran, sorgt dennoch dafür, dass sich meine Brustwarzen wieder aufrichten. Ich wünsche mir wirklich, ich hätte einen Slip zum Anziehen. Dann wäre das Pochen zwischen meinen Beinen nicht ganz so stark.

Ich hebe meine Kleider auf, aber sie sind nass und völlig verschmutzt. Verflixt. Ich werfe einen schnellen Blick in den

Spiegel. Guter Gott, ich sehe fürchterlich aus! Meine Haare sind ein Desaster, weil sie gestern den ganzen Tag in eine Mütze gestopft waren und dann die ganze Nacht auf dem muskulösen Arm eines Mannes herumgerollt wurden. Ich schnappe mir seinen Kamm und gebe mein Bestes, die Knoten zu lösen. Ich öffne den Badezimmerschrank.

Ich las einmal eine Statistik über Badezimmerschränke. Irgendetwas darüber, dass fünfzig Prozent der Leute, die dein Bad benutzen, in die Schränke schauen werden. Ich zähle normalerweise nicht zu dieser Gruppe, aber heute ist eine Ausnahme. Es gibt keine Mundspülung oder zweite Zahnbürste. Tatsächlich ist nur sehr wenig in dem Schrank. Nur das Wesentliche, das ein Mann so braucht: Deo, Zahnseide und Vaseline, das ich mir nehme und etwas davon auf meine trockenen, gesprungenen Lippen reibe.

Ich trage mein Bündel nasser Kleider nach draußen.

Der Holzfäller ist auf und hat seine Jeans angezogen, mit der er irgendwie noch heißer aussieht. Der Waschbrettbauch sieht sogar noch hübscher aus, wenn er von Denim gerahmt wird. Ich lecke mir über die Lippen – ein nervöser Tick, von dem ich dachte, dass ich ihn vor Jahren abgelegt hätte.

„Ähm, danke. Du weißt schon, dafür, dass du uns gerettet hast. Und ähm", ich schaue zu dem zerknitterten Schlafsack auf dem Boden, „mir das Leben gerettet hast."

Er hat diese merkwürdige Art an sich, vollkommen reglos zu bleiben. Er beobachtet mich eindringlich, seine Augen sind so dunkel, dass sie schwarz wirken, seine Miene ist unergründlich.

Und dann antwortet er nicht. Dreht sich einfach um und läuft zur Hintertür, öffnet sie und pfeift nach Bär. Es schneit noch immer. Mein Hund, der irgendwie beschlossen hat, dass dieser Mann der Boss ist, trottet heran und stoppt kurz vor der Türschwelle mit eingeklemmtem Schwanz.

„Raus", grunzt der Hüne und gibt Bär einen Schubs. Es schwingt keine Wut in seiner Stimme mit, aber sie ist unfassbar bestimmt und mein Hund gehorcht sofort, taucht in eine Schneewehe, die höher ist als er, und verschwindet.

Ich keuche, weil das bedeutet, dass der Schnee über einen Meter hoch zu sein scheint.

Mist. Ich schätze, ich werde nirgendwo hingehen. Außer der Holzfäller hat Schneeschuhe oder Ski, die ich mir ausleihen kann, und er kann mich in die richtige Richtung weisen.

Bär erledigt sein Geschäft schnell und kommt die Treppe hochgesprungen, wobei Schnee sein gesamtes Fell überzieht. Er kommt rein und schüttelt alles auf den Boden.

„Sorry", sage ich kleinlaut.

Holzfäller antwortet nicht, sondern wirft nur ein Handtuch auf den Schnee und läuft weg.

„Ähm, hast du eine Waschmaschine?", versuche ich es noch mal.

Er dreht sich, ohne zu antworten, um.

Ich keuche, als er mir die Kleider ohne ein Wort aus den Armen reißt und den Deckel der Waschmaschine aufklappt, die sich direkt neben der Stelle befindet, wo wir an der Hintertür stehen. Ich habe sie nicht bemerkt, weil die Waschmaschine und der Trockner von einem Holzschrank verhüllt werden. Er wirft meine Kleider rein und startet die Maschine.

Als er sich umdreht, landet sein Blick auf meinen frisch eingeriebenen Lippen.

Ich erröte und stelle mir vor, dass er gerade daran denkt, dass ich seine Schränke durchgegangen bin. Sein Blick wandert die Länge meines Körpers hinab und stoppt bei meinen nackten Beinen. „Ist dir kalt?", rumpelt er. Seine Stimme ist tief und genauso ruppig wie in meiner Erinnerung. Sie ist auch irgendwie angenehm. Mein Körper kribbelt in Reaktion darauf. „Ich kann dir eine Jogginghose holen."

Mir ist nicht kalt, denn die Hütte ist angenehm warm dank des Feuers, aber ich will definitiv eine Hose. Ich lecke mir abermals über die Lippen – *verflixt, ich muss mir diese Angewohnheit abgewöhnen!* – und lasse meinen Kopf auf und ab wippen. „Ich – ja. Das wäre schön, danke."

Er läuft ohne eine Antwort weg. Wenn ich mich nicht so unwohl fühlen würde, weil ich beim Aufwachen *nackt* an diesen Mann geschmiegt war, würde ich seinen sparsamen Umgang mit Worten vielleicht zu schätzen wissen. Doch so wie die Dinge momentan stehen, würde ich alles für ein einigermaßen normales Gespräch geben. Etwas Geplauder, um mich zu beruhigen, so was wie: „Mein Name ist Joe Mountain, da hast du gestern ja ein ganz schönes Abenteuer erlebt, was? Wie fühlst du dich jetzt? Kann ich dir etwas zum Frühstück machen?"

Doch während ich mir dieses Szenario so vorstelle, denke ich mir, dass es viel zu sehr nach etwas klingt, dass ein Serienmörder sagen würde. Solange dieser Typ so säuerlich bleibt, bedeutet das vermutlich, dass er kein Interesse daran hat, mich in Stücke zu hacken und im Keller zu vergraben.

Stimmt's?

Caleb

MEIN GEHIRN HÄNGT NOCH IMMER an dem rattenscharfen Körper der Frau in meinem Wohnzimmer fest.

Zu wissen, dass ihre Pussy im Moment nackt ist, stellt etwas tief in mir drin an. Mein Bär schüttelte den Schlaf furchtbar schnell ab in dem Moment, als ich mit meinem Gesicht an ihrem Schenkel aufwachte. Es ist ein Wunder, dass ich mich nicht gleich verwandelte.

Und ihr Geruch: Erregung.

Ich kann mir nicht vorstellen, warum sie angetörnt war. Ich dachte, sie würde Angst haben, wenn sie zu Sinnen käme und sich selbst nackt mit einem Fremden in einem Schlafsack wiederfände. Und ich glaube, sie hatte Angst. Aber sie war auch erregt.

Ich hätte nicht gedacht, dass eine Menschenfrau so gut riechen könnte. Ich habe definitiv nicht erwartet, dass sich der Geruch einer anderen Frau so sehr auf mich auswirken würde. Bären paaren sich normalerweise nicht fürs Leben, aber dieser hier tat es.

Also bin ich verunsichert von der Reaktion meines Körpers – und meines Bärs – auf sie. Es fühlt sich wie ein Verrat an Jens Erinnerung an.

Daher bleibe ich viel länger in meinem Schlafzimmer als nötig ist, um eine Jogginghose zu holen, und bemühe mich, mich nicht zu fragen, wie sie in dieser aussehen wird. Ich lasse mir Zeit, ziehe ein T-Shirt an und tigere ein paar Mal durch mein Zimmer.

Soll diese verlockende Frau doch zur Hölle fahren, weil sie meine Einsamkeit unterbricht!

Als ich aus dem Raum trete, werfe ich die Hose in ihre Richtung und strenge mich an, nicht zu betrachten, wie ihre BH-losen Brüste den Stoff meines Flanellhemdes dehnen. Wie die straffen Spitzen ihrer Nippel nach vorne ragen. Ich bin plötzlich steinhart von einer Vision von mir, wie ich diese vollen Brüste auf eine Vielzahl an Arten zum Hüpfen bringe, bei denen ich mich in verschiedenen Positionen in sie ramme. Mein Bär grollt erneut in Protest gegen den Käfig der Menschlichkeit.

Stopp!

Was zum Teufel stimmt mit mir nicht?

Ich trotte zu der Kitchenette, um uns etwas zum Essen zu suchen. Ich habe schrecklichen Hunger und ich wette sie auch. Essen wird meinen Bären beruhigen.

„Wie heißt du?" Ihre Stimme beginnt zittrig, aber endet mit einer kräftigen Note, als würde sie sich zwingen, selbstbewusst zu klingen.

„Caleb." Ich wage es nicht, zu ihr zu schauen. Nicht, wenn ich nur daran denken kann, diese Brüste zum Tanzen zu bringen. Ich öffne den Kühlschrank und ziehe zwei Packungen Speck, Eier, Milch und Butter raus.

„Ich bin Miranda." Ihre Stimme ist Musik in meinen Ohren. Ihr Name ist ein gottverdammtes Lied. Ich kann mich nicht davon abhalten, einen Blick auf sie zu werfen.

Fuck, sie ist wunderschön. Ihre rotbraunen Haare fallen in zerzausten Wellen über ihre Schultern. Ihre Augen sind grün und werden von Wimpern gerahmt, die ich kaum sehen kann, weil sie die gleiche Farbe wie ihre Haare haben. Ihr beklommener Gesichtsausdruck veranlasst mich dazu, mich rasch wieder abzuwenden.

Ich entzünde die vorderen zwei Platten des Gasherdes und stelle Bratpfannen auf diese, um sie zu erhitzen. Anschließend ziehe ich eine Schüssel und die Schachtel mit der Pfannkuchen-Mischung heraus. „Nur Miranda? Nicht Doktor Irgendwas?" Beim Schicksal, plaudere ich etwa?

Das sieht mir gar nicht ähnlich. Ich rede nicht viel. Mit niemandem. Ganz besonders führe ich keine nutzlosen Gespräche, damit sich die Leute wohler fühlen.

Anscheinend mache ich das jetzt.

Sie lässt ein überrauschtes Lachen fahren – ein Laut, der meinen Bären sofort entspannt. „Nun, ich habe einen Doktortitel. Aber niemand nennt mich so." Ihre Stimme wird misstrauisch. „Was bringt dich auf den Gedanken, dass ich eine Doktorin bin?"

„Forschungslabor", grunze ich. „Ich sah dich gestern dort hochfahren."

Keine Lüge.

Ich lasse den Teil weg, bei dem ich meine Nase an ihrem Fenster rieb und ihr dabei zusah, wie sie in ihrem kleinen Top herumtänzelte.

Ich arrangiere eine Packung Speck in der Bratpfanne und dann schlage ich sechs Eier in eine Schüssel, um eine große Fuhre Pfannkuchen zu machen.

„Warum benutzt du den Titel nicht? Ich vermute, dass du hart für diese Buchstaben gearbeitet hast." Ich riskiere einen weiteren Blick über meine Schulter zu ihr.

Verdammt. Sie ist in meinen Jogginghosen kein Stück weniger verführerisch. Sie füllt sie mit ihren breiten Hüften und kurvigem Hintern gut aus. Sie sind natürlich zu lang für sie, aber sie hat sie hochgezogen und den Hosenbund nach unten gerollt, sodass er auf ihren Hüftknochen ruht. Fuck, sie ist wunderschön.

Überraschung huscht bei meinen Worten über ihre Züge. Ich weiß nicht einmal, was mich dazu bewegt hat, das zu sagen, nur dass ich ein Gefühl habe, dass sie von den Leuten, die sie umgeben, nicht genügend Respekt einfordert.

„Ich bin nicht gerne prätentiös", sagt sie, aber ihre Brauen senken sich. „Allerdings schätze ich, dass all die Männer in meiner Abteilung darauf bestehen, *Doktor* genannt zu werden."

„Und welche Abteilung ist das?"

Das muss ich rot im Kalender markieren. Das hier muss ein Rekord für das längste Gespräch sein, das ich seit drei Jahren geführt habe.

Der Speck beginnt, zu brutzeln, während ich die Zutaten

für die Pfannkuchen verrühre und eine Packung gefrorener Heidelbeeren aus der Gefriertruhe hole.

„Ökologie. Das sind eine Menge Heidelbeerpackungen in deiner Gefriertruhe." Ihre Stimme ist nah, als wäre sie in die Küche gelaufen. Nun, strenggenommen, ist alles ein Raum – Küche, Ess- und Wohnzimmer. Ein Hauptbereich, zwei Schlafzimmer und ein Bad. Ich baute die Hütte selbst für meine Gefährtin.

Sie öffnet meine Gefriertruhe. Ich rege mich innerlich auf, weil sie in meiner Küche ist, dem Raum, den Jen einst innehatte, aber dann habe ich ein anderes Problem.

„Wow. Forelle und Heidelbeeren also. Isst du irgendetwas anderes?"

Ich verziehe innerlich das Gesicht. Meine Gefriertruhe ist bis zum Rand voll mit Bärenfutter. Auf einen Menschen wirkt es wahrscheinlich seltsam.

„Ich esse Speck", grunze ich und wende die Pfannkuchen. „Und Pfannkuchen." Dann sage ich, um sie abzulenken: „Wie fühlst du dich heute? Irgendwelche Taubheitsgefühle oder Schmerzen in deinen Fingern oder Zehen? Ohren? Nasenspitze?" Ich sah gestern Nacht nichts, das nach Erfrierungen aussah, aber ich hatte es auch eilig, sie in den Schlafsack zu befördern und aufzuwärmen, weshalb es nicht so ist, als hätte ich sie gründlich untersucht.

Und dieser Gedanke sollte mir keinen pochenden Ständer bescheren, aber das tut er.

Meine Nasenlöcher weiten sich und ich drehe meine Hüften entschieden von ihr weg, damit sie nicht sieht, welche Wirkung sie auf mich hat.

„Ähm, nein. Ich glaube, mir geht's gut. Dank dir."

Ihre zögerliche Dankbarkeit sorgt für eine überraschende Wärme in meiner Brust. Was dumm ist. Ich habe jedenfalls nicht mit ihrem Dank gerechnet oder mir diesen gewünscht.

„Ich werde nicht einmal fragen, was zur Hölle du dort draußen getrieben hast, denn ich bin mir ziemlich sicher, dass es nur den Wunsch in mir wecken wird, dich übers Knie zu legen."

Sie atmet scharf ein.

Oh fuck. Das hätte ich nicht sagen sollen.

Ich kehre ihr meinen Rücken zu, wende den Speck, staple Pfannkuchen auf einem Teller und werfe einen für ihren Hund auf den Boden. Über dem Geruch von Speck und Pfannkuchen erhasche ich ihren Duft.

Diese süße Erregung.

Meine Fresse.

Im Ernst? Sie ist von meinem Kommentar angetörnt? Das wusste ich nicht.

Das wusste ich wirklich nicht.

Denn jetzt kann ich nicht aufhören, daran zu denken, wie sehr es mir gefallen würde, sie vornüberzubeugen und diesen Hintern rot zu versohlen, weil sie beinahe erfroren ist.

„Das war absolut unangebracht." Ihre Stimme klingt erstickt.

Ich bin nicht Arschloch genug, mich jetzt nicht umzudrehen. Ich finde ihre Wangen knallrot und ihre Augen Funken sprühend vor. Die Art und Weise, wie sich ihre Brust zu schnell hebt und senkt, bringt mich auf den Gedanken, dass ich ihr gerne auf andere Arten den Atem rauben würde.

„Du hast recht", gestehe ich. „Ich bin ein Arsch. Und ich habe nicht oft Gesellschaft. Ich bin etwas eingerostet, wenn es darum geht, was man zu einer Frau sagt, die man ausgezogen, aber nicht gevögelt hat."

Oh beim Schicksal noch mal! Jetzt grabe ich mir wirklich ein Loch.

Der Geruch ihrer Erregung wird stärker. „Okay, du hörst jetzt am besten auf, bevor es noch schlimmer wird", warnt sie und ich bin überrascht, als ich spüre, dass sich meine Mund-winkel leicht anheben.

Mein Schwanz wird entlang meines Hosenbeins länger.

„Wer bist du?", verlangt sie plötzlich zu wissen, als würde sie meine Unterschiede spüren. Dass ich eine ganz andere Spezies als sie bin.

Ich drehe mich wieder zum Herd, gieße drei hübsche Teigkreise in die Bratpfanne und lasse gefrorene Heidel-beeren auf diese fallen. „Ich bin niemand."

Natürlich klingt das sehr verdächtig. Der Geruch ihrer Erregung verschwindet und wird von dem metallischen Geruch von Angst ersetzt.

Sie wurde vermutlich gewarnt, dass hier oben Frauen verschwinden. Denkt sie, ich sei der Mörder?

Ich zerbreche mir das Gehirn, was ich sagen könnte, um sie zu beruhigen, aber mir fällt nichts ein. Das Einzige, das mir einfällt, ist Frühstück zu machen und den Mund zu halten. Ich setze einen Kaffee auf, dann hebe ich die erste Portion Speck aus der Bratpfanne und gebe eine zweite hinein. „Hier", grunze ich und stelle den Teller, auf dem sich Pfannkuchen hoch stapeln sowie einen Teller mit Speck auf den kleinen Tisch, der am Fenster steht. Das Fenster, das zur Hälfte von einer Schneewehe verdeckt wird. Ihr Hund folgt uns dicht auf den Fersen, die bettelnden Augen auf mich gerichtet.

„Du musst Hunger haben." Ich schiebe den Teller mit der Butter zusammen mit einem Krug Honig auf den Tisch.

Sie steht neben dem Tisch, während ich Kaffee einschenke. Ihre nervöse Energie lässt mich wünschen, ich könnte wieder Winterruhe halten. Es ist meine automatische Reaktion auf alles, bei dem Emotionen notwendig sind. Oder Anstrengung. Oder irgendein Lebensfunke.

Ich reiche ihr einen Teller und Gabel und deute mit dem

Kinn zu dem Stuhl am Tisch. Sie nimmt sie wortlos entgegen und setzt sich. Ich werfe dem Hund ein Stück Speck zu, setze mich ihr gegenüber und ertränke meinen Stapel Pfannkuchen in Honig.

Sie beobachtet mich misstrauisch. „Naschkatze, hm?"

Ich schaue hinab auf all den Honig auf meinen Pfannkuchen, während ich einen großen Happen nehme. Ich vermute, es ist eine Menge. Ich zucke mit den Achseln. „Ich schätze schon", sage ich mit vollem Mund. „Ich mag Honig."

Ich glaube, ich bemerke Belustigung auf ihrem Gesicht, aber wir essen, ohne zu sprechen. Es sollte mir egal sein, ob sie das Essen mag oder nicht, aber mein Bär ist törichterweise zufrieden, als sie ihren Teller leer isst und sich Nachschub holt.

„Nun, was jetzt? Ich schätze nicht, dass du hier ein Schneemobil hast? Oder eine andere Möglichkeit, wie ich zur Forscherhütte zurückkehren kann?"

Ich stehe auf, hole die zweite Portion Speck und stelle sie auf den Tisch. „Doktor M., du gehst nirgendwohin."

 *iranda*

Zwei Gedankenräder drehen sich gleichzeitig. Eins – er nannte mich *Doktor*, was Respekt ausdrückt, sogar Bewunderung. Aber zwei – er deutete gerade an, dass ich keine Wahl habe, ob ich gehe oder nicht.

Es ist der zweite Gedanke, an dem ich hängen bleibe. „Wie bitte?" Die Feministin in mir hebt ihren Kopf und ist bereit, mich gegen einen weiteren Mann zu verteidigen, der denkt, er könne mich kontrollieren.

Caleb – der griesgrämige Holzfäller mit den zwölfpack Bauchmuskeln wölbt ebenfalls eine Braue. „Du hast mich gehört." Er isst einen Happen Speck. Mit *Happen* meine ich, dass er die Hälfte von drei Stücken gleichzeitig abbeißt und sie langsam kaut, während er mich mit einem finsteren Blick bedenkt.

Ich bemühe mich, seine Worte zu interpretieren. Ich meine, ich schätze, es ist offensichtlich, dass ich nicht gehen kann. Das will er damit wahrscheinlich sagen. Aber ich mag es nicht, wie er es gesagt hat. Denn entweder ist er ein kontrollierendes Arschloch oder er ist der psychopathische Killer, der vorhat, mich hier festzuhalten und im Keller zu vergraben.

Okay, ich glaube nicht, dass die Hütte überhaupt einen Keller hat, aber dann eben im Garten hinter der Hütte.

„Willst du damit sagen, dass ich nicht gehen kann?"

„Jepp. Das ist genau das, was ich sage."

Ich verenge die Augen zu Schlitzen. „Wirst du versuchen, mich aufzuhalten?"

„Klar werde ich das tun. Und weißt du warum? Denn selbst wenn du dich in Schneewehen, die bereits bis zu deiner Brust reichen, weiter als drei Meter von dieser Hütte entfernen könntest – was ich ernsthaft bezweifle – ist der Weg mit Schnee bedeckt und du kennst den Rückweg nicht. Du wirst höchstwahrscheinlich in eine Schneewehe fallen und dieses Mal wirklich Erfrierungen erhalten. Dann werde ich in die Kälte raus müssen und dich wieder hierher schleifen müssen." Er beendet seine epische Rede, indem er einen Schluck Kaffee trinkt.

Ich verschränke die Arme vor der Brust. Er hat nicht unrecht. Ich will nur nicht tagelang mit Mr. Griesgram in einer abgelegenen Hütte festsitzen. Auch nicht wenn Mr. Griesgram zufällig Mr. Groß, Dunkel, Tätowiert und Bärtig mit einem sexy Holzfäller-Vibe ist. *Insbesondere* deswegen nicht.

„Na schön. Ich gehe nirgendwohin. Aber nur fürs Protokoll, ich habe mir nicht ausgesucht, hier bei dir festzusitzen."

„Damit wären wir schon zu zweit." Er starrt mich über den Rand seiner Kaffeetasse hinweg finster an. „Was zur Hölle hat dich überhaupt dazu gebracht, bei diesem Wetter hier hoch zu kommen?"

„Ich dachte nicht, dass es so schlimm sein würde", sage ich durch einen zusammengepressten Kiefer. „Und es schneite nicht, als ich gestern die Forscherhütte verließ. Der Sturm zog so plötzlich auf und ich verlor die Orientierung. Ich bin nicht dumm." Ich stehe auf und bringe unser Geschirr zum Spülbecken.

„Dachte auch nicht, dass du das wärst, Doktor M." Er betont *Doktor*. Macht er sich über mich lustig?

„Ich habe einen Abgabetermin. Ich brauche diese Werte. Es ist wichtig." Es gibt keine Geschirrspülmaschine, weshalb ich anfange, das Geschirr von Hand abzuspülen und in das Trockengestell zu stellen.

„Es ist nicht dein Leben wert", brummt er. Ich wage einen Blick über meine Schulter. Irgendetwas an seinem Gesichtsausdruck erinnert mich an Dr. Alogore und meine feixenden Kollegen.

„Weißt du was? Vergiss es. Du würdest es nicht verstehen."

„Was soll das heißen?" In seinen schwarzen Augen blitzt ein gelbes Funkeln auf. Großartig, ich habe ihn verstimmt. Vermutlich nicht die beste Idee, aber ihn wütend zu machen, verschafft mir eine gewisse Befriedigung. Ich habe das Gefühl, dass er seit einer Weile nicht mehr mit jemandem geredet hat, geschweige denn sich einen verbalen Schlagabtausch geliefert hat. Nun, das hat er mehr oder weniger schon gesagt, oder nicht? „Ich bin auch nicht dumm, Schätzchen."

„Bitte nenn mich nicht *Schätzchen*." Ich deute mit einem Finger auf ihn.

Er zuckt mit den Achseln. „Du bist in meiner Hütte. Du wirst dich mit meiner Art abfinden müssen. Ich meine es nicht böse."

Ich schnaube. „Es ist herablassend."

„Lady, was ist dein Problem?"

Die *Lady* macht mich auch wütend. „Willst du es wirklich wissen?" Ich werfe die Hände in die Luft. „Du willst wissen, was mein Problem ist? Mein Problem ist, dass jeder Mann, dem ich jemals begegnet bin, versucht, mir zu sagen, was ich tun soll. Dass sie mich wie einen Fußabstreifer behandeln und auf mir herumtrampeln. Ich habe Neuigkeiten für dich, Kumpel." Meine Stimme wird jetzt lauter. „Ihr denkt, ihr wärt Gottes Geschenk an die Menschheit und dass Frauen nur da sind, um eure Egos zu streicheln, eure Schwänze zu blasen und ich weiß nicht, hübsch auszusehen. Aber das sind wir nicht. Wir sind nicht für euch da."

Caleb starrt mich an, als wäre ich eine zischende Gans. Was ich, vermute ich, auch bin. Es ist komisch, aber es fühlt sich gut an, einem Mann ausnahmsweise einmal die Meinung zu geigen. Das ist etwas, das ich im Labor nicht tun kann, da die gesamte Wissenschaftswelt von Männern regiert wird. Ein falsches Wort und man wird für immer bei guten Stellen übergangen.

„Ich weiß nicht, was dir ein Mann angetan hat, aber es besteht kein Grund dazu, das an mir auszulassen."

Da ich mit dem Geschirr fertig bin, lasse ich mich auf einen Stuhl fallen. „Du hast recht. Es tut mir leid. Ich bin nur frustriert, dass ich ohne meinen Computer hier festsitze. Ich habe so viel zu tun und keine Möglichkeit, es zu tun." Bär kommt und leckt meine Hand.

„Und ich würde lieber auf dem Sofa schlafen. Aber wir sitzen hier zusammen fest, also können wir genauso gut das Beste daraus machen."

Die Waschmaschine piept und ich springe auf die Füße, dankbar, dass ich etwas – irgendetwas – zu tun habe. Ich werfe meine Kleider in den Trockner und starte diesen.

Alles in der Hütte ist ordentlich und sauber. Gepflegt. Es ist schlicht und rustikal, aber nicht bar jeglicher Annehmlichkeiten. Zum Beispiel habe ich bemerkt, dass ein Küchenabfallzerkleinerer im Spülbecken eingebaut ist. Und dass es im Wohnzimmer Deckenventilatoren gibt.

Beobachte den rustikalen Holzfäller in seinem natürlichen Lebensraum...

Ich räuspere mich. „Meinst du, es wird den ganzen Tag schneien?"

Caleb blickt aus dem Fenster. „Gut möglich. Wie auch immer, du wirst nicht gehen. An deiner Stelle würde ich mich darauf einstellen, noch mindestens eine weitere Nacht hierzubleiben. Vielleicht zwei, falls es nicht zu schneien aufhört." Er hebt sein Kinn in die Richtung von zwei Türen, hinter denen sich Schlafzimmer verbergen müssen. „Du kannst das Zimmer links nehmen. In der obersten Schublade der Kommode ist Bettwäsche."

„Dankeschön." Ich bereue meinen Ausbruch. Es ist merkwürdig, dass ich mich so wohl fühlte, dass ich einem Fremden gegenüber schnippisch wurde. Vielleicht hat die Art und Weise, wie wir die letzte Nacht verbrachten, etwas damit zu tun. „Ich weiß deine Gastfreundschaft zu schätzen. Ich wollte nicht –"

Er winkt ab. „Spar dir das. Ich brauche keine Entschuldigung. Nicht, wenn meine Manieren beschissen sind."

Nun. Das sollte nicht dafür sorgen, dass es mir in der Brust ganz warm und flattrig zumute wird. Ich habe keine Ahnung, warum ich mich so zu diesem Mann hingezogen fühle.

Ich laufe in das Schlafzimmer, um das Bett zu beziehen. Das Zimmer ist lavendelfarben gestrichen. Ein einziges Bett steht an der Wand, die Matratze nackt. Wie er sagte, finde ich in der Schublade Bettwäsche. Blümchen-Bettwäsche.

Caleb kommt mir definitiv nicht wie die Sorte Mann vor, die lila Wände und geblümte Bettwäsche hat. Nicht einmal in einem Gästezimmer. Wer hat also die Bettwäsche gekauft? War sie bei der Hütte mit dabei? Vielleicht mietet er die Hütte und sein Vermieter hat die Bettwäsche gestellt. Allerdings bin ich mir ziemlich sicher, dass ihm diese Hütte gehört. Sie spiegelt ihn einfach so gut wieder.

Ich mache das Bett und werfe die gefaltete Tagesdecke, die ich im Schrank finde – ebenfalls in fröhlichen, hellen Farben und geblümt – über alles. Ich sollte in diesem Zimmer bleiben und ihm etwas Freiraum geben. Sein Heim ist klein und er hat immerhin nicht um einen Gast gebeten.

Doch in dem Zimmer ist es kühler. Es gibt kein Feuer. Und nichts zu tun.

Oh, wem mache ich hier etwas vor? Hier ist kein Caleb. Und ich werde von dem Mann angezogen wie Bären von Honig.

Ich gehe zurück in den Hauptbereich und erinnere mich plötzlich daran, dass ich mein iPad und die Jahrringproben in meinem Rucksack haben sollte. Damit hätte ich etwas, an dem ich arbeiten kann.

„Caleb?"

Er zuckt zusammen und ich unterdrücke ein Lachen. Der Mann ist in den wenigen Minuten, die ich nicht im Raum war, eingeschlafen. Ich vermute mal, dass er letzte Nacht nicht gut geschlafen hat, so wie mein Körper an seinen gepresst war.

„Hatte ich einen Rucksack dabei, als du mich gerettet hast?"

„Ähm, ja." Er reibt sich über das Gesicht und erhebt sich. Die Muskeln seiner langen Beine kontrahieren kraftvoll und er lässt die Bewegung trotz seiner Größe und des niedrigen Sofas elegant aussehen. Er holt meinen Rucksack hinter der Eingangstür hervor. „Hier, bitteschön."

„Gott sei Dank", hauche ich mehr zu mir selbst als ihm. „Ich kann mit dem Katalogisieren beginnen."

~

Caleb

VERDAMMT, diese Frau wird mich noch vollkommen wahnsinnig machen. Und das nicht nur, weil sie eine schreckliche Nervensäge ist – was sie ist. Eher weil es meinen Bären auf vulgäre Gedanken bringt, auf so beengtem Raum mit ihr eingesperrt zu sein.

Im Idealfall könnte ich einfach in mein Schlafzimmer gehen, die Tür schließen und schlafen, bis es an der Zeit ist, dass sie geht. Aber Menschen halten keine Winterruhe und sie würde das komisch finden. Außerdem weckt sie mich ständig wegen irgendeinem Scheiß auf.

Sie eilt an mir vorbei, wobei sie vor sich hin murmelt: „Die Männchen der Spezies beherrschen nur die grundlegendsten Alltagsfähigkeiten. Fortgeschrittene Nestbautechniken werden den Frauen überlassen, die eine fürsorgliche Umgebung für ihre Nachkommen schaffen –"

„Was zum Teufel?", bricht es aus mir hervor und sie wirbelt mit rotem Gesicht herum.

„Was?" Ihre Lippen bewegen sich und formen Ausreden. „Ähm, habe ich das laut gesagt? Sorry, ich unterhalte mich, indem ich so tue, als würde ich etwas kommentieren. Es ist ein dummes Spiel."

Verdammt, ihr Gesicht ist so niedlich. Mit ihren geröteten Wangen und geteilten Lippen sieht sie wie frisch gevögelt und befriedigt aus.

Nein. Nein. Nein. Denk nicht darüber nach...

„Nur –" Ich wedle mit der Hand zum gegenüberliegenden Ende der Hütte. „Bleib dort drüben."

Klasse. Wie unfassbar gastfreundlich.

Sie stampft davon und brummelt dabei irgendetwas über: „Lange Perioden der Isolation können in dem Verlust von grundlegender Höflichkeit und des Wissens um soziale Interaktionen resultieren…"

Ich bin dankbar, als sie verstummt, aber nichts hilft mir dabei, zu vergessen, dass sie hier ist. Sie hier zu haben, ist eine besondere Form der Folter. Ich kann nicht einfach hier herumsitzen und nichts tun, während sie meinen ganzen Raum einnimmt. Ihr Erdbeer- und Vanilleeisgeruch kitzelt mich in der Nase. Ihr arrogantes feministisches Gehabe bringt mich auf die Palme. Ihr kurviger Körper sieht aus, als wäre er reif für wilden Sex. Mein Bär dringt so schnell an die Oberfläche, dass sich mein Sichtfeld verändert. Ich blinzle schnell und schubse ihn zurück.

Scheiße! Hör auf, über Sex mit ihr nachzudenken.

Hör. Zu. Denken. Auf.

Vielleicht sollte ich ins Schlafzimmer gehen und mir einen runterholen. Nur, um Dampf abzulassen. Mein Schwanz zuckt in meiner Jeans. Er ist eindeutig für die Idee.

Aber in der Hütte ist es so ruhig, dass sie mich vermutlich hören würde.

Meine Fresse, warum habe ich keinen Fernseher? Radio? Irgendetwas, um eine angenehme Distanz zwischen mir und dieser Menschenfrau zu schaffen?

 iranda

CALEB DÖST den Großteil des Morgens hinter einem *National Geographic*, auf dessen Cover Grizzlybären sind. Er bewegt sich bis zum Mittagessen nicht von der Couch, als er uns Truthahnsandwiches macht, die er mit einer Schale gemischter Nüsse serviert.

Ich helfe dabei, die Küche aufzuräumen, dann setze ich mich hin und katalogisiere die wenigen Jahrringproben, die ich nahm. Als ich fertig bin, mache ich mir auf meinem Tablet Notizen zu meiner Forschung. Im Anschluss verbringe ich ein paar Stunden damit, den Vorschlag für ein Forschungsprojekt zu korrigieren, den ich zufällig ebenfalls auf meinem Tablet gespeichert habe. Es gibt kein WiFi und mein Handy funktioniert nicht, weshalb ich keine E-Mails abrufen oder Geschäftskorrespondenz erledigen kann.

Als ich von all der Arbeit erschöpft bin, die ich ohne meinen Laptop machen kann, schalte ich das Tablet aus.

„Nun, ich habe nichts mehr zu tun", verkünde ich, auch wenn Caleb nichts von Gesprächen hält. „Ich kann nicht fassen, dass du keine Spiele hast. Ein Kartenset. Ein Puzzle. Irgendetwas. Egal was."

Ich gehe zum Fenster und drücke mein Gesicht an das Glas. Obwohl ich gestern fast erfror, finde ich den Schnee wunderschön.

„Trivial Pursuit?", frage ich hoffnungsvoll, obgleich ich die Antwort schon kenne. „Das ist mein Lieblingsspiel." Ich plappere, aber die Stille setzt mir wirklich zu. „Mein letzter Freund hasste es, das mit mir zu spielen, weil ich immer gewann. Hast du es schon mal gespielt?"

„Nein."

„Mein Ex meinte, es sei Zeitverschwendung, all diese nutzlosen Fakten zu lernen, aber ich denke, er war nur ein schlechter Verlierer." Ich drehe mich von dem Fenster weg und gehe wieder dazu über, über den Boden zu tigern. Seine Hütte ist kurioserweise bar jeglicher persönlicher Gegenstände, aber sie ist ziemlich gemütlich. Es liegen Teppiche auf dem Boden und die Wände sind in hübschen Farben gestrichen – Apfelgrün und ein fröhliches Gelb. Die Dekoration scheint dem griesgrämigen Holzfäller nicht ähnlich zu sehen.

Doch in anderer Hinsicht scheint ihm die Hütte sehr zu entsprechen. Maßgefertigte Schränke, die vielleicht von Hand bearbeitet und gezimmert wurden. Eine wunderschöne Platte polierten, gemaserten Holzes wurde zu einem Wohnzimmertisch verarbeitet. Hat er das alles gebaut? Er wirkt wie ein Mann, der mit seinen Händen arbeitet.

Ich mustere sie. Sehr große, schwielige Hände.

Ich erschaudere, denn mir fällt ein, dass mich diese Hände gestern Nacht auszogen und mir sachte in eine Wanne lauwarmen Wassers halfen. Wie würde es sich wohl anfühlen, von diesen Händen gestreichelt zu werden?

Oder sogar... festgehalten zu werden. Grob angepackt zu werden. Hart gevögelt zu werden. Ja, nicht von den Händen, aber von dem Mann. Wow. Ich kann nicht fassen, dass ich diese Gedanken habe.

Die Paarungsgewohnheiten der menschlichen Spezies. Das Männchen stolziert mit geschwellter Brust umher und lässt die Muskeln spielen. Es füttert und sorgt für das Weibchen, womit es ihr beweist, dass es ein geeigneter Gefährte sein wird und über die Fähigkeit verfügt, für ihre Jungen zu sorgen. Das Weibchen gibt vor, das nicht zu bemerken, aber es ist nur eine Frage der Zeit, ehe sie eine Ausrede findet, über sein großes, wachsendes Glied zu streichen. Der daraus resultierende Paarungstanz beinhaltet Geschlechtsverkehr auf dem Sofa, auf dem Boden, auf dem Küchentisch...

Argh! Mein Spott-u-mentar-film wird zu einem Porno. „Hüttenkoller-Sex: Unschuldige Forscherin gerettet von Holzfäller zeigt ihre Dankbarkeit." Davon könnte ich absolut zum Orgasmus kommen. Vor allem wenn Caleb die Hauptrolle spielt.

Ich reibe mir mit einer Hand über mein erhitztes Gesicht. Vielleicht hebt das beinahe Erfrieren im Wald und die Nahtoderfahrung die Hormonlevel auf epische Höhen.

Caleb schaut mich von seinem Stuhl aus düster an. Bär beobachtet mich, ohne sich von seiner entspannten Position am Boden in der Nähe von Calebs Füßen zu bewegen. Es ist komisch, dass mein Hund Caleb jetzt für sein Herrchen zu halten scheint. Ich schätze, er ist auch ein sexistisches Schwein, das sich dem Mann im Raum unterwirft. Verräter.

„Komm schon." Ich klatsche in die Hände. „Lass uns ein Spiel spielen."

„Nein."

„Wahrheit oder Pflicht?"

„Passe."

„Bitte", flehe ich. „Was sollen wir sonst tun?"

Caleb brummt etwas, das verdächtig klingt wie: „Dachte eine schlaue Wissenschaftlerin würde ruhiger sein."

Ich rümpfe die Nase. „Wir können entweder etwas spielen oder ich kann dir von meiner Forschung erzählen."

„Nein."

„Mein aktuelles Projekt beschäftigt sich mit den Auswirkungen des Klimawandels auf den Baumbestand in New Mexico. Ich benutze Proben von Ponderosa-Kiefern, um mir anzuschauen, was im Verlauf der letzten hundert Jahre oder sogar mehr geschehen ist."

Caleb grunzt.

Ich weiß, dass er eigentlich kein Interesse daran hat, aber da er mich mit diesem ‚ruhiger'-Kommentar angestachelt hat, kann ich einfach nicht anders, als es ihm heimzuzahlen. Ich mache mich daran, ihm die Details meiner Forschung, die von einem Stipendium finanziert wird, zu erklären. „Im Grunde genommen, habe ich eine Parzelle in der Nähe der Forscherhütte abgesteckt, und jetzt muss ich von jedem Baum innerhalb dieser Parzelle eine Probe nehmen. Ich fing letzten Herbst an, aber die Parzelle stellte sich als zu klein heraus, weshalb ich wieder hier bin, um eine größere Probe zu nehmen."

Calebs sinnliche Lippen werden schmal, aber er wendet den Blick nicht ab. Er starrt mich mit einer enervierenden, tierähnlichen Intensität an.

Ich plaudere trotzdem weiter. „Meine Vorprüfung zeigt bedeutsame Auswirkungen an den Bäumen. Wenn ich das mit meiner Forschung an Weißstämmigen Kiefern kombiniere, sollte ich aussagekräftige Beweise haben. Vor allem mit der Weißstämmigen Kiefer. Sie ist eine Schlüsselart in Colorado

und Wyoming. Ihr Rückgang wirkt sich schlimm auf die Tier-
welt dort aus, vor allem auf Braunbären, die von den Pinien-
kernen als Nahrungsquelle abhängig sind."

Aus irgendeinem Grund scheint Caleb das interessant zu
finden. Er legt den Kopf zur Seite und öffnet den Mund, als
würde er gleich etwas sagen, aber dann wackelt sein Bart
zusammen mit seinem Kopf, als hätte er seine Meinung geändert. „Also, was haben dir diese Männer angetan?"

„Was? Welche Männer?" Ich sehe mich in dem Raum um,
als würde ich nach den imaginären Männern suchen.

„Die, die du vorhin erwähnt hast. Die, die dich wie einen
Fußabstreifer behandeln." Er macht ein finsteres Gesicht, als
er das sagt, und ballt die Fäuste. Wenn Dr. Alogore oder einer
der Dockers-tragenden-Brigade hier wäre, würden sie neben
Calebs körperlicher Perfektion bleich und schwabbelig aussehen. Ich ziehe perverse Freude daraus.

„Ach, das ist nicht so wild." Ich winke ab. „Sie sind nicht
wichtig. Es war sowieso falsch von mir, dich mit ihnen in
einen Sack zu stecken."

„Haben sie dir wehgetan?"

„Was?" Meine Augen weiten sich wegen der Spannung,
die seine muskulösen Arme hinaufzieht. Es ist atemberaubend. Ich bin noch nie einem Mann wie ihm begegnet. So
wild und grob, aber nicht unfreundlich. Und eindeutig
verstimmt über jegliches Unrecht, das mir widerfahren sein
könnte.

Wow.

„Nein. Ganz und gar nicht. Nun, außer du zählst emotio-
nalen und karrierebezogenen Kummer mit. Sie sind nur...
Chauvinisten. Und nicht respektvoll. Sie behandeln mich wie
ein Sexobjekt. Oder ihre persönliche Forschungsassistentin.
Oder noch schlimmer – eine Sekretärin."

Seine Nasenflügel weiten sich. „Fassen sie dich ohne dein

Einverständnis an?", knurrt er. Die Härchen in meinem Nacken richten sich auf, aber meine Brustwarzen werden auch hart. Irgendetwas an diesem wilden Holzfäller, der das Wort *Einverständnis* sagt. Oooh, sexy. Schauder.

„Nein, nichts Derartiges." Ich werfe meine Haare nach hinten. „Es ist nur so, dass sie meine Beiträge nicht respektieren. Mein Gehirn ist bei ihren Projekten nur in einer Unterstützungsfunktion nützlich. Sie schätzen meine Forschung nicht. Sie laden mich nie ein, bei irgendetwas die Führung zu übernehmen. Sie lassen mich nur die ganze mühselige Arbeit machen – die Anträge und Forschungsartikel schreiben – und dann setzen sie ihre Namen auf den Veröffentlichungen über meinen."

Caleb schimpft etwas.

„Was war das?" Ich lege eine Hand an mein Ohr, bereit, ihm für irgendeinen sexistischen Kommentar den Rost runterzumachen.

Er räuspert sich. „Dann sind sie Idioten." Er sieht mir direkt in die Augen.

Ich schlucke.

„Jeder Mann würde sich glücklich schätzen, dich in seinem Team zu haben. Du bist eindeutig eine hart arbeitende, ehrgeizige Wissenschaftlerin, die sich mit ihrem Scheiß auskennt."

Nun, wie nett. „Danke –"

„Aber es wäre schwer für sie, zu ignorieren, dass du eine Augenweide bist."

Und schon vermasselt er es wieder. Ich verdrehe die Augen. „Wahrheit oder Pflicht."

Er schüttelt den Kopf.

„Ich war gerade dran. Es war Wahrheit. Jetzt bist du dran."

Er stöhnt.

„Wahrheit also. Warum bist du ganz allein hier oben?"

„Geht dich nichts an", knurrt er und hebt seinen Stuhl hoch, dreht ihn zum Kamin und lässt ihn mit einem Knall fallen. Bär gibt ein leises Winseln von sich.

„Na schön, dann eben nicht." Ich gehe wieder dazu über, durch die Hütte zu tigern.

Langeweile macht sich in mir breit. Ich kann es nicht ertragen, nicht beschäftigt zu sein – nicht zu arbeiten, vor allem mitten am Nachmittag. Normalerweise arbeite ich, bis ich nicht mehr denken kann, und dann erlaube ich meinem Gehirn eine Pause und schaue mir *The Bachelor* oder *The Voice* an. Ich habe tatsächlich einige Episoden von *The Bachelor* auf meinem Tablet gespeichert, aber wenn ich den ganzen Tag hier sein werde, vielleicht sogar länger, denke ich, dass ich sie für später aufheben sollte. Wie für heute Nacht, wenn ich bereit fürs Bett bin und mich entspannen muss.

Caleb hat nicht einmal einen Fernseher. Und er scheint kein Problem damit zu haben, nichts zu tun.

Ich verstehe das wirklich nicht.

„Was arbeitest du?", frage ich ihn. „Wenn du nicht eingeschneit bist?"

„Bauwesen. Straßenbauarbeiten. Gelegenheitsjobs."

Ich ziehe eine Augenbraue hoch. „Im Winter?"

Einer seiner Mundwinkel biegt sich zu seinem schiefen Lächeln. „Kluge Frau. Nah, nicht im Winter. Im Winter ruhe ich mich normalerweise aus. Aber letzten Monat hab ich gegen Bezahlung an einem kleinen Käfigkampf teilgenommen."

Ich reiße die Augen auf und das Bild von ihm, nackt bis zur Taille, die Fäuste erhoben, blitzt viel zu schnell in meinen Gedanken auf. Ich hasse Boxen – schaue mir nie irgendeine Art von Kämpfen an – aber aus irgendeinem Grund bin ich angetörnt. All meine weiblichen Stellen aktivieren sich, meine Nippel werden hart, meine Klit summt.

Das Dominanzgebaren eines Männchens in der Blüte seiner Jahre schafft es stets, die Weibchen der Spezies anzulocken, ganz gleich wie weitentwickelt...

Im Ernst. Das muss an den Nachwirkungen der Hypothermie liegen. Ich bin sonst nie so hormongesteuert. Vor allem nicht bei einem so männlichen Mann wie Caleb.

„Ich wette du teilst ordentlich aus", sinniere ich mehr an mich selbst gewandt als an ihn.

Er zieht seine Augenbrauen hoch, als wäre er überrascht, dann zuckt er mit den Achseln. „Der Gegner beim letzten Kampf gab auf, was für mich eine riesige Enttäuschung war, obwohl ich die Gewinne einstrich. Ich konnte nicht einmal kämpfen."

Ich ziehe meine Unterlippe durch meine Zähne. Ich schwöre, ich fühle, wie sein Testosteron wie eine warme Welle über meinen Körper schwappt.

Was brachte mich nochmal auf den Gedanken, dass ich Männer hasse?

Dieser hier lässt all die Eigenschaften, die ich normalerweise hasse, bewundernswert erscheinen.

Um mich davon abzulenken, ihn gedanklich auszuziehen, stehe ich auf, durchsuche die Küche und mache mich mit allem vertraut. „Weißt du, worauf ich Lust habe?"

Caleb grunzt.

„Heiße Schokolade. Hast du heiße Schokolade da?" Ich wühle in seinen Schränken.

„Was denkst du?" Caleb klingt angeekelt.

„Es muss nicht die Mischung sein. Ich kann jeden Schokoriegel benutzen... ihn schmelzen oder so was." Ich schnappe mir eine Flasche ohne Etikett. „Was ist das?"

„Nichts."

Ich schüttle die Flasche und etwas schwappt hin und her. „Klingt nicht nach nichts." Ich ziehe den Korken raus und schnuppere. Reiner Kornbranntwein verätzt mir die Nase und ich stottere: „Puh, Hallo." Ich huste. „Was ist das, Eintausendprozentiger?"

„Nein." Caleb ist an meiner Seite und greift nach der Flasche. Ich habe nicht einmal gesehen, dass er sich bewegt hat. „Stell ihn zurück. Dieses Zeug ist stärker, als du dir vorstellen kannst."

„Nein." Ich verstecke die Flasche hinter meinem Rücken, zufrieden, dass ich ihn aus seinem Stuhl gekriegt habe. Er drängt mich gegen die Schränke. „Sie gehört jetzt mir."

„Ich warne dich. Er ist viel zu stark für einen Men – ich meine Frau."

„Wolltest du *Menschen* sagen?" Ich lache. „Wer es findet, darf es behalten."

„Was wirst du tun, es trinken?" Er verschränkt die Arme vor seiner Brust, wodurch sich seine Bizepse wunderschön wölben.

„Vielleicht werde ich das tun." Ich ziehe die Flasche hinter meinem Rücken hervor und beäuge sie. Das Zeug ist ein bisschen einschüchternd in der braunen Flasche. Ich schnuppere am Rand. Riecht ein bisschen wie Terpentin. Vielleicht ist es gar nicht genießbar.

Caleb ragt über mir auf. Er ist in meinen persönlichen Raum eingedrungen und mein Körper scheint das zu lieben. Ich berühre das Glas mit meiner Zunge.

„Das wagst du nicht", sagt er.

Jetzt habe ich etwas zu beweisen. „Hoch die Tassen." Ich nehme einen Schluck.

Ehe ich mich versehe, bin ich vornübergebeugt und keuche, während Feuerzeugbenzin mein Inneres versengt.

„Miranda", brüllt er und hämmert mir auf den Rücken.

Wo mein Magen einst war, ist nun eine qualmende Grube. Es ist das erste Mal, dass er meinen Namen gesagt hat, und ich mag, wie es klingt. Vor allem mit dieser besorgten Note.

„Verdammt", huste ich und Tränen laufen mir aus den Augen. „Das pustet die Rohre wirklich frei."

„Ich dachte, du würdest einen Schluck nehmen, nicht die halbe verdammte Flasche leeren." Er muss die Flasche davor bewahrt haben, aus meinen tauben Händen zu fallen, denn er stellt sie mit einem Knall auf die Theke.

„Du bist dran", krächze ich.

„Auf keinen Fall." Er befördert meinen willigen Körper auf einen Stuhl.

„Du bist derjenige, der sie zurückwollte. Ich fordere dich heraus."

„Nein."

Ich deute auf die Flasche. „Angsthase."

Seine Augen werden schmal. Innerlich juble ich. Ich weiß nicht, was über mich gekommen ist, dass ich diesen Mann belästige, aber jetzt, da ich mir sicher bin, dass er wirklich ein Gentleman ist, macht es mir wahnsinnig Spaß, ihn zu ärgern. *Das Weibchen testet das Männchen durch Flirten, um sicherzugehen, dass er es wert ist...*

Leise knurrend marschiert er zur Theke, packt den Flaschenhals und trinkt einen Schluck. Ich beobachte ihn und warte auf irgendwelche Anzeichen von Qualen. Nichts. *Nada.* Nicht ein Husten oder ein Augenzucken. Caleb ist ein richtig harter Typ.

In der Zwischenzeit tritt der Alkohol nicht nur in meine Blutbahn ein, sondern brennt vielmehr eine feurige Spur durch jedes einzelne meiner Gliedmaße. Ich stoße meine Faust in die Luft und juble: „Wahrheit oder Pflicht!"

Caleb setzt sich mir gegenüber hin und umklammert mit einer Hand die Flasche. „Oh, nein. Du bist dran."

„In Ordnung." Ich lecke mir über die Lippen. Sein Blick schnellt zu meinem Mund. Verdammt, ich muss aufhören. „Ähm… Wahrheit." Ich denke nicht, dass ich schon bereit für eine weitere Pflicht bin, vor allem nicht wenn dabei Selbstgebrannter mit Terpentingeschmack involviert ist.

„Wo ist dein Mann?"

„Was?" Mein Mund bewegt sich jetzt langsam. Tatsächlich fühlt sich mein gesamtes Gesicht ein bisschen taub an. Ich klopfe auf meine Lippen, bis mir bewusst wird, was ich da tue. „Von welchem Mann redest du?"

„Dem Mann, dem ich in den Arsch treten werde, weil er dir erlaubt hat, allein und ohne Begleitung hier hoch zu kommen."

Meine Stirn kräuselt sich, während ich dahinter zu kommen versuche, von wem er redet. „Mann, dem du in den Arsch treten wirst… meinst du meinen Boss?"

„Nein, aber ihn mag ich auch nicht." Sein Knurren bringt den Tisch zum Zittern. Dr. Alogore steht definitiv auf seiner schwarzen Liste. Der furchteinflößende Holzfäller ist einschüchternd. Ich würde es mir definitiv nicht mit ihm verscherzen wollen. Ich meine, auf eine nicht flirtende Weise. Oh Gott – flirte ich etwa?

Ich flirte nie!

„Ich meine deinen Mann. Sag mir nicht, dass eine Frau wie du keinen Mann hat." Daran, wie er seinen Blick über meinen Körper gleiten lässt, wird mir alles plötzlich glasklar.

„Whoa, whoa, whoa." Ich wedle mit den Händen. Verdammt, ist es hier drin heiß? Ich öffne ein paar Knöpfe des Flanellhemdes. „Ähm." Ich konzentriere mich wieder auf Caleb. „Das sind eine Menge Vermutungen, die du da anstellst, Freundchen. Zuerst einmal, habe ich keinen Mann. Es ist keine Bedingung für eine Frau wie mich oder irgendjemanden, an jemanden mit einem Penis gebunden zu sein. Ich werde von niemandem... ‚gehabt'. Jemals."

Seine Augen verdunkeln sich. „Willst du damit sagen, dass du Jungfrau bist?"

„Was?" Ich schnaube. Ein sehr undamenhaftes Schnauben. Sein Hemd klafft auf und ich ziehe es wieder zu. „Nein. Ich... ha... hatte..." Ich spreche langsam und betont: „Definitiv schon Sex. Ich habe nur keinen festen Freund. Die sind eine Verschwendung von Zeit und Gehirnzellen. Sie wollen nur jemanden, in den sie ihre Schwänze stecken können und der ihnen einredet, wie toll sie sind, und sie geben dir im Gegenzug nichts. Männer nehmen nur. Dafür habe ich keine Energie. Ich habe wichtige Arbeit zu erledigen. Bäume zu... testen."

Caleb grunzt. Er nimmt noch einen Schluck von der Flasche. Meine Augen heften sich auf den Fusel. Ich wedle mit einer Hand. „Gib das her."

Er überlässt mir die Flasche nicht, sondern hält sie an meinen Mund und lässt etwas von dem Zeug hineintröpfeln.

„Hey!" Ich wische mir über den Mund und genieße die Taubheit auf meiner Zunge. „Das reicht nicht."

„Ich denke, du hattest schon genügend, Schätzchen."

„Nenn mich nicht so." Ich erschaudere. „Dr. Alogore nennt mich so. Bringt mich zum Kotzen."

„Vielleicht solltest du deinen Mann dazu bringen, mit ihm zu reden." Caleb sieht aus, als wolle er auf etwas einstechen.

„Hab keinen Mann. Ich binn mmmei eigennn Fffau." Ich schmatze mit den Lippen in dem Versuch, die Taubheit zu verscheuchen, und versuche es erneut. „Meine. Eigene. Frau. Ich kannst selbst auf mich aufpassen."

„Hmm", spricht Caleb am Rand der Flasche.

„Was mmmeinst du, hmmm. Du hast das selbst gesagt..." Ich bedenke ihn mit einem Seitenblick.

„Ich meine, du brauchst einen Mann."

„Bitte." Ich schlage mit der Hand auf den Tisch. „Ich brauche keinen Mann oder irgendjemanden."

„Ich meine... du solltest einen Mann haben. Frauen wie du."

Ich ziehe eine Braue hoch.

„Hübsch", sagt er und die Welt wird rosa. *La vie en rose.* Ich dachte, es wäre nur ein Song. *Erregung ähnelt Trunkenheit und vice versa. Die zwei zu vermischen, kann gefährlich sein...*

„Dankeschön."

„Du musst mehr essen", sagt Caleb anschuldigend. Er stößt sich vom Tisch ab und wühlt in seinem Schrank herum. Anschließend kommt er mit einem Schokoladenriegel zurück.

„Oh mein Gott." Ich packe ihn mit beiden Händen. „Ich liebe dich." Die Taubheit ist woanders hingewandert, vermutlich terrorisiert sie jetzt meine Leber. Essen ist genau das, was ich brauche.

Er lässt sich mir gegenüber auf seinen Stuhl fallen und sieht zufrieden aus. Er blinzelt nicht einmal, als ich die Verpackung aufreiße und mir die Schokolade mit beiden Händen in den Mund stopfe. Ich esse wie ein Streifenhörnchen, das sich auf den Winter vorbereitet, und schaue mit vollen Backen zu ihm hoch.

„Du würdest einen reizenden festen Freund für jemanden abgeben."

„Nein", brummt er und ich stimme gerne zu.

„Nein, du hast recht. Du bist ein Miesepeter. Aber du hast mir das Leben gerettet, mir Frühstück gemacht, mir Schokolade gegeben..." Ich zeige ihm einen gereckten Daumen. „Habe ich mich übrigens schon bei dir bedankt?"

„Yeah."

Ich wische mir den Mund ab und sage es noch mal.

„Danke, dass du mir das Leben gerettet hast."

„Kein Problem."

„Und dafür, dass du mich hübsch genannt hast."

Sein Blick schnellt in die Höhe und begegnet meinem und ich bin verblüfft. Ein Schauder durchläuft meinen Körper – eine Schockwelle des Verlangens. Das Zimmer, der Schnee draußen: alles ist das Gleiche. Und alles ist anders.

„Ähm, das war nett von dir", wispere ich.

„Kein Problem", sagt er zu der Tischplatte.

Ich esse meine Schokolade auf. „Sorry, ich hätte dir etwas aufheben sollen."

„Es ist okay." Er hat einen merkwürdigen Gesichtsausdruck aufgesetzt. „Du kannst es wiedergutmachen. Du bist dran. Wahrheit."

„Ich?" Bin ich dran? „Warte, so funktioniert das nicht. Ich darf aussuchen."

„Wahrheit", beharrt er. „Warum hast du keinen Mann?"

„Du meinst einen festen Freund?"

„Ich meine einen Mann", betont er nachdrücklich.

„Warum hast du keinen?", gebe ich zurück. Er schüttelt den Kopf. Ich seufze. Ich bin es ihm für den Schokoriegel schuldig. „Wahrheit? Ich mag keinen Sex."

„Was?" Er erstarrt.

„Ich sagte, ich mag keinen Sex." Ich recke das Kinn. „Der wird völlig überbewertet."

„Überbewertet."

„Yeah, du weißt schon." Ich fuchtle mit der Hand durch die Luft. Wer A sagt, muss auch B sagen. „All dieses Liebeswerben und all die Liebeslieder und was sie in Liebesromanen schreiben. Es stimmt nicht. Sex ist schmutzig, manchmal geradezu eklig. Wenigstens dauert es nur ein paar Minuten."

„Ein paar Minuten", wiederholt Caleb ungläubig.

„Ja." Ich gehe in die Defensive. „Sag mir nicht, dass du länger durchhältst oder so was. Jeder Kerl denkt, er sei Gottes Geschenk an die Frauen und… nun, es ist nur enttäuschend."

Ich spiele an der Schokoladenverpackung herum. Die Hitze von Calebs… Emotion oder irgendetwas strahlt von ihm ab. Versenkt mich über die Distanz zwischen uns.

Caleb stellt die Flasche mit einem deutlichen Knall ab. Ich fahre zusammen, als sein Stuhl nach hinten kratzt und er um den Tisch läuft, eine Hand vor mir und eine auf meiner Stuhllehne abstützt und sich dicht zu mir beugt.

„Willst du mir etwa sagen", seine Augen wandern mein Gesicht hoch und runter, „dass eine Frau, die wie du aussieht und einen superscharfen Körper hat… nie Lust von einem Mann erfahren hat?" Caleb der Holzfäller nimmt kein Blatt vor den Mund.

Meine Pussy zieht sich zusammen. Hitze breitet sich auf meiner Haut aus.

„Ähm –"

Er legt eine große Hand auf mein Schlüsselbein, sein Daumen findet meinen Puls und streichelt leicht. Heiliger Strohsack, mein Körper erwacht zum Leben. Der Engelchor singt und er berührt mich kaum.

„Körper wie dieser wurden dazu gemacht, ausgezogen zu werden. Überall gestreichelt zu werden." Seine Stimme dringt an geheime Stellen vor. Ich hasse – verabscheue – es norma- lerweise auf ein Paar großer Möpse reduziert zu werden. Objektifizierung von Frauen macht mich wahnsinnig. Aber mein Körper reagiert auf jedes seiner Worte. Seine Augen begegnen meinen mit der Wucht eines Elektroschockers. Das Licht fällt in einem merkwürdigen Winkel in sie und lässt sie gelb anstatt braun wirken. „…verehrt zu werden. Ich würde mir so viel Zeit nehmen…" Seine Hand umfängt mein Genick und massiert es. Ich schmelze dahin. Zehn Sekunden und ich bin wie Butter in einer heißen Pfanne. „Unzählige Orgas-men", murmelt er. „Endlose Lust. Dass du noch keinen Mann kennengelernt hast, der dir das alles geben kann, Baby… ist ein Verbrechen gegen die Menschheit."

Ich öffne den Mund, aber kriege keinen Laut raus.

„Das Erste, das ich tun würde, Dr. M", er starrt auf meine Lippen, „ist diesen Mund erobern. Diesen klugen Schmoll-mund. Ich würde dich küssen, bis du nicht mehr stillhalten könntest. Dann würde ich deine Arme über deinem Kopf fixieren, dich festhalten und noch länger küssen." Er atmet tief ein, als könne er nicht genug von meinem Geruch krie-gen. Seine Augen wandern so wirkungsvoll über mich wie eine Berührung. Ein Kribbeln setzt in meinen Brüsten ein und breitet sich von dort aus. „Dann würde ich dich langsam entkleiden. Dich noch mehr küssen. Herausfinden, wo ich dich berühren muss. Was dich zum Seufzen bringt. Ich würde von dir kosten", er schluckt und ich ringe um Luft, „an deinem ganzen Körper. Überall." Seine Stimme wird tiefer. Schauder durchlaufen meinen Körper und ziehen mich nach unten. „Und dann…"

Eine lange Pause.

„Und dann?", quieke ich.

Er stößt einen Schwall Luft aus. Ich beuge mich näher und er verspannt sich.

„Nein", sagt er.

„Nein?"

„Das ist eine schlechte Idee." Er zieht sich zurück.

Mein Mund klappt auf.

„Wir sollten nicht. Ich sollte nicht…" Er reibt mit einer Hand über sein Gesicht. „Vergiss, was ich gesagt habe."

„Was?" Ich richte mich auf. „Du kannst nicht einfach… all diese Dinge zu mir sagen und dann einen Rückzieher machen!"

„Miranda –" Verwirrung huscht über sein Gesicht.

„Unzählige Orgasmen? Endlose Lust?" Ich wedle mit den Armen. „Überall von mir kosten? Du kannst nicht all diese Dinge zu einer… einer… Frau auf Sexentzug sagen und mich dann einfach hängen lassen."

Er starrt mich an, der Schmerz um seine Augen spiegelt meinen.

Ich hole tief Luft und sage das Ungeheuerlichste, das ich jemals gesagt habe, geschweige denn gedacht habe. „Du musst mir zeigen, was du draufhast."

„Nein."

„Caleb! Bitte?" Ich gestikuliere zum Schlafzimmer.

Er blickt mich aus schmalen Augen an. „Das ist eine schlechte Idee."

Ich erhebe mich, wodurch der Stuhl umkippt. Das Poltern hinter mir ignorierend, schlage ich mit der Hand auf den Tisch. „Weißt du, was ich denke? Du spuckst nur große Töne, aber es steckt nichts dahinter."

„Wie bitte?", knurrt er.

„Ganz recht. Du hast mich gehört. Du hast Angst, dass ich dich mangelhaft finde."

„Ich habe keine Angst." Er kommt wieder auf mich zu, der große Muskelprotz. Ich durchschaue seine Masche.

„Hast du wohl." Ich blähe meine Brust auf und meine Nippel pieken ihn. Meine Knie zittern, aber ich bleibe standhaft. „Du bist hier oben und versteckst dich vor der Welt, ein großer, fetter Angsthase."

„Miranda –"

„Bibber! Bibber!" Ich hüpfe im Kreis vor ihm herum und reibe meine Arme. Nicht die sexyeste Art, meine Erregung zu signalisieren, aber danach zu urteilen, wie seine Jeans ausgebeult wird und Röte seinen Hals hoch in seine Wangen steigt, funktioniert es. Ich springe von einem Bein aufs andere und wippe mit dem Kopf. *Der Paarungsruf der Frau Doktor Ökologin. Das Weibchen nähert sich dem wilden Männchen und schüttelt sein Gefieder.* Er ist verblüfft.

Ein Blick nach unten offenbart mir, dass sein Flanellhemd erneut aufklafft und ich Caleb wieder und wieder meine Brüste zeige.

„Uups." Ich mache mich daran, das Hemd zuzuknöpfen, als eine Hand meine Taille packt.

„Mach dir nicht die Mühe." Er atmet schwer.

„Was?", setze ich an, woraufhin er meinen Arm hinter meinen Rücken dreht und mich an seinen Körper presst. Seinen steinharten, sehr erregten Körper.

„Du hast es so gewollt", krächzt er eine Sekunde, bevor er seinen Kopf senkt und meinen Mund erobert.

~

Caleb

ICH KANN MICH NICHT STOPPEN. Die kurvige Wissenschaftlerin verdient einen langen, harten Fick und jemand muss es ihr besorgen. Sie muss wissen, dass nicht alle Männer nur nehmen. Dass sich Sex gut anfühlen sollte. Dass sie einen Körper hat, der für Lust geschaffen ist.

Der Geruch ihrer Erregung berauscht mich mehr, als mein Selbstgebrannter sie berauschte. Ich gleite mit meinen Lippen über ihren Mund und nehme ihn. Erobere ihn. Meine Zunge taucht zwischen ihre Lippen und ich schmecke Alkohol sowie Schokolade in ihrem Atem.

Stopp. Nimm dich zurück.

Sie ist betrunken.

Du nutzt sie aus.

Vernunft versucht, das Ruder zu übernehmen, aber mein Bär will nichts davon wissen. Er kratzt an der Oberfläche und meine Zähne werden länger.

Meine Fresse, Bär. Wirklich? Ein Paarungsbiss? Mein Bär ist verdammt verrückt.

Ich zwinge mich, den Kuss zu unterbrechen, und trete einen Schritt zurück. „Doktor, du hast zu viel getrunken, um gute Entscheidungen treffen zu können."

Sie verdreht den Stoff meines Hemdes in ihren Fäusten und zieht meine Lippen wieder nach unten zu ihren. Ich gebe einen Moment nach, koste von ihr und verschlinge sie.

Und die Zähne werden wieder länger.

Fuck. Ich habe keine Kontrolle. Ich springe zurück. Und dann, weil ich nicht über die Fähigkeiten verfüge, es verbal mit ihr aufzunehmen, werfe ich sie über meine Schulter und trage sie ins Gästezimmer.

Gretchens Zimmer. Das beruhigt meinen Bären.

Ich lege sie vorsichtig auf das Bett und weiche zur Tür zurück, um den Drang abzuschütteln, auf sie zu klettern. „Mach ein Nickerchen, Doktor. Schlaf den Rausch aus. Komm zu mir, wenn du nüchtern bist und immer noch eine Lektion darin willst, was ein echter Mann tun kann." Ich reize sie wie ein Vollidiot, vielleicht hoffe ich halb, dass sie so von meiner Arroganz abgetörnt sein wird, dass sie ihre Distanz zu mir wahren wird.

Mein Schwanz drängt sich gegen meine Jeans, da er nicht mit dem Plan einverstanden ist, sie hier auf dem Bett zurück-zulassen. Allein.

Sie starrt mit grünen Augen zu mir hoch. Unschuld vermischt mit Intelligenz. Trunkenheit mit Verlangen.

Ich trete noch einen Schritt zurück. Ich muss irgendwo-hin, wo ich atmen kann. Irgendwo, wo ich meinen Bären zurückdrängen kann.

„Du bist ein bevormundendes Arschloch."

Ich grinse, denn ich mag es, wenn sie mir Kontra gibt. Ich mag ihren Widerstand, ihr Feuer. „Nicht bevormundend, nur ein Arschloch. Und du bist beschwipst. Schlaf es aus."

Ich schließe die Tür bestimmt hinter mir, als wäre sie ein aufmüpfiges Kind, das ich zu Bett schicke. Vielleicht bin ich bevormundend. Ich drücke meinen Schwanz brutal durch meine Jeans und knirsche mit den Zähnen.

Diese Frau wird mein Ende sein.

Ich weiß nicht einmal, was ich mir dabei gedacht habe, ihr anzubieten, Sex mit ihr zu haben. Ich kann das nicht einmal meinem Bären in die Schuhe schieben. Das geht ganz allein auf meine Kappe.

Aber herauszufinden, dass sie noch nie Wonne erfahren hat – das wirkt einfach wie eine gottverdammte Tragödie. Der Gentleman in mir musste einfach anbieten, dieses Unrecht zu korrigieren. Ich schwöre, es war nur ein Akt gemeinnütziger Arbeit, kein Eigeninteresse.

Oh scheiß drauf, wem will ich hier etwas vormachen? Ich will mich schon in diese Frau hämmern seit dem Moment, in dem ich sie den Berg hochfahren sah. Da ist einfach etwas an ihr. Diese leidenschaftliche Entschlossenheit. Ihre Verbindung zu ihrem Hund. Wie sie mich ansah, als wäre mein Bär ein verdammtes Einhorn oder so was. Und das war, bevor ich sie nackt sah. Jetzt kann ich nicht aufhören, an diese großen, hübschen Brüste zu denken. Ihre Sanduhrfigur, das gebärfreudige Becken, das dazu gemacht ist, dass ich mich daran festhalte, während ich es ihr hart besorge.

Aber ich will keine Beziehung. Ich habe nicht vor, Jen jemals als meine Gefährtin zu ersetzen, vor allem nicht mit einem Menschen. Deswegen hätte ich einfach die Finger von ihr gelassen.

Doch dann musste sie hingehen und mir erzählen, dass sie

Sex hasst. Jetzt werde ich nicht in der Lage sein, nicht darüber nachzudenken, dieses Problem für sie zu beheben.

Ich muss den Bären einsperren. Und wenn ich das nicht tun kann, dann verschwinde ich besser aus dieser Hütte. Denn wenn ich einen Fehler mache, wenn ich die Beherrschung verliere, werden die Konsequenzen zu schwerwiegend sein. Und dann werde ich keine andere Wahl haben, als mich dem Tucson Rudel auszuliefern und Garrett zu bitten, mich ein für allemal aus dem Verkehr zu ziehen.

VERSUCHSPERSON 849

„ZEIT FÜR DEINE TESTS", krähe ich der Frau im Käfig zu.

„Nein." Sie kauert in der hintersten Ecke des Hundekäfigs in ihrem schmutzigen BH und Höschen – das Paar, das sie schon seit Monaten trägt. Ich öffne die Tür, greife hinein und injiziere ihr ein Muskelrelaxans, damit sie sich nicht wehren kann, bevor ich sie rausziehe.

Nicht, dass sie eine große Bedrohung für meine übermenschliche Kraft darstellt, aber man kann nie zu vorsichtig sein.

Ich schnalle sie auf eine Krankenliege und entnehme ihr Blut, das ich mit dem Serum mische, bevor ich es ihr wieder injiziere. Ich schlage ihr gegen die Wangen und beobachte, wie sich ihre Pupillen verändern, als das Serum seine Wirkung entfaltet.

Nur noch ein paar Versuchspersonen und wir kriegen die richtige Formel raus. Wir werden die DNA aller Gestalt-wandler aufschlüsseln.

Die Tests zu den heilenden Eigenschaften waren ergebnis-

los. All die Schnitte und Blutergüsse, die ich den Versuchspersonen zugefügt habe, heilen in einer normalen,
menschlichen Geschwindigkeit.

Ich benötige weitere Daten. Eine größere Probengröße.

Wenn ich doch nur in der Lage gewesen wäre, diese
Bärengestaltwandlerin und ihre Tochter mitzunehmen, dann
hätte ich alles, das ich brauche. Ich hätte meine eigene DNA
bearbeiten können. Möglicherweise hätte ich die Bärin sogar
schwängern können, um meinen eigenen Gestaltwandler-
Nachwuchs zu zeugen. Aber sie verwandelte sich und griff
mich an und ich tötete sie, bevor ich die Kontrolle erlangen
konnte.

Meine eigene Furcht / Schmerz Reaktion wird zu schnell
ausgelöst.

Es muss eine zufriedenstellende Balance geben. Eine mit
mehr Kontrolle. Wenn die fehlende DNA in die Sequenz
eingesetzt wurde, damit eine vollständige Verwandlung
möglich ist.

„Bitte", fleht die Frau, aber sie ist hilflos und kann sich
nicht bewegen.

Ich schlage sie trotzdem. Sie muss lernen, bei meinen
Tests bereitwilliger mitzumachen. So wie ich das tat, als sie
mich testeten.

Die einzige Art, wie sie mit der verbesserten DNA
belohnt werden wird, ist durch ihre Mitarbeit.

Ich schlage sie erneut, nur weil es mich auf einer Ebene
befriedigt. „Ruhe. Deine Aufgabe ist es, ruhig zu bleiben und
dein Blut das Serum aufnehmen zu lassen. Dann werde ich
deine Schmerzlevel testen."

Ich wende mich der Frau zu, die neben ihr festgeschnallt
ist. „Du bist dran", sage ich und gluckse wegen des
beißenden Geruchs der Angst, den sie verströmt.

 *iranda*

ALS MICH CALEB auf dem Bett liegen ließ, mein Körper in Flammen stand und mein Selbstvertrauen aufgewühlt war, wollte ich etwas nach ihm werfen. Aber wie sich herausstellt, hatte er recht.

Ich war betrunken.

Und ein Nickerchen half.

Ein paar Stunden später wache ich mit einem viel klareren Kopf auf.

Und dann habe ich Angst, das Schlafzimmer zu verlassen, weil ich nicht entscheiden kann, ob ich mich schämen oder sauer oder dankbar sein sollte. Nun, es gibt eigentlich keine Entscheidung zu treffen. Ich bin alles drei.

Ich bin erleichtert, dass Caleb so ein großer Gentleman ist, wie ich es vermutet habe. Derb, mürrisch, aber ein zuvorkommender Gentleman.

Ich halte an diesem Gedanken fest, als ich nach draußen

laufe und ihn in der Küche finde, wo er gerade eine riesige Regenbogenforelle aus dem Ofen zieht.

„Mmmh, das riecht fantastisch."

Er grunzt, aber dreht sich nicht um.

„Hast du die selbst gefangen?"

„Jepp." Er hat mich noch immer nicht angeschaut. Er trägt den Fisch zum Tisch und stellt ihn auf einen Untersetzer. Erst dann dreht er sich um und deutet mit einer Hand auf einen der Stühle. „Komm und iss."

„Dankeschön." Ich bin mir deutlich bewusst, dass sich meine Brustwarzen gegen das Flanellhemd bohren. Oh zum Kuckuck, warum klafft es auf? Die Erinnerung daran, dass ich es bis zu meinem Brustbein aufgeknöpft habe, kommt mir zusammen mit einem Schwall Hitze wieder. Ich fummle an den Knöpfen herum, aber die Art und Weise, wie er meine Finger beobachtet, lässt mich nur noch tiefer erröten.

Ich frage mich, ob meine Kleider schon trocken sind? Ein BH wäre vermutlich angemessen.

Ich setze mich auf den Stuhl am Tisch, um meine Scham zu verbergen, und nehme die Gabel in die Hand, die dort liegt. Warte. Er hat den Tisch gedeckt?

Es freut mich plötzlich absurderweise, dass er sich die Mühe gemacht hat, zu kochen und den Tisch zu decken. *In einem Versuch, sein auserwähltes Weibchen zu beeindrucken, probiert sich das Männchen an häuslichen Tätigkeiten.* Nun, vielleicht versucht er nicht, mich zu beeindrucken. Wenn Weingläser auf dem Tisch stünden, wäre ich mir sicher, dass er versucht, mich zu verführen, aber es sind keine da. Er hatte vermutlich genug von der beschwipsten Miranda.

Er setzt sich mir gegenüber hin und serviert Fisch zusammen mit Backkartoffeln. Dabei beäugt er mich wie ein Wesen, das er nicht so recht versteht, eines, das jeden Moment etwas Unfassbares sagen oder tun könnte.

Ich beschließe, ihn zu schockieren. „Also, wann wirst du mir zeigen, was ein echter Mann tun kann?"

Er erstarrt, die Gabel auf halbem Weg zum Mund, die Lippen geöffnet. Ich genieße seine Überraschung. *Im Angesicht eines Weibchens, das den ersten Schritt macht, überdenkt das Männchen seine Strategie.*

Die Stille dehnt sich aus und ich widerstehe dem Drang, hin und her zu rutschen. Die meisten Männer mögen keine Frauen, die ihnen nachstellen, weil sie so sehr daran gewöhnt sind, dass es anders herum ist. Sie denken, wenn eine Frau sie will, kann mit ihr etwas nicht stimmen. Oder es nimmt ihnen den Spaß der Jagd. Ich habe gehofft, dass Caleb weiterentwickelt wäre, aber vielleicht habe ich ihn falsch gelesen. Sein Körper spricht definitiv für einen Macho.

Nach einem langen Moment zuckt er mit den Schultern und sagt: „Nun, du *bist* zu Forschungszwecken hier." Er nimmt einen Bissen von seinem Essen. Ist da etwa ein spielerisches Funkeln in seinen Augen?

„Richtig. Reine Forschung", stimme ich zu. „Wissenschaftliche Studien."

Der Hauch eines Lächelns umspielt seine Lippen. „Wir *haben* immer noch die ganze Nacht totzuschlagen."

„Richtig. Und wir haben bereits Wahrheit oder Pflicht gespielt."

Sein dröhnendes Lachen erschreckt mich. Ich schwöre, es überrascht ihn auch, denn er unterbricht es sofort und blinzelt mich an, als wäre er verdutzt, dass so ein Laut aus ihm gekommen ist. Mir wird plötzlich bewusst, was für ein sympathischer Mann er ist. Was bewegt einen natürlich charmanten Mann mit einem Frauenmagnet-Körper dazu, so mürrisch zu sein und sich in einer Hütte mitten im Nirgendwo zu verschanzen?

Wovor flieht er?

Bär blickt von dem Teppich vor dem Feuer auf, wo er geparkt ist, und wedelt mit dem Schwanz.

„Wirst du hier oben so ganz allein einsam, Caleb?", frage ich sanft und senke den Blick auf meinen Teller, um der Frage die Intensität zu nehmen.

„Ich weiß es nicht." Wieder klingt er beinahe überrascht von seiner Antwort. „Ich halte hauptsächlich Winterruhe. Ich meine, ich mache irgendwie einfach die Schotten dicht. Du zwingst mich dazu, mich wieder anzuschalten. Es wird sich wahrscheinlich komisch anfühlen, wenn du gehst."

Mein Blick schnellt in die Höhe, um seinem zu begegnen, und bleibt dort hängen. Ich werde von der Tiefe der Verwirrung und des Schmerzes, die ich in seinen dunkelbraunen Augen vorfinde, nach unten gezogen. Und dann bin ich mir sicher – Caleb der griesgrämige, freundliche Holzfäller ist definitiv einsam.

Mein Herz schmerzt für ihn, vor allem weil ich Einsamkeit ebenfalls kenne, aber ich lasse nicht zu, dass sich irgendein Mitleid auf meinem Gesicht abzeichnet. Er ist viel zu sehr Alphamann, um das wertschätzen zu können. Ich will fragen, was ihm widerfahren ist, weil ich mir sicher bin, dass etwas geschehen ist – aber das Timing passt nicht. Wenn ich wirklich will, dass mir dieser Mann zeigt, was guter Sex ist, dann darf ich nicht die Stimmung versauen.

Er erhebt sich und räumt unsere Teller auf. Ich sammle den Rest dessen, was sich noch auf dem Tisch befindet, ein und beobachte die breite Ausdehnung seiner Schultern, während er am Spülbecken steht. Er ist so einzigartig und spektakulär wie jedes Naturwunder hier oben. Einer der Juwelen dieses Berges.

Ich lächle vor mich hin, während ich darüber nachdenke, wie ich ihn wissenschaftlich einordnen würde. *Homo sapiens squalentum.* Ja, das passt. *Wilder Mann.*

„Ich werde duschen gehen", verkündet er und stapft zum Bad, ohne zu mir zu schauen. Aber als er die Tür erreicht, dreht er sich um und bedenkt mich mit einem Blick.

Er fixiert mich an meiner Stelle auf dem Boden und sorgt dafür, dass es in meinem Bauch vor Aufregung flattert und meine Brustwarzen hart werden. In seinem Blick liegt ein dunkles Versprechen. *Homo sapiens squalentum.* Verruchter, grober wilder Mann, der sich für mich sauber macht. *Körperpflege ist ein essenzieller Teil des Paarungstanzes.*

Das Wasser geht an und jede Zelle in meinem Körper ist in Habachtstellung. Caleb ist dort drin, nackt, und macht sich bereit, mich zu verführen. Es passiert wirklich.

Hormone fluten meinen Körper. Meine Eierstöcke fächeln sich Luft zu. Ich kann praktisch spüren, wie sie Eier paarweise ausstoßen. *Los, lass es krachen, Mädel,* feuern sie mich an. *Das wird auch Zeit!*

Es *wird* wirklich Zeit. Ich hoffe ehrlich, dass er seiner Prahlerei gerecht wird.

Irgendwie habe ich so ein Gefühl, dass er das tun wird.

Caleb

MENSCH.
 Frau.
 Mensch.
 Frau.
Während ich unter dem Wasserstrahl stehe, drehen sich mein Gehirn und mein Bär im Kreis. Ich bemühe mich, meinen Bären daran zu erinnern, dass die äußerst wundervolle Frau in meiner Hütte menschlich ist und daher zerbrech-

lich. Zu zart für all die Dinge, die ich mit ihr tun möchte. Von denen mein Bär möchte, dass ich sie mit ihr tue.

Das Einzige, das mein Bär ununterbrochen brüllt, ist *Weibchen*. Und er tut das mit der territorialen Dominanz eines Bären, der sich in einem Konkurrenzkampf befindet. Als wäre Paarungszeit im Frühling und er müsste alle anderen Männchen abwehren. Er ist aggressiv. Stolziert mit geschwellter Brust umher.

Und er muss sich verdammt noch mal zügeln oder ich werde bei dieser Frau über keinerlei Finesse verfügen. Ich werde nicht in der Lage sein, ihre Meinung über Männer und Sex zu ändern. Und aus irgendeinem unbekannten Grund wird dieses Ziel für mich mit jeder Minute wichtiger.

Ich umschließe meinen Schwanz mit der Faust. Ich lasse besser etwas Dampf ab oder es könnte sein, dass ich die Kontrolle verliere. Aber nein, ich bin zu ungeduldig. Brauche das Echte zu sehr. Ich kann damit umgehen. Mein Kopf ist klar. Ich werde den Bären zurückdrängen. Ich seife mich ein, wasche jede Falte und shampooniere meine Haare. Ich ziehe sogar in Erwägung, den Bart zu rasieren, aber dann verwerfe ich die Idee. Ich habe mich nicht rasiert, seit Jen und Gretchen gestorben sind. Mein Signal an die Welt, dass ich raus war.

Und auch wenn die Taubheit während der letzten vierundzwanzig Stunden ein wenig verebbt ist, bin ich noch nicht bereit, ins Reich der Lebenden zurückzukehren.

Ganz gleich, wie verlockend dieser hübsche Rotschopf dort draußen auch sein mag.

Ich schalte das Wasser aus und trockne mich mit einem Handtuch ab, dann ziehe ich meine Boxershorts und Jeans wieder an. Ich mache mir nicht die Mühe, die Jeans zuzuknöpfen oder den Reißverschluss zu schließen, genauso wenig ziehe ich ein Oberteil an.

Ich sah, wie sie meine tätowierte Brust und Arme heute Morgen anschaute. Sie findet sie attraktiv, ganz egal, was sie auch darüber sagt, dass sie Sex hasst. Und ich will, dass sie erregt ist. Ich brauche sämtliche Hilfe, die ich kriegen kann, um das richtig zu machen.

Ein Flüstern des halbtoten Caleb spricht aus dem Spiegel. *Was machst du mit einer anderen Frau?*

Ich wende den Blick ab. *Nichts. Ich gehe nur auf eine Herausforderung ein, das ist alles.* Ein Mann muss sich beweisen, wenn er herausgefordert wird, stimmt's?

Sonst nichts.

Sie weiß, dass das hier nicht mehr als Sex ist. Zu Forschungszwecken.

Ich trete aus dem dampfigen Badezimmer und finde Miranda an der Hintertür. Es ist unlogisch. Ich weiß, dass sie nirgendwo hingehen wird – sie kann nirgendwo hingehen, aber als ich sie dort sehe, überwinde ich die Distanz zwischen uns mit drei großen Schritten.

Natürlich hat sie nur den Hund zum Pinkeln rausgelassen. Der schneebedeckte Hund kommt gerade wieder rein.

Ich schlage meine Hand auf die Tür und diese zu, dann lasse ich meine andere Hand flach auf ihren Hintern klatschen.

Sie kreischt und wirbelt herum.

„Du lässt die kalte Luft rein." Es ist eine dumme Bemerkung. Es ist mir scheißegal, ob sie kalte Luft reinlässt oder nicht – ich sorge schon den ganzen Tag dafür, dass die Hütte für sie schön warm ist, und der kalte Wind fühlt sich tatsächlich erfrischend an. Nein, es ging mehr darum, sie hier festzuhalten.

Sie ist jetzt die Gejagte.

Meine Beute.

Ihre Wangen nehmen einen zauberhaften Rosaton an.

„Du-du kannst nicht einfach einer Frau auf den Hintern schlagen."

„Das kann ich nicht?"

„Nein! Nicht ohne Zustimmung", empört sie sich. „Das ist einfach, das ist einfach –"

Ich ziehe eine Braue hoch. Mein Bär ist unfassbar angetörnt von ihrer Verärgerung. Ich liebe es, wenn sie mir Kontra gibt. Sie mag menschlich sein, aber sie paart sich wie ein Bär. Eine Bärin greift ein Männchen an, schlägt mit ihrer Tatze nach ihm, vor allem wenn es ihr erstes Mal ist.

Der Bär verübt selten Vergeltung. Er wartet nur den richtigen Augenblick ab, da er weiß, dass sie irgendwann nachgeben wird.

„Das ist einfach nicht akzeptabel!", beendet sie ihre Rede atemlos.

Ich dränge die sexy Wissenschaftlerin gegen den Trockner, ohne sie zu berühren. Ich lege meine Hände zu beiden Seiten von ihr ab und keile sie ein.

„Ich brauche deine Zustimmung, hm?" Ich senke den Kopf und bringe meine Lippen dicht an ihr Ohr, wobei ich sie nach wie vor nirgends berühre.

„J-ja." Ihre Stimme sinkt beinahe zu einem Flüstern.

„Verrat mir eines, Dr. M", rumple ich, während ich ihren Erdbeer- und Eiscremegeruch einatme. „Würdest du zustimmen, dass ich dich umdrehe, vornüberbeuge und diesen Hintern noch einige Male zum Aufwärmen schlage?"

Sie gibt einen leisen Laut von sich. Ihre weit aufgerissenen grünen Augen blicken in meine, ihre weichen Lippen teilen sich. „Ähm…"

„Danach würde ich diese Beine weit spreizen und dich von hinten lecken. Dich lecken, bis du schreist. Sag mir, stimmst du dem zu?"

Sie schluckt und bewegt den Kopf ruckartig. „I-ich schätze, ich wäre bereit, das zu versuchen."

Ich kann das wilde Lächeln nicht daran hindern, sich auf meinem Gesicht auszubreiten.

„Braves Mädchen", murmle ich, lasse meine Hände auf ihre Taille sinken und drehe sie langsam zum Trockner um. „Du wirst es nicht bereuen. Ich verspreche es." Meine Stimme klingt belegter als üblich.

„Zuerst müssen wir die hier loswerden." Ich hake meine Daumen in den Bund meiner Jogginghose – die, die ihr so fantastisch steht – und schiebe sie über ihre breiten Hüften nach unten. Sie tritt sie von den Beinen, bevor ich in die Hocke gehen kann, um ihr zu helfen. Ich dringe in ihren persönlichen Raum und presse meinen harten Schwanz an ihren Rücken, während ich um sie an ihre Vorderseite greife und die Knöpfe des Flanellhemdes öffne. „Für das hier brauche ich dich vollständig entkleidet."

Sie bedenkt mich über ihre Schulter mit einem Blick. „Wirst du deine Kleider auszuziehen?"

Ich beiße in ihr Ohr und ziehe an dem Fleisch. „Möchtest du, dass ich es tue?"

„Oh mein Gott", stöhnt sie. „Du *bist* gut darin."

Ich lache. Das ist schon das zweite Mal, dass sie mich dazu gebracht hat, laut zu lachen. Ich wusste nicht, dass ich dazu noch in der Lage bin. „Hast du etwa an mir gezweifelt?"

„Ähm... ein bisschen. Nein. Nun –" Ich halte ihr den Mund mit meiner Hand zu und benutze sie, um ihren Kopf von mir wegzudrehen und die schlanke Säule ihres Halses zu entblößen. Ich ziehe meinen Mund daran hinab und stoppe, um das Fleisch dort zu beißen, wo ihr Hals in ihre Schulter übergeht.

„Oh." Die leicht überraschte Silbe veranlasst meinen

Schwanz dazu, sich schmerzhaft gegen meine Jeans zu drängen.

Ich liebe ihre Unerfahrenheit. Oder ihren Mangel an guten Erfahrungen. Das bedeutet, dass alles, was ich tue, ein erstes Mal ist. Das berauschende Gefühl von Macht, das damit einhergeht, beruhigt meinen Bären noch etwas mehr. Ich kann das tun. Ich werde sie nicht verletzen. Ich werde das definitiv gut für sie machen.

Ich greife mit meiner anderen Hand zwischen ihre Beine. Ich wusste bereits anhand ihres Geruchs, dass sie erregt war, aber der feuchte Nektar dort ist sogar noch reichlicher vorhanden, als ich es mir vorgestellt habe. Himmlisch. Ich ziehe meinen Zeigefinger langsam hindurch, dann hebe ich ihn an meinen Mund, um von ihr zu kosten. „Du schmeckst so gut, Doktor."

„D-das tue ich? Ist das ehrlich eine Sache? Das kannst du doch nicht wirklich denken."

„Nein?" Ich verpasse ihrem Hintern einen Klaps und sie kreischt. „Das tue ich wirklich." Ich ziehe ihre Hüften nach hinten und trete ihre Füße weiter auseinander. „Jetzt streck diesen Hintern für dein Spanking raus."

Ich liebe das Geräusch von Luft, die über ihre Lippen weht, während sie keucht und gehorcht.

„Ich kann auch nicht fassen, dass das eine Sache ist." Sie gibt ein nervöses Lachen von sich.

Ich schlage auf ihren Hintern. „Oh, es ist definitiv eine Sache. Und du wirst sie definitiv mögen." Ich schlage auf die andere Pobacke. Ich schlage leicht, aber bestimmt zu. Gerade so viel, dass es ein lautes Geräusch macht, nicht so viel, dass es wehtut. Ich erlaube mir nicht, zu vergessen, dass sie ein zarter Mensch ist. Auch wenn sie sich im Moment unter meinen Händen nicht zart anfühlt. Sie fühlt sich fantastisch und weich an und perfekt dazu geeignet, mich hart in sie zu treiben.

Ich schlinge einen Arm um ihre Taille, um ihre Hüften festzuhalten und mich an ihre Seite zu stellen. „Du verdienst das, weißt du", informiere ich sie, während ich einen langsamen, aber gleichmäßigen Rhythmus an Schlägen auf ihren Hintern beginne.

„N-nein, das habe ich nicht!", protestiert sie. Ihre Empörung wird jedoch von ihrer Atemlosigkeit geschwächt.

„Oh, das hast du definitiv." Ich fahre damit fort, feste Schläge auf ihren unteren Pobacken zu platzieren. „Du hast dich von dem Sturm erwischen lassen. Hast mich gezwungen, nackt in einen Schlafsack zu dir zu krabbeln."

„Dir hat dieser Teil gefallen", beschuldigt sie mich zwischen Keuchen.

„Verdammte Folter." Ich verpasse ihr einen härteren Schlag, um sie dafür zu bestrafen, dass sie mich hat leiden lassen.

Das leise Wimmern, das sie ausstößt, verrät mir, dass sie jetzt die gleichen Qualen aussteht, weshalb ich auf meine Knie sinke und ihre Pobacken weit spreize. Ihre Pussy glänzt wie Cinderellas zartes rosa Herz, das nur darauf wartet, umworben zu werden.

Ich gebe mein Bestes. Ich reize ihre Falten mit meiner Zungenspitze, penetriere sie, lecke bis zu ihrem Anus und um diesen herum, bis sie zittert und kreischt.

„C-Caleb", stottert sie.

„Yeah, Babygirl? Hast du schon Spaß?"

"Ohmeingott, ja, Caleb – oh!" Die unverhohlene Lust in ihrer Stimme, das zunehmende Verlangen bringt meinen Bären dazu, an die Oberfläche zu drängen, aber ich zwinge ihn zurück.

„Dreh dich um", befehle ich und packe ihre Taille. „Hoch."
Ich vergesse, meine Gestaltwandlerkraft zu verbergen und hebe
sie mühelos hoch, um sie auf den Trockner zu setzen. Ihre Augen
weiten sich und ich realisiere meinen Fehler, aber ich schiebe
einfach ihre Knie weiter auseinander und lasse sie vergessen.

Ich verwöhne sie in einem anderen Winkel mit meiner
Zunge und schiebe einen Finger in sie, während ich gegen
ihre Klit schnipse.

Sie schluchzt vor Lust, packt meine Haare und vergräbt
ihre Finger in den Strähnen. Ihr Enthusiasmus befeuert mein
Begehren, sie zu befriedigen. Ich füge einen zweiten Finger
hinzu, dann ziehe ich sie zurück und gebe noch etwas Spei-
chel dazu, um meinen Mittelfinger in ihren Hintern
einzuführen.

„Warte... was –" Überraschung schwingt in ihrem
Stöhnen mit. Aber dann bin ich drin. Sie zittert und bebt, ihre
Lust überwältigt ihre Proteste. Ich schiebe meinen Daumen in
ihre Pussy und vögle beide Löcher gleichzeitig, zuerst langsam, dann härter. Schneller.

Ihre Schreie werden lauter.

Sorge huscht über ihr Gesicht. Ihre vollen Brüste hüpfen.
„Oh mein Gott. Oh mein Gott. Bitte. Oh Caleb!"

Sie kommt.

Es ist sogar noch spektakulärer, als ich es mir vorgestellt
habe. Die schockierte Ekstase auf ihrer Miene ist atemberaubend.

Ich fingere sie, bis ihre Pussy aufhört, sich zu
verkrampfen und ihre Schenkel das Zucken einstellen.

Sie fällt nach hinten auf ihre Hände und keucht. „Heilige
Scheiße."

Ich strenge mich an, mir die Selbstgefälligkeit nicht
anmerken zu lassen. „Nicht schlecht, oder?"

Ein Lachen purzelt über ihre Lippen. Ich ziehe meine

Finger aus ihr und sie vom Trockner, woraufhin sich ihre Beine um meine Taille legen. „Das ist nur meine Aufwärmübung."

Sie schiebt ihre Finger in meine Haare. „Eingebildeter Mann."

～

Miranda

HEILIGER HOLZFÄLLER. Hol mich vom Mond runter, denn ich bin noch immer dort oben, ein schlaffes Geschirrtuch schwebender Glückseligkeit. Lust vibriert noch immer durch jeden Teil meines Körpers, aber vor allem zwischen meinen Beinen. Meine Mitte steht praktisch in Flammen und tanzt einen Charleston, um das Glück meines ersten anständigen Orgasmus' zu feiern.

Jemals.

Ich habe nicht einmal beim Masturbieren viel Glück.

Aber Caleb spielte meinen Körper wie ein Musiker, der mit seinem Instrument Liebe macht.

Er trägt mich in sein Schlafzimmer und lässt mich auf ein gigantisches Himmelbett aus Eisen fallen. „Ich bin gleich wieder zurück", murmelt er und ich höre, wie er das Waschbecken im Bad anschaltet, wahrscheinlich wäscht er seine Hände.

Freudige Aufregung baut sich in meiner Mitte auf, als ich realisiere, dass vielleicht noch mehr folgen wird. Immerhin hat er noch keine Erfüllung gefunden. Wird er wollen, dass ich ihn blase?

Das ist im Allgemeinen die Aktivität, die ich am wenigsten mag, aber aus irgendeinem Grund fühlt es sich bei ihm anders an. Vielleicht liegt es daran, dass er mir gerade den besten Orgasmus meines Lebens geschenkt hat. Als er wieder ins Schlafzimmer kommt, leuchten seine Augen hell. Sie sind nicht so dunkel wie sonst und wirken fast schon bernsteinfarben. Er gibt ein animalisches Knurren von sich und klettert hoch auf das Bett, legt seine Hände unter meine Schenkel und spreizt mich.

Ein langes Lecken und er lässt sich zwischen meinen Beinen nieder, wo seine Zunge erneut ihre Magie wirkt. Heiliges Kanonenrohr. Im Ernst? Noch mehr Cunnilingus? Ich weiß nicht, ob ich noch mehr ertragen kann. Meine Klit ist jetzt so verflucht empfindlich. Oh Gott, aber es fühlt sich so gut an. Ich winde mich unter Caleb auf dem Bett, sein Schnurrbart und Bart reiben meine Haut wund, während seine Zunge allerlei Dinge mit meiner Mitte anstellt. Hitze entzündet sich erneut in meiner Mitte und strömt durch meinen Körper. Ich zwicke meine eigenen Brustwarzen – etwas, das ich noch nie zuvor getan habe – und biege mich auf dem Bett durch, während lüsterne Laute über meine Lippen kommen.

„Baby, du klingst so gut, wenn ich dich zum Schnurren bringe", murmelt Caleb.

Ich greife nach seinem Kopf und schiebe meine tropfende Pussy an sein Gesicht, da ich noch mehr brauche. Er gluckst und weicht zurück und ich weine beinahe wegen seines Verlusts. Er fängt meine Handgelenke ein und fixiert sie in einer seiner großen Hände. „Doktor, du bist so weit davon entfernt, diese Show zu schmeißen."

Meine Gedanken wirbeln durcheinander in dem Versuch, zu verstehen, was er meint. Ich lecke mir über die Lippen. „Also b-bist du einer der Männer, die das Kommando haben müssen?" Das Trällern in meiner Stimme hebt jede Heraus-forderung auf, die ich eigentlich in meine Worte legen wollte.

Sein Lächeln ist verwegen. Wissend. Er klettert ein Stückweit hoch und fixiert meine Handgelenke über meinem Kopf. „Verschränke deine Finger, Doktor."

Ich liebe es, dass er mich *Doktor* nennt. „W-warum?"

Er rollt meine Brustwarze zwischen seinem Finger und Daumen hin und her. Ich spüre es zwischen meinen Beinen. „Du willst sehen, was ich sonst noch tun kann?"

Jepp, ich bin jetzt mehr oder weniger seine Sklavin. Ich würde alles tun, um herauszufinden, was er sonst noch tun kann. Auch wenn es völlig erniedrigend ist.

Ich starre zu ihm hoch. Ich habe mich noch nie in meinem Leben so verletzlich gefühlt und dennoch fühle ich mich auch absolut sicher. Sogar beschützt. Ich nicke und verschränke langsam meine Finger ineinander.

„Jetzt lass diese Hände auf deinem Kopf, Doktor. Wenn sie runterkommen, wirst du noch ein Spanking erhalten." Das fiese Kräuseln seiner Lippen ist so sexy.

Caleb, du kinky Mistkerl! Er ist wie ein anderer Mann – jegliche Spur von Verdrießlichkeit ist verschwunden und wurde von einer dunklen Verführung ersetzt.

Er verflicht seine Finger auf meinem Kopf mit meinen und schiebt mein Gesicht zur Seite, um meinen Hals zu entblößen. Er zieht seinen geöffneten Mund über die Säule meines Halses zu meiner Schulter, wo er mich zärtlich beißt. Dann taucht seine Zunge wieder auf, gleitet über mein Schlüsselbein zu der Vertiefung zwischen ihnen, dann zwischen meine Brüste.

Ich schaukle mit den Hüften an gar nichts und sehne mich zunehmend verzweifelt nach mehr. Nach einem Höhepunkt. Nach allem. Er streift meine rechte Brustwarze mit seinen Zähnen und ich zucke zusammen, aber er leckt das Brennen sofort mit seiner Zunge weg.

Mein Körper zittert, ist erpicht auf mehr und will

verzweifelt wissen, was als Nächstes kommt. Er lässt sich Zeit, geht zum nächsten Nippel über, saugt, küsst, knabbert.

Ich will nach ihm greifen – nicht mit einem bewussten Plan – nur um mitzumachen, um eine Verbindung herzustellen, aber ich erinnere mich noch gerade rechtzeitig daran, meine Finger nicht zu lösen.

„Caleb, ich kann es nicht ertragen", schluchze ich. „Bitte."

Er setzt sich nach hinten auf seine Fersen und streichelt träge mit dem Daumen über meine Klit. „Was ist los, Doktor? Musst du noch einmal kommen?"

Ich nicke schnell. „Ja." Ich schaue hinab auf die Wölbung in seiner Jeans. „Wirst du, ähm…"

Er drückt seinen Schwanz durch seine Jeans, aber schüttelt den Kopf. „Ich habe keine Kondome."

Ich kann das Gefühl der Verzweiflung, das mich durchfährt, nicht beschreiben. „Was?"

Oh.

Ich weiß seine Ehrlichkeit und Fürsorge zu schätzen.

Ich lecke mir erneut über die Lippen – verdammt, ich muss diese Angewohnheit ablegen. „Nun, ich nehme die Pille. Nur um meine Periode zu regulieren. Also, ähm, wenn du möchtest… ich meine, ich bin gesund. Bist du gesund?"

Seine Augen leuchten. Ich meine, ich schwöre, dass sie tatsächlich leuchten. Wie die Augen einer Katze in der Nacht.

„Ich bin gesund." Seine Stimme ist grob und heißer. „Bist du dir sicher? Ich meine, du hast deine Pille heute nicht genommen."

„Ich werde morgen zwei nehmen. Das wird schon passen." Das ist ein erstes Mal für mich. Dass ich diejenige bin, die um Sex bettelt. Die versucht, ihren Partner zu überzeugen anstatt anders herum.

Caleb heftet seinen Blick auf meinen, während er seinen

Penis durch seine Jeans drückt. Sein Körper ist schlank und kraftvoll. Eine hübsche Masse tätowierter Muskeln.

Ein Schauder der Aufregung durchfährt mich.

Das passiert wirklich.

Mit Caleb, dem extrem heißen, schon bald nackten, muskulösen Holzfäller.

„Dreh dich um."

„Was?" Ich ziehe meine Augenbrauen überrascht hoch.

„Du hast mich gehört. Ich will dich von hinten vögeln. Du kannst jetzt deine Finger loslassen."

„Ich will dir zuerst beim Ausziehen zuschauen", sage ich stur.

Er schenkt mir ein schiefes Lächeln. „Verhandeln wir? Ich dachte, ich hätte hier das Sagen."

„*Du dachtest* sind hier die entscheidenden Worte", schleudere ich zurück. Doch dann verliere ich jegliche Konzentration auf das Gespräch, denn ich realisiere, dass seine Jeans geöffnet ist und sich die Vorderseite seiner Boxershorts spannt, um zu verbergen, was ich so verzweifelt sehen möchte.

Oh heiliger Bimbam. Er ist so groß, wie ich vermutet habe! Riesig, um genau zu sein. Er streift seine Jeans und Boxershorts ab.

Ein kleiner Anflug von Furcht durchfährt mich. „Ich weiß nicht, ob der passen wird." Meine Stimme klingt schüchtern.

„Oh, er wird passen. Und dir wird es gefallen. Jetzt dreh dich um."

Ooh. Dieses herrische Ding stellt wirklich etwas mit mir an. Bringt meine Mitte dazu, zu schmelzen, und Hitze ergießt sich über meine Innenschenkel. Es sorgt dafür, dass sich meine Zehen krümmen. Ich rolle mich auf den Bauch und drehe mich, um über meine Schulter zu schauen und ihn zu beobachten. Ich will keine einzige Sekunde des Ganzen verpassen.

Er lächelt. „Braves Mädchen." Er steigt auf das Bett. „Öffne dich für mich."

Ich kann nur annehmen, dass er meine Beine meint, weshalb ich meine Schenkel öffne und meine Knöchel weit auf dem Bett spreize.

„Mmmh", knurrt er. „Hübsch. Das ist verdammt hübsch."

Ich fühle mich hübsch. Ich fühle mich sexy und begehrenswert. Drei Dinge, die ich nie, niemals empfinde. Meine großen Brüste mögen zwar häufig angegafft werden, aber das ruft normalerweise nur Scham in mir hervor. Frust oder Wut an einem stärkeren Tag.

Nein, gerade jetzt empfange ich sein Lob auf eine völlig neue Weise. Ich glaube es. Genieße es.

Er kniet zwischen meinen Beinen und stößt sie mit seinen Knien sogar noch weiter auseinander. „Weißt du, wie hübsch du bist?"

Er sagt es immer wieder. *Hübsch.*

„Ich fühle mich gerade auch hübsch", sage ich, wobei es kaum mehr als ein Flüstern ist.

Er packt meine Handgelenke und fixiert sie über meinem Kopf, so ähnlich wie er es tat, als ich auf meinem Rücken lag. Er senkt seinen Kopf zu meinem und sein Atem streicht über mein Ohr. „Du *glaubst* besser, dass du hübsch bist. Wenn du es nicht tust, steht dir noch eine Lektion bevor."

Noch eine Lektion.

Ich habe keine Ahnung, was das heißt, aber es klingt schmutzig und verführerisch und nach allem, das ich lieben würde.

„Jetzt wirst du meinen großen Schwanz aufnehmen, denn du weißt, dass ich ihn richtig einsetzen werde." Er stößt mit der Spitze gegen meinen Eingang. Es fühlt sich so gut an, ihn ohne Gummi zu fühlen, wodurch sein samtener Stahl durch meine Säfte gleitet.

Ich will ihn in mir haben.

So sehr.

Ich wölbe meinen Hintern nach oben, drücke mich gegen ihn.

Er gluckst, als die Spitze in mich gleitet.

Ich stöhne.

Er dringt mit stetem Druck in mich. Ein Zentimeter. Noch einer. Ich zwinge meine Muskeln, sich zu entspannen. Ich bin dort unten so feucht, dass er in mich gleitet, als wäre er für mich gemacht. Oder als wäre ich für ihn gemacht.

Es fühlt sich himmlisch an. Verdammt perfekt. All diese Zungenaction war großartig, aber nichts ersetzt einen Penis. Nicht einmal Finger oder irgendeiner der Vibratoren, die ich getestet habe. Nein, das ist die Befriedigung, nach der ich mich verzehrt habe. Das ist es, was ich brauche. Noch während mich seine große Männlichkeit weit dehnt, mich so unglaublich füllt, überwältigt die Lust sämtliche Angst.

Er dringt immer weiter in mich, bis seine Lenden gegen meinen Hintern klatschen und dann rammt er sich rein und raus, wobei er mit jeder Vorwärtsbewegung gegen meinen Hintern stößt.

Es hat mich noch nie zuvor ein Mann umgedreht und von hinten genommen – okay, ich realisiere jetzt, wie begrenzt mein Erfahrungsschatz wirklich ist – aber ich liebe die Stellung. Jeder Stoß gegen meinen Hintern stimuliert mich sogar noch mehr. Er ist tief in mir, aber es tut nicht weh; es fühlt sich nur richtig an.

„Ja", stöhne ich. „Mehr."

„Oh, ich werde dir mehr geben." Dem düsteren Versprechen folgt eine Hand, die in mein Genick sinkt und mich festhält, während er anfängt, sich härter in mich zu hämmern.

Schneller.

Lustvolle Schreie hallen von den Zimmerwänden – ich vermute, sie kommen von mir, aber ich weiß es nicht, weil ich vollkommen den Verstand verliere.

Ich versuche, Worte zu bilden, aber es kommt nur Kauderwelsch über meine Lippen.

Es geht weiter und weiter und jeder befriedigende Stoß treibt mich tiefer in den Wahnsinn. Ich will nicht, dass es jemals aufhört, und dennoch brauche ich es mit einer solchen Verzweiflung, dass ich an den Betttüchern kratze, dass das Ganze seinen natürlichen Abschluss findet.

„Ja, bitte, ja", skandiere ich und er rammt sich noch härter in mich, wodurch seine Lenden wie bei einem erotischen Spanking gegen meinen Hintern klatschen.

Caleb stößt ein leises Grollen aus – ein bestialischer Laut und dann ein lauteres Brüllen, kurz bevor er sich tief in mich stößt und kommt.

Ich schreie meine Zustimmung hinaus, meine inneren Muskeln verkrampfen sich um sein Glied, drücken und melken es mit aller Kraft. Ich schwöre, ich fühle, wie mich die Hitze seines Spermas versengt. Feuerwerke explodieren hinter meinen Augen. Ich habe mich noch nie so weiblich gefühlt. War noch nie in der Lage, so viel Lust zu empfangen. Wusste nicht, wie es ist, sich in den Fängen der Leidenschaft zu befinden.

Caleb lehrte mich das hier.

Mein missmutiger Retter. Der bärtige Holzfäller mit den wohlgeformten Muskeln.

Caleb schiebt mir die Haare aus dem Gesicht und ich drehe meinen Kopf, um über meine Schulter zu ihm zu schauen. „Bist du okay?"

Ich nicke. „Definitiv."

„Denkst du immer noch, dass Sex überbewertet wird?"

Mein Lachen kommt heißer und roh heraus. „Nicht auf die Weise, wie du es tust."

Sein zufriedenes Grinsen lässt Schmetterlinge durch meinen Bauch fliegen. Er ist so hübsch, wenn er lächelt – seine Zähne leuchten weiß und seine Augen kräuseln sich an den Winkeln.

Und das ist der Moment, in dem ich es realisiere – er hat Lachfältchen um die Augen. Dieser Mann hat früher viel gelacht und gelächelt.

Was hat sich also verändert?

KAPITEL 8

 *aleb*

ICH SOLLTE WÜTEND auf mich sein. Oder zumindest von Schuldgefühlen geplagt werden. Und ich verspüre das auch ein wenig. Aber hauptsächlich... hauptsächlich bemerke ich, wie *geistig gesund* ich mich fühle.

Drei Jahre lang bin ich am Rand des Wahnsinns balanciert. Ich überließ dem Bären zu oft das Steuer und verlor meinen Griff um die Realität. Um das Leben. Darum, Mensch zu sein. Ich habe mich manchmal sogar gefragt, ob ich verantwortlich für das war, was Jen und Gretchen zugestoßen ist. Sie wurden immerhin von Bärentatzen getötet.

Und jetzt – nach einem Fick mit einer jungen Menschenfrau, bin ich wieder ich. Ich kann klar denken. Klarer. Meine Umgebung wirkt schärfer, der Nebel hat sich gelüftet.

„Auf welchem Platz deiner Skala rangiert das?" Miranda späht durch ihre Wimpern zu mir auf – als hätte sie Schüchternheits-Tabletten geschluckt und diese würden plötzlich ihre Wirkung entfalten. Ihre Wangen röten sich hübsch rosa, ihre roten Haare formen einen zerzausten Heiligenschein um ihr glühendes Gesicht.

Ich mache eine finstere Miene, weil mich ihre Frage dazu bringt, sie mit anderen Frauen zu vergleichen, was mir sofort Jen in Erinnerung ruft.

Die Doktorin läuft jedoch dunkelrot an und ich verpasse mir selbst einen Arschtritt. Ihren Stolz zu verletzen, war nie Teil dieser Sache. Ich mag ihr etwas zu beweisen gehabt haben, aber es ging nicht um ihren Mangel an Fähigkeiten oder Reiz.

Ich reibe mit einer Hand über mein Gesicht und meinen Bart hinab. „Der beste Sex, den ich seit drei Jahren hatte." Das ist eine Wahrheit, die ich ihr erzählen kann, ohne deswegen Schuldgefühle zu empfinden.

Aber sie ist zu klug. Sie stützt sich auf ihre Unterarme und legt ihren Kopf auf die Seite. „Ist das der einzige Sex, den du seit drei Jahren hattest?"

Ich schenke ihr ein verlegenes Lächeln. „Da hast du mich erwischt."

Sie setzt sich im Bett auf und ihre großen Brüste wogen, während sie sich in die Vertikale begibt. Sie ist so verdammt verlockend. So attraktiv. Obwohl ich gerade erst gekommen bin – und das heftig – wird mein Schwanz schon wieder hart.

Sie bemerkt es.

In ihrer nächsten Frage schwingt jedoch keine Verspieltheit mit. Keine Stichelei, keine Schüchternheit. Auch kein Urteil.

„Hast du jemanden verloren, Caleb?" Ihre Stimme ist leise. Tröstend.

Ein Laut kommt mir über die Lippen. Eine Art Bellen. Kein Lachen, kein Schluchzen. Irgendetwas dazwischen. Ich falle neben sie auf das Bett und starre die Decke an. Die

Verletzlichkeit, in ihre Augen zu schauen, ist im Moment zu viel. „Ich weiß nicht, wie du darauf gekommen bist."

„Diese Hütte gehört eindeutig dir, aber es gibt auch weibliche Einflüsse."

„Nun, verdammt. Du hast die Daten richtig ausgewertet, was? Schätze, dass du deswegen den Doktor hast." Ich verschränke die Hände hinter meinem Kopf. Normalerweise werde ich sauer – oder geradezu stinkwütend – wenn Leute mit mir über meinen Verlust reden wollen. Aber aus irgendeinem Grund, stellt dieses Gespräch eine Erleichterung für mich dar.

Als wäre meine Vergangenheit eine Bürde, die ich mit jemandem teilen wollte.

Und Miranda ist die perfekte Zuhörerin. Sie spricht nicht. Stellt keine weiteren Fragen. Sondern bietet nur ihr Schweigen als großzügiges Angebot. Ein Raum, den ich füllen kann, wenn ich möchte. Oder nicht.

„Meine Frau und kleine Tochter wurden vor einigen Jahren getötet."

Ich höre ihr schockiertes Einatmen, aber dennoch unterlässt sie es, zu reden. Sie lässt einfach mich sprechen.

„Ich fand sie unten beim Fluss. Bärenangriff. Oder zumindest sagte das die Polizei. Ihre Körper wurden von irgendeinem wilden Tier zerfetzt. Ich weiß es nicht – es macht für mich keinen Sinn."

Sie wartet ein Weilchen länger, bevor sie murmelt: „Ich habe von dem Angriff gehört. Für mich ergab er auch keinen Sinn. Ich schrieb es, ehrlich gesagt, der Engstirnigkeit von Kleinstädtern zu."

Ich drehe mich, um zu ihr zu schauen. Ihre Worte sind so willkommen. Wie eine Rettungsleine, an die ich mich klammern kann. Ich fühle mich mittlerweile seit so vielen Monaten wie ein Verrückter. Alle um mich herum, einschließlich der Gestaltwandler, sagten, dass es ein Bär gewesen sein musste. Die Gestaltwandler gehen davon aus, dass es jemand war, der die Kontrolle über sein Tier verloren hat – der seine Menschlichkeit verloren hat und durchgedreht ist. So etwa in der Art, wie es mir nach ihrem Mord beinahe passiert ist.

Die Menschen dachten, der Bär müsste tollwütig gewesen sein. Oder übermäßig aggressiv.

Aber diese hochintelligente, gebildete Ökologin neben mir weiß, dass die Geschichte nicht stimmen kann. Genauso wie ich.

Sie streckt die Hand aus und berührt meinen Bizeps mit ihren Fingerspitzen. „Danke, dass du es mir erzählt hast. Ich kann mir nicht vorstellen, wie schwer das für dich sein muss."

„Nicht", unterbreche ich sie. Ich will ihr Mitleid nicht, auch wenn es den Schmerz in mir wie Balsam lindert.

„Möchtest… möchtest du, dass ich zum Schlafen in mein Zimmer gehe?" Es ist ein liebenswürdiges Angebot und eines, das eine Erleichterung für mich ist. So werde ich sie nicht bitten müssen, zu gehen, denn ich habe plötzlich das Gefühl, als wäre es falsch, sie in diesem Bett zu haben.

„Ja. Das wäre vielleicht das Beste." Meine Stimme klingt mürrischer, als ich es wollte, und sie zuckt zusammen.

Verdammt.

Ich fange ihre Hand ein, während sie sich von mir wegrollt. „Miranda?"

„Ja?" Sie dreht sich um, wobei ihre roten Haare über ihre Schulter gleiten.

„Danke." Ich lasse ihre Hand los.

Sie gibt ein überraschtes Lachen von sich, während sie aus dem Bett steigt, dann schnappt sie sich eines der Kissen und nutzt es, um sich zu bedecken. „Ich weiß nicht wofür, aber gern geschehen."

„Dafür." Ich wedle mit einer Hand zum Bett. „Und dafür", ich reibe mir erneut mit einer Hand über das Gesicht, „dafür, dass du zugehört hast."

Ihre Brauen wölben sich überrascht. „Ja. Gern geschehen. Danke für, ähm, die Forschungsdaten."

Ich kann mir das Grinsen, das sich an meinen Mundwinkeln formt, nicht verkneifen. Und plötzlich tritt der Wunsch, ihr noch mehr Forschungsdaten zu liefern, an die Oberfläche.

Wie gut, dass sie bereits an der Tür ist.

„Gute Nacht, Caleb."

Wow. Das klingt so vertraut. So intim.

„Gute Nacht, Doktor."

KAPITEL 9

 *aleb*

Iᴄʜ sᴄʜʟᴀꜰᴇ in dieser Nacht kaum, was für mich ganz und
gar ungewöhnlich ist, vor allem im Winter. Es ist, als würde
mein Bär denken, es sei Sommer oder so etwas. Er ist
glücklich.

Ich meine wirklich glücklich. Wer hätte gedacht, dass er
lediglich eine hübsche Wissenschaftlerin vögeln musste?

Selbst meine Schuldgefühle können ihm nicht die Freude
verderben.

Fuck, ich bin geradezu euphorisch, als ich in aller Herr-
gottsfrühe aus dem Bett schlüpfe und die Kaffeemaschine
anschalte. Eine halbe Stunde später habe ich alles vorbereitet,
das nötig ist, um Lachs, Spinat und Frischkäse Omeletts zu
kochen, und ich brate Kartoffeln und Zwiebeln auf dem Herd.

„Oh mein Gott, hier riecht es fantastisch."

Ich drehe mich um, um Mirandas Eintreten zu beobachten. Sie kommt in ihrem Top und meiner Jogginghose heraus.

Der Hund trottet neben ihr. Sie ist niedlich derangiert, ihre dichten Haare sind von dem harten Sex, den wir gestern Nacht hatten, zerzaust, ihre grünen Augen strahlen hell im Kontrast zu ihren vom Schlaf geröteten Wangen. Es überrascht mich, dass die Worte, die mir über die Lippen kommen wollen, *Du siehst wunderschön aus*, sind.

Keinesfalls angemessen. Ich meine, auch nicht unangemessen, aber wir daten einander nicht. Wir hatten Sex als Beweis von Möglichkeiten, nicht mehr. Ich kann nicht so tun, als wäre sie plötzlich meine Freundin.

Das hält meinen Schwanz jedoch nicht davon ab, wegen der Art dicker zu werden, wie sich ihre Brüste ohne BH unter ihrem Top bewegen. Ich stelle mir plötzlich vor, wie ich dieses Top nach oben schiebe und Honig über ihre Titten gieße, nur damit ich ihn gründlich ablecken kann.

Sie muss meine Stimmung auffangen, denn ihre Nippel werden hart und ihr stockt der Atem. Ich fange den Geruch ihrer Erregung auf, sogar über den Essensgeruch hinweg.

„Ich habe wie ein Stein geschlafen", sagt sie mit einem beschämten Lachen.

„Guter Sex stellt das mit einem an."

„Ja." Noch ein Kichern. Sie streicht sich die Haare aus dem Gesicht. „Du musst mich nicht mehr überzeugen. Ich bin bekehrt. Du vermietest deine Dienste nicht zufälligerweise oder so was, oder?" Ihr Gesicht läuft noch dunkler an, als könnte sie nicht fassen, dass sie das vorgeschlagen hat.

Und jetzt bin ich härter als Marmor. „Nun, ich liefere dir gerne ein anderes, du weißt schon, Set Daten oder auch zwei. Ich meine, für deine Forschung." Meine Stimme klingt rauer als normal.

Ihre Nippel ragen sogar noch weiter nach vorne.

Ihre Lider senken sich. Sie tritt zwei Schritte näher und

ihre Hände gleiten ihre Rippen hoch, um ihre Brüste zu umfangen.

Fick. Mich.

Ich bin wie der Blitz bei ihr. Ich bewegte mich wahrscheinlich in Gestaltwandler-Geschwindigkeit, ohne es zu wollen. Ich packe ihre Arme und drehe sie herum, bis ihr Rücken gegen den Kühlschrank knallt. Er scheppert von dem Aufprall. Meine Lippen senken sich auf ihre, verschließen ihren Mund, zur Hölle, erklären ihm einen verdammten *Krieg*. Ich presse meinen harten Körper an ihren weichen, nachgiebigen, und reibe meine Erektion an ihrem Bauch.

Sie stöhnt und klammert sich mit aller Kraft an meine Bizepse.

Ich schiebe meine Hand ohne Federlesen vorne in ihre Jogginghose und umfange ihre Pussy. Sie ist saftig feucht. Ein Finger sinkt in ihre Hitze, ohne dass ich es auch nur versuche.

Sie erwidert meinen Kuss, ihr Mund bewegt sich leidenschaftlich auf meinen Lippen und ihre Zunge tanzt mit meiner.

„Ich werde dich direkt an diesem Kühlschrank vögeln", knurre ich, hebe eines ihrer Beine und platziere es um meine Taille. „Brauche ich dafür deine Zustimmung?"

„Du hast sie", keucht sie und schiebt ihre Hände unter meinem Hemd nach oben, wo sie meine Brustmuskeln streichelt.

„Du bist wunderschön." Jetzt sage ich es. Denn es sollte gesagt werden. Sie verdient es, das oft zu hören, und ich habe das Gefühl, dass sie es nicht oft gehört hat.

Ich knöpfe meine Jeans auf und befreie meinen Schwanz, während ich meine Lippen bei einem weiteren brutalen Kuss auf ihren bewege. Ich reiße ihre Jogginghose zu Boden, sinke dabei auf meinen Hintern und lecke einmal langsam über ihren Nektar.

„Oh!" Ihre Hüften rucken und zucken, ihr nackter Hintern hinterlässt einen warmen Abdruck auf meinem Kühlschrank.

Ich verwerfe jede Idee, langsam vorzugehen, und mache das hier richtig. Mein Bär muss sie noch einmal vögeln und sie will es, also werde ich direkt auf den Höhepunkt abzielen. Ich stehe auf und spieße sie mit meiner Erektion auf.

Ihre grünen Augen weiten sich und heben sich zu meinem Gesicht. Ich muss meine Knie anwinkeln, aber ich hebe ihr Bein höher und hake es über meinen Unterarm, um besseren Zugang zu erhalten. Dadurch wird ihre Pussy zu mir geneigt und sie geöffnet wie eine Blume. Ich sinke in ihre köstliche Hitze und bohre mich vollständig in sie. Der Kühlschrank kracht gegen die Wand und die Gläser mit Eingemachtem klirren in den Regalen. Ich liebe es, wie ihr überraschter Blick auf meinem haften bleibt, als wolle sie nichts verpassen. Oder als bräuchte sie einen Hinweis darauf, was gerade passiert. Ihre Unschuld sollte in mir den Wunsch wecken, sanft zu sein und langsam vorzugehen, aber das tut sie nicht.

Es weckt den Wunsch in mir, sie verdammt noch mal zu *verschlingen*.

Sie zu *verzehren*.

Ich bin das Raubtier und sie ist meine Beute. Meine nächste Mahlzeit.

Ich stoße mich hart in sie und sorge dafür, dass ihr jedes Mal der Atem stockt, wenn ich meine Hüften gegen ihre ramme, ihren Hintern gegen den Kühlschrank presse und den Kühlschrank gegen die Wand. Sie lässt ein winziges Wimmern fahren und ich nehme mich ein wenig zurück.

„Bist du okay, Doktor?"

„Fuck, ja", platzt es aus ihr heraus, was mich zum Lachen bringt.

„Gut", grolle ich. „Denn ich werde dich so hart ficken, dass du nicht mehr richtig laufen kannst."

„I-ich glaube, das hast du bereits geschafft", keucht sie, wobei sich Lachen und Lust in ihrer melodischen Stimme mischen.

„Du wirst es ertragen, denn du weißt, dass ich dir gute Empfindungen verschaffen werde. Nicht wahr?"

„Ja! Ja, Caleb."

Ich liebe es, meinen Namen in diesen leidenschaftlichen Tönen zu hören. Ich finde ihr Poloch mit dem Mittelfinger des Arms, der ihr Bein nach oben hält.

Sie keucht und aus ihrer Pussy strömt ein schwall frischen natürlichen Gleitmittels.

„Du wirst mich sogar hier aufnehmen, wenn ich es beschließe", reize ich sie. Ich weiß nicht, warum ich so einen Quatsch reden muss, aber sie reagiert mit einem gestöhnten Schrei, der klingt, als würde sie gleich kommen.

„Aw, das macht dich an, stimmt's, Doktor?" Ich massiere ihren Anus und schlage ihn leicht, während ich sie so hart vögle, dass ich Gefahr laufe, den Kühlschrank durch die Wand nach draußen zu rammen. Und die Wände dieser Hütte bestehen aus soliden Baumstämmen.

„Willst du, dass ich dieses enge kleine Loch ficke?" Ich fahre damit fort, mit ein paar Fingerspitzen leicht auf ihren Anus zu schlagen.

„Oh mein *Gott*."

Hitze strömt durch meinen Körper. Meine Zähne werden länger, als wollte ich ihr einen Paarungsbiss verpassen. Ich sollte besser bald kommen oder das hier könnte schlimm enden.

„Bist du bereit, zu kommen, Doktor? Wirst du meinen Namen schreien, wenn du das tust?"

„Ja, Caleb, *ja*." Ich hämmere mich mit unerbittlichen

Stößen in sie und stelle sicher, dass sie jeden Zentimeter von mir spürt und lernt, was es bedeutet, einen gigantischen Gestaltwandler-Schwanz aufzunehmen.

„Schrei es", befehle ich, während ich sie in die Bewusstlosigkeit vögle.

„Caleb, Caleb, Caleb, ohmeingott, ja! Ja, Caleb!"

Ich ramme mich tief in sie und komme, während ihre Wände meine Männlichkeit drücken und sich darum zusammenziehen. Mein Bär brüllt zufrieden. Oder vielleicht war das auch ich. Ich weiß nur, dass Befriedigung durch meinen gesamten Körper schießt und Wohlbefinden wie heilenden Balsam durch meine Glieder gießt. Meine Emotionen werden getröstet, mein Verstand zu einem Zustand der Ruhe bewegt.

Mein Sichtfeld klärt sich und ich realisiere, dass ich sie noch immer am Kühlschrank fixiere, zitternd und keuchend, wobei ihre großen Brüste bei jedem Atemzug über meine Brust gleiten.

Ich lasse zuerst ihr Bein los, aber ziehe mich nicht aus ihr. Das verändert den Winkel meines Eindringens und verstärkt das Gefühl, nach wie vor tief in ihr zu sein. Dann ziehe ich mich widerwillig aus ihr. „Bist du okay?"

„Mh hmm." Sie leckt sich über die Lippen. Ihre Knie geben nach und sie gibt ein zittriges Lachen von sich. „Aber ich glaube nicht, dass ich stehen kann."

„Ich werde dich aufrecht halten, Baby. Ich werde dich nicht fallen lassen." Ich küsse ihre Schläfe. Es ist eine liebevolle Geste – anders als der rohe Sex, den wir gerade hatten. Es fühlt sich falsch an. Nein, das stimmt nicht. Es fühlt sich richtig an, deswegen habe ich es auch getan.

Aber ich will, dass es falsch ist. Ich brauche es, dass es falsch ist. Denn ich werde diese reizende Frau nicht dazu verführen, meine Gefährtin zu werden. Ich lasse lediglich mein Begehren an ihr aus. Nicht mehr.

Sie will nicht mehr.

Ich will nicht mehr.

Ende der Geschichte.

Sie hält sich einen Augenblick an meinen Armen fest, dann jammert Bär an der Hintertür und sie gibt mir einen sanften Schubs.

Ich bücke mich, um ihre Jogginghose aufzuheben, und reiche sie ihr. „Hunger?"

Ihr Lächeln erhellt die ganze Küche. „Am Verhungern."

Miranda

HEILIGER STROHSACK. Jetzt verstehe ich den Ausdruck „in den Fängen der Leidenschaft". Das ist der Moment, wenn dein Körper dein Gehirn überwältigt und du alles tun würdest, um Erfüllung zu erlangen.

Und ich erhielt definitiv die Erfüllung. Mein Holzfäller ist ein verflixtes *Biest*.

Ein echtes Mann-Biest. Wie hatte ich nur denken können, dass Sex keinen Spaß macht?

Iiieh, weil ich die lahmsten Partner in der Geschichte des Geschlechtsverkehrs hatte, deswegen.

Ich ziehe Calebs Jogginghose an, laufe zur Tür und ziehe sie für Bär auf, dann kreische ich, als Schnee hereinfällt. Bär wackelt mit dem Schwanz, als wäre der Schnee ein Freund, mit dem er spielen will. Der Schnee hat sich fast bis zur oberen Kante der Tür angesammelt, aber es gibt dort noch fünfzehn Zentimeter Platz für Tageslicht und die Sonne scheint mir direkt in die Augen.

Bär kann nirgendwo hingehen, weshalb er auf die oberste

Stufe pinkelt, wo das kleine Dach über der Tür den Schnee daran gehindert hat, nach unten zu fallen.

Caleb erscheint hinter mir und schlägt mir auf den Po. „Ich nehme an, es hat aufgehört."

„Ähm, wie kommen wir raus?"

Sein Glucksen ist tief und sexy. „Schätze, wir werden uns einen Tunnel durch den Schnee graben müssen."

Oh. Wow. Das klingt nach so viel Spaß, wenn er es sagt. Als wäre es ein Spiel, das wir spielen werden. Kurz bevor wir einen Schneemann und ein Iglu bauen.

Ich schließe die Tür und werfe das Handtuch auf den Boden, das er letzte Nacht benutzte, um den geschmolzenen Schnee überall auf dem Boden aufzuwischen.

Caleb ist bereits auf dem Weg in die Küche, wo er seine Hände wäscht und Eier in eine Schüssel schlägt.

Ich schlendere zu ihm, da mich sein Körper wie ein Magnet anzieht. „Was machst du da?"

„Was hältst du von Lachs-Omelett?"

„Oh mein Gott, meinst du das ernst? Das klingt nach etwas, für das ich sterben würde."

Er dreht sich um und durchbohrt mich mit einem dunklen Blick. „Zu früh."

Ich lache.

„Kein Sterben unter meiner Aufsicht."

Wärme erblüht in meiner Brust. In meinen Wangen auch. Ich schätze mal, dass ich erröte. Caleb grunzt, dass mein Omelett fertig ist.

Ich nehme ihm den Teller ab, auf dem sich Kartoffeln und das bestaussehende Omelett, das ich jemals gesehen habe, türmen. „Dankeschön. Ich freue mich so sehr. Ich hatte noch nie ein Lachs-Omelett."

Calebs Augen kräuseln sich an den Winkeln.

Das ist meine neue Lieblingssache.

Ich setze mich zum Essen hin, während er an den Herd zurückkehrt, um ein zweites Omelett zu kochen. „Du magst also wirklich Fisch? Ich hätte gedacht, dass ein Mann wie du eher auf rotes Fleisch steht."

Caleb zuckt mit den Achseln. „Ich esse rotes Fleisch. Aber ich mag Fisch, also esse ich Fisch."

Es ist so eine unkomplizierte Antwort von einem unkomplizierten Mann. Zu Beginn mag ich ihn missmutig gefunden haben, aber wenigstens spielt er nie Spielchen. Seine Absichten sind immer klar. Ich mag das an ihm.

Ich stehe auf und bediene mich am Kaffee, wobei ich genieße, wie er sich wie selbstverständlich zur Seite bewegt und mir Platz macht. Als gehöre ich hierher. Oder als wäre ich willkommen. Als wären wir Mitbewohner – mit gewissen Vorzügen.

Das bringt mich tatsächlich zum Lächeln.

Ich beginne, leise für mich zu summen, während ich die zwei Tassen Kaffee einschenke und meiner Milch und Zucker beigebe. Ich bemerkte gestern, dass er seinen schwarz trank.

Er setzt sich mit seinem fertigen Omelett und wir essen gemeinsam in freundschaftlichem Schweigen – so anders als die unangenehmen Gesprächslücken gestern.

„Also meinst du, dass ich heute zurück zu meiner Hütte gehen kann?"

Caleb schnaubt. „Zweifelhaft", sagt er mit vollem Mund. „Hängt davon ab, wie kräftig die Sonne heute scheint. Da ist eine Menge Schnee, der zuerst schmelzen muss. Ich denke nicht, dass es uns gelingt, uns bis dorthin durchzuschaufeln." Seine Augen kringeln sich, als er grinst, und mein Herz flattert leicht.

Wow. Sechsunddreißig Stunden und ich verliebe mich.

Nein! Ich kann mich nicht verlieben. Hier geht es nur um Sex. Und Forschung. Und ich hasse Männer ohnehin.

Doch Geschlechterrollen spielen in dieser Hütte keine Rolle. Es gibt keinen Status oder Machtgehabe oder Versuche, zu beweisen, dass ich genauso viel wert bin. Er besteht darauf, mich *Doktor* zu nennen, um Himmels willen. Definitiv kein Mann, der von meinem Abschluss oder Intelligenz eingeschüchtert ist.

Wir sind nur zwei Leute, die gemeinsam in einer Hütte festsitzen.

Wir beenden unsere Mahlzeit und ich dusche. Anschließend ziehe ich die Kleider an, die ich trug, als er mich rettete. Als ich nach draußen komme, stelle ich fest, dass Caleb keine Witze gemacht hat. Er hat bereits angefangen, sich aus der Eingangstür zu graben, und hat einen Pfad von ungefähr einem halben Meter Breite und drei Meter Länge geschaffen. Die Schneewände sind höher als ich. Bär bellt begeistert, rennt hinaus in den Schnee und wedelt mit dem Schwanz.

Ich lache, denn meine Freude entspricht seiner. Es ist wie unser eigenes *Dr. Schiwago*. Ein hübsches Winterwunderland. Caleb bewegt sich mit geschmeidiger Anmut und offenkundiger Leichtigkeit. Er benutzt eine Schaufel, um Schnee ganze anderthalb Meter zu den Wänden zu beiden Seiten zu werfen. Ich stoppe und beobachte seinen muskulösen Hintern in seiner Jeans, bewundere die Kraft in seinen Bewegungen.

Nach einer Minute berühre ich Calebs Rücken. „Willst du, dass ich übernehme?"

Er trägt eine Strickmütze, aber ansonsten ist er nicht sonderlich warm eingepackt. Ich schätze, Schneeschaufeln ist harte Arbeit. Seine Stirn kräuselt sich vor scheinbarer Ungläubigkeit und er macht ein finsteres Gesicht. „Äh, nein, Doktor. Ich meine das nicht respektlos, aber ich habe das hier unter Kontrolle." Es schwingt ein Hauch aufgeblasener Sexismus in seinen Worten mit, aber anstatt dass ich mich beleidigt fühle, wärmen sie mich. Denn ich kann sehen, dass er denkt, dass es unritterlich wäre, mir die Schaufel in die Hand zu drücken.

Und in diesem Fall lasse ich ihn gerne den Mann sein. Vor allem wenn er dabei auch noch so gut aussieht.

„Nun, Danke. Wohin gräbst du?"

Er hebt sein Kinn. „Ich sollte bald auf meinen Truck stoßen, außer ich habe in die falsche Richtung gegraben." Er schaut zu den Bäumen hoch und zurück zum Haus. „Nein, der Truck sollte in drei Metern oder so vor mir sein."

„Was dann?"

„Dann werde ich ihn ausgraben und nachschauen, ob der Pflug funktioniert. Es ist ein großer Truck, aber ich glaube nicht, dass ich jemals so tiefen Schnee gepflügt habe."

Oh Gott sei Dank. Er hat einen Pflug. Natürlich hat er das. Es passt zu dem Holzfäller/Bauarbeiter-Vibe, den er ausstrahlt.

„Und wenn es nicht funktioniert?" Ich weiß nicht, warum ich so viele Fragen stelle, aber zu diesem Thema weiß ich einfach nichts. Ich bin vollkommen der Gnade seines Wissens und Expertise ausgeliefert. Ich kann nirgendwo hingehen, außer er bringt mich dorthin.

„Dann trage ich dich zurück in diese Hütte und erteile dir noch ein paar Lektionen für deine Forschung."

Meine Pussy verkrampft sich. „Welche Art von Lektionen hast du im Sinn?"

Er unterbricht das Graben und neigt seinen Kopf zur Seite. „Bondage. Anal. Noch mehr Spankings."

Es ist, als hätte er ein Streichholz entzündet und es in eine Benzinpfütze geworfen. Hitze explodiert in meiner Mitte und Flammen züngeln meine Innenschenkel hoch, an meinem Poloch, meinen Brustwarzen.

„Vielleicht etwas Edging."

133

„Was ist das?" Meine Stimme zittert. Ich habe keine Angst, aber ein nervöses Beben durchläuft mich dennoch.

„Dabei bringe ich dich an den Rand eines Orgasmus, aber lasse dich nicht kommen."

„Das klingt… schrecklich!", beschwere ich mich.

„Nah. Wenn du endlich kommst, wird es so gut sein, dass du zu meinen Füßen schluchzen wirst."

Meine Pussy verkrampft sich erneut und mein Gesicht läuft rot an. Es sollte egoistisch klingen. Er schlägt vor, dass ich auf den Knien sein würde – ihm unterlegen. Aber die nüchterne Art und Weise, wie er es präsentiert, bringt mich zu der Überzeugung, dass es stimmt. Ich *würde* auf den Knien sein und nach mehr betteln. Und ich würde wahrscheinlich jede Minute davon lieben.

„I-ich glaube nicht, dass du meine Zustimmung dafür hast." Ich werde nervös, ein Zustand, wegen dem ich normalerweise hart mit mir ins Gericht gehe, aber als sich Calebs Lippen nach oben biegen, verfliegen meine Unsicherheiten.

„Wir werden sehen." Er widmet sich wieder dem Schnee-schnippen.

Ich nehme etwas Schnee von der Mauer neben mir und forme einen Schneeball, um ihn damit abzuwerfen. Er trifft ihn direkt in den Rücken.

Er dreht sich nicht um. Ich weiß nicht, ob er es überhaupt gespürt hat. Ein Kichern unterdrückend, forme ich noch einen und werfe diesen an seinen Hinterkopf. Er trifft sein Genick.

Ich zucke zusammen, da ich mir vorstelle, wie schreck-lich es sich anfühlen muss, wenn einem Schnee hinten in den Kragen fällt, aber er zuckt nur mit einer Schulter. „Du musst dieses Spanking wirklich wollen", grollt er, ohne sich umzu-drehen oder beim Schaufeln inne zu halten.

Jetzt kichere ich laut. Ich presse den Schnee für den nächsten Ball zusammen und ziele erneut auf seinen Kopf.

Ich verfehle ihn, aber Bär verfolgt den Schneeball und versucht, ihn mit seinem Mund aufzufangen, woraufhin er mit Schneeflocken zurückkommt, die von seiner rausgestreckten Zunge fallen.

„Komm schon, Bär, dann wollen wir mal schauen, was es braucht, damit sich der Holzfäller umdreht", stichle ich und forme einen weiteren Schneeball.

Caleb dreht sich um, Belustigung tanzt auf seinem Gesicht. „Baby, wenn du noch einen Schneeball wirfst, werde ich dich in diese Schneewehe werfen."

Ich renne los und stürze mich auf seinen Körper in dem Versuch, ihn in den Schnee zu tacklen. Dass ich mir keine Sorgen darüber mache, ihm wehzutun oder ihn damit zu verschrecken, dass eine Frau mit recht großen Knochen durch die Luft auf ihn zugeflogen kommt, ist ein Beweis dafür, für wie männlich ich ihn halte.

Dass mein gesamtes Körpergewicht, das ihn aus einem halben Meter Entfernung trifft, ihn nicht umwirft, ist ein Beweis dafür, wie wahrhaftig taff er ist.

Er fängt mich auf und ein dröhnendes Lachen rumpelt aus seiner Brust, während ich meine Beine um seine Taille schlinge und ihn mit aller Kraft drücke. Es fühlt sich wundervoll an, so gehalten zu werden. Als würde ich nichts wiegen. Als wäre ich nicht zu groß oder zu schwer zum Heben. Als würde er diesen engen Kontakt genießen.

Bär springt zu Calebs Füßen herum, als wäre das ein Spiel, das er auch spielen möchte.

„Jetzt bist du fällig." Seine dunklen Augen sind eindringlich auf meine Lippen geheftet.

„Ach ja?", hauche ich.

In seinem Lächeln liegt eine Spur Verschlagenheit. „Definitiv." Er fängt an, zurück zur Hütte zu trotten, wobei er mich trägt, als wäre ich so leicht wie ein Kätzchen. „Wir wären hier heute sowieso nicht rausgekommen. Ich wollte dir das nur noch nicht beibringen."

Nun, das ist lieb.

„Danke, dass du es versucht hast."

„Danke mir noch nicht. Du weißt nicht, welche Bestrafung ich für dich auf Lager habe."

Ein aufgeregtes Flattern kribbelt durch meinen Körper. Ich bekomme hier mehr Sex als Frischverheiratete und es ist, als würde mein ganzer Körper zum Leben erwachen. Ich fühle mich zum ersten Mal in meinem Leben sexy. Ich will Sex. Ich will zeigen, was ich habe. Ich bin gewillt, mich einem Mann zu öffnen.

Und es fühlt sich nicht furchterregend an.

Vielleicht fühle ich mich sicher, weil es nur temporär ist. Dieses kleine Abenteuer wird von der Zeit, die ich hier eingeschneit bin, begrenzt. Und wenn es sich darüber hinaus erstreckt, wären es nur die paar Tage, die ich hier oben in Pecos bin. Danach gehe ich zurück nach Albuquerque und er bleibt hier. Ende der Geschichte.

Denk nicht an diesen Teil.

Caleb trägt mich zu seinem Bett und lässt mich auf dessen Mitte fallen. Bär folgt uns und tänzelt um Calebs Füße, bis Caleb ihm streng sagt, dass er das Zimmer verlassen soll, und mein Hund gehorcht sofort.

„Zieh dich aus", befiehlt er mir, so wie er meinen Hund herumkommandiert hat. Er streift seine Jacke, Hemd und Stiefel ab, sodass ich eine sehr hübsche Aussicht auf seine tätowierte Brust, definierten Bauchmuskeln und das V der Muskeln habe, die südlich in seine Jeans verlaufen.

„Wie bitte?" Ich muss an seiner herrischen Art Anstoß nehmen.

„Zehn Sekunden, Schätzchen. Oder es gibt Konsequenzen."

136

Ein Flattern in meinem Bauch. Okay, das klingt aufregend.

„Welche Art von Konsequenzen?"

Er grinst. „Die Spanking Art von Konsequenzen."

Das Flattern wird zu einem Funkenschauer und Hitze strömt durch meine Gliedmaße. Bevor ich die bewusste Entscheidung treffe, ihm zu gehorchen, ziehe ich meine Kleider aus.

Caleb öffnet seine Kommode und zieht eine lange, grüne Socke raus.

Ich wölbe eine Braue und verdecke meine Brüste – oder zumindest meine Brustwarzen – mit meinem Unterarm.

Er klettert über mich, ohne viel Federlesen – ganz geschäftig – und packt meine Handgelenke. Ein Ruck und einige schnelle Bewegungen und er hat mich mit der Socke an sein Kopfbrett gefesselt.

Wer hätte gedacht, dass Socken auf so kreative Weise benutzt werden können?

Ich zerre. Ich kann vermutlich aus der Fessel schlüpfen, aber ich will es nicht tun. Ich liebe es, dass die ganze Verantwortung für dieses Intermezzo allein auf seinen Schultern ruht. Wie bei den anderen Malen – zeigt er mir etwas. Ich muss nicht performen, mich messen oder etwas tun. Meine Unsicherheiten treten nicht auf oder setzen ein. Tatsächlich verfliegen sie alle, weil er mir das Gefühl gibt, hübsch und begehrenswert zu sein.

„Zu schade", murmelt Caleb.

„Zu schade, was?"

„Ich habe mich darauf gefreut, deinen prallen Hintern zu versohlen. Schätze, ich werde mich einfach damit zufriedengeben müssen, ihn zu vögeln."

Mein Anus zieht sich in Reaktion darauf zusammen. „Ähm… warte. Ich bin mir nicht sicher –"

„Du bist dir nicht sicher, aber ich schon." Er nutzt seine brüske, nüchterne Stimme, aber ich bin mir fast sicher, wenn ich das hier wirklich nicht wollen würde, würde er in Null-kommanichts aufhören. Caleb ist tief in seinem Herzen ein Gentleman. Dessen bin ich mir sicher.

～

Caleb

ICH BIN EIN GEILER SCHEISSKERL. Ich kann nur daran denken, auf wie viele verschiedene Arten ich mich in diesen hübschen Menschen hämmern will. Sie liegt auf ihrem Rücken, ihre Arme sind nach oben gebogen und gefesselt, wodurch sich ihre großen, köstlichen Titten teilen und angehoben werden. Ihre seidigen, roten Haare sind wie ein Fächer um ihren Kopf ausgebreitet. Ihre Pussy ist nicht rasiert, was für mich verdammt sexy ist, denn ich will der Mann sein, der sie rasiert. Ich habe diese Fantasie, bei der ich sie in die Bade-wanne setze und sie überall unterhalb ihres Kinns von Haaren befreie.

Ich will ihr jede Position im Playbook zeigen. Sicherstel-len, dass ihre Bildung mit mir so gründlich ist, wie sie es sein kann, und dass sie jede Sekunde davon liebt.

Und gerade jetzt bedeutet das, dass ich Gleitgel brauche. Jede Menge davon, denn ich will nicht, dass sie Schmerzen hat, wenn sie meinen riesigen Bärenpenis in ihrem Arsch aufnimmt.

„Beweg dich nicht", befehle ich ihr, was sie zum Schnauben bringt, da sie es ohnehin nicht kann. „Ich bin gleich wieder zurück."

Ich hole Olivenöl aus der Küche und wasche meine Hände.

Als ich zurückkomme, muss ich im Türrahmen stehenbleiben und tief einatmen, um das Verlangen, ihr einen Paarungsbiss zu geben, zu verdrängen.

Sie ist keine Gestaltwandlerin. Und ich erhebe keinen Anspruch auf sie.

Mein Bär weicht zurück, denn yeah. Er ist genauso erregt wie ich.

Ihr Erdbeer- und Eisgeruch vermischt sich mit ihrer weiblichen Erregung und füllt den Raum mit dem süßesten Parfüm.

„Spreiz deine Knie, Baby." Meine Stimme kommt zwei Oktaven tiefer raus als üblich. Ich stehe noch immer in der Tür, weil ich sicher sein will, dass ich den Bären unter Kontrolle habe, bevor ich sie berühre.

Als sie ihre Unterlippe durch ihre hübschen weißen Zähne zieht und ihre Knie spreizt, kippe ich beinahe aus den Latschen wegen des plötzlichen Pochens in meinem Schwanz.

„Fuck." Ich marschiere zu ihr und lasse die Olivenölflasche neben sie fallen, damit ich beide Hände unter ihre Schenkel schieben und mich zwischen ihren Beinen ans Werk machen kann.

Sie kreischt in dem Moment, in dem meine Zunge ihre Klit trifft, und dann windet sie sich an meinem Gesicht und gibt die niedlichsten Laute von sich, während ich sie lecke. Ich nehme mir Zeit, sorge dafür, dass sie schön geschwollen ist und ihre natürlichen Säfte auf meine Zunge tropfen.

Als sie meinen Namen drängend von sich gibt, lege ich schließlich eine Pause ein und öffne die Olivenölflasche.

„Ohhh, Caleb. Oh Junge. Ich weiß nicht…"

„Du weißt es nicht, aber ich schon", informiere ich sie.

Ich tropfe etwas Öl auf meine Finger. „Deine Aufgabe ist es, dich zu entspannen und alles anzunehmen. Meine ist es, zuzusehen, dass du es genießt. Verstanden?" Ich reibe mit meinem öligen Finger über ihren Anus, schmiere ihn schön mit Gleitmittel ein, ehe ich etwas Druck ausübe. Der Trick besteht darin, einen Augenblick zu warten. Zu Beginn zieht sich der Muskelring zusammen, doch dann entspannt er sich. Ich warte, bis er das tut und drücke mich in ihn, ehe ich ihn massiere, um ihn auch von innen einzuschmieren.

Während sie sich noch an diese Invasion gewöhnt, kehre ich mit dem Mund zu ihrer Pussy zurück und verwöhne sie mit dem großzügigsten Zungentanz, den ich aufbringen kann.

Mein Mädchen liebt es.

Sie stöhnt und wirft sich hin und her, ihre Schenkel schließen sich um meinen Kopf, ihre Füße umfangen meine Taille, als würde sie versuchen, mich von sich zu schieben, aber jedes Mal, wenn ich zum Luftholen aufsehe, zieht sie mich wieder nach unten.

Ich füge einen zweiten Finger hinzu und mache mich daran, ihr hinteres Loch zu dehnen und auf meinen Schwanz vorzubereiten.

Sie stöhnt, ein bedürftiger, jammernder Schrei.

„Dir gefällt es, den Hintern gevögelt zu bekommen, stimmt's?"

„Meine Güte, Caleb. Meine Güte. Du bist so… verdorben. *Ohmeingott*. Du musst mich unbedingt vögeln."

Ich gluckse darüber, wie weit wir in so kurzer Zeit gekommen sind.

Ich massiere ihre Klit mit meinem Daumen, während ich ihren Hintern vögle, und hebe mein Gesicht, um die Aussicht zu genießen. „Bist du bereit für deinen ersten Analsex?"

„Nein. Ja. Ich weiß es nicht. Vielleicht. Ich habe Angst."

„Aw, Baby. Du musst keine Angst haben." Ich ziehe

meine Finger aus ihrem Hintern und löse meine Socke, die ihre Handgelenke fixiert. „Dreh dich um und leg das Kissen unter deine Hüften." Ich deute mit dem Kinn zu dem Kissen unter ihrem Kopf.

Sie gehorcht sofort, was mir verrät, dass ihre Ängste sie nicht daran hindern, ihre Anal-Jungfräulichkeit aufzugeben.

Ich träufle noch etwas mehr Olivenöl auf ihre Pospalte und drücke ihre bleichen Backen weit auseinander. „Du hast den besten Hintern", erkläre ich ihr. Es stimmt. Ich bin definitiv ein Mann, der auf Hintern steht, und ihrer ist prachtvoll.

„Ich habe einen großen Hintern", sagt sie trocken.

Ich schlage ihr auf eine Pobacke und ein roter Handabdruck erblüht. „Du liebst diesen Hintern besser gründlich." Ich verpasse der anderen Backe einen Klaps.

„Oder was?", lacht sie. „Wirst du ihn versohlen? Ich weiß nicht, ob das wirklich Liebe für ihn ausdrückt."

„Oh das tut es." Ich lache ebenfalls. Ich verpasse ihr eine Reihe brennender Schläge, womit ich ihre blasse Haut mit einer hübschen Röte überziehe. „Es ist definitiv ein Ausdruck der Bewunderung."

Sie presst ihre Pobacken zusammen und wackelt mit dem Hintern, wobei sie die ganze Zeit kichert.

„Leg deine Hand zwischen deine Beine", befehle ich ihr.

„Was?"

Ich schlage ihr fest auf den Hintern. „*Jetzt*, Doktor. Wenn ich dir einen Befehl gebe, erwarte ich, dass du ihn befolgst." Der frische Geruch ihrer Erregung füllt meine Nasenlöcher und verrät mir, dass ich nicht zu weit gegangen bin. Sie genießt meine Dominanz.

Gut, denn mir gefällt es sehr, das Kommando zu übernehmen. Ich habe seit drei Jahren nicht mehr die Kontrolle für irgendetwas übernommen – einschließlich meines eigenen Lebens. Ich würde nicht so weit gehen, zu denken, dass etwas so Simples, wie einem heißen Genie die Vorteile von Sex zu zeigen, das Allheilmittel wäre, aber es fühlt sich auf jeden Fall gut an.

Sie hebt ihre Hüften und schiebt ihre Hand unter sich, wo sie ihre Finger in ihrem feuchten Geschlecht krümmt.

„Braves Mädchen. Jetzt stimuliere diese Pussy, während ich diesen Hintern genieße."

Sie stößt ein winziges Jammern aus, aber ich sehe, dass ihre Finger arbeiten, ihre geschwollene Klit massieren und in ihren Eingang gleiten. Ich befreie meine Erektion und rucke grob an meinem Schwanz. Beim Schicksal, ich bin hart für sie. Ich ziehe ihre Pobacken auseinander und führe meine Schwanzspitze an ihr hinteres Loch.

„Atme tief ein", weise ich sie an, während ich leichten Druck ausübe.

Sie atmet ganz tief ein, als würde sie gleich unter Wasser tauchen.

Ich gluckse. „Atme wieder aus, Baby." Ich drücke sachte nach vorne und warte darauf, dass sich der Schließmuskel, entspannt und mich reinlässt. „Nimm mich auf, Miranda. Stimuliere diese Pussy und lass mich rein."

Sie entspannt sich mehr und ich dringe langsam in sie. Einen Zentimeter, noch einen.

Miranda gibt einen Singsang von sich – einen langen Vokallaut, der anfängt und aufhört und wieder anfängt. Ich knirsche mit den Zähnen in dem Bemühen, mich zurückzuhalten. Schweiß sammelt sich an meinem Haaransatz, aber ich gehe langsam vor und trage mein Gewicht mit meinen Armen, während ich sie fülle und mich zurückziehe.

Irgendetwas daran, ihren Hintern zu nehmen, ist so dominant. Es ist eine Art Beanspruchung, auch wenn ich kein Recht habe, irgendeinen Anspruch zu erheben. Und auch kein Verlangen danach.

Doch das ist eine Lüge. Die Vorstellung, Miranda dafür auszubilden, dass sie einen anderen Mann finden und guten Sex von ihm verlangen kann, sollte mich befriedigen, aber das tut sie nicht. Sie weckt nur den Wunsch in mir, ihr zurück nach Albuquerque zu folgen und dem imaginären Mann den Schwanz abzureißen.

Ich vögle sie schneller, mein Atme kommt stoßweise.

Ihre Vokallaute werden kürzer, ihre Stimme lauter.

Meine Lenden klatschen gegen ihren Hintern, während ich mich tiefer und härter in sie ramme. Miranda stößt ihre Finger hektisch zwischen ihre Beine.

Meine Hoden ziehen sich fest zusammen, Hitze breitet sich vom Ansatz meiner Wirbelsäule aus. Ich komme mit einem Schrei und einem Schaudern.

Miranda schreit und verspannt ihren Anus um meinen Schwanz.

Ich knurre wegen des festen Drucks. Irgendwann lockert sie ihren Griff, die Muskeln in ihrem Rücken werden weich und ihre Atmung langsamer. Ich küsse ihre Schulter, bevor ich realisiere, wie zärtlich die Geste ist.

Dass wir nur Sex haben.

Aber es ist zu spät, um es zurückzunehmen. Ich ziehe mich aus ihr und gehe zum Bad, um mich zu waschen und ihr einen Waschlappen zu holen.

Keine Küsse mehr. Kein Kuscheln. Ich muss mich besser kontrollieren. Mein Bär benimmt sich, als hätte ich eine neue Gefährtin gefunden und das ist nicht der Fall, ganz und gar nicht.

Ich werde mich nie wieder paaren. Ganz besonders nicht mit einem Menschen.

 iranda

DREI TAGE EINGESCHLOSSEN in einer Hütte mit einem wilden Holzfäller.

Drei Tage, ein wilder Holzfäller und der heißeste vorstellbare Sex.

Das ist etwas, das ich für diesen Forschungsausflug niemals hätte vorhersehen können. Doch jede gute Sache kommt irgendwann zu einem Ende und dieses bizarre Kapitel – oder Zwischenabenteuer – ist vorbei.

Nach meinem Sexunterricht gestern verbrachten wir noch eine Weile Zeit miteinander. Ich holte mein Tablet hervor und wir schauten zusammen *The Voice*. Wir schliefen wieder in getrennten Schlafzimmern.

Heute hat die Sonne den Schnee so weit geschmolzen, dass Caleb seinen Truck rausholen kann und er meint, dass er in der Lage sein sollte, mich zurück zu der Forscherhütte zu fahren.

Ich weiß nicht, wie ich meine Gedanken oder Gefühle sortieren soll, als wir gehen. Es ist, als würde ich ein außer-körperliches Erlebnis haben, als würde ich nur beobachten, wie alles geschieht ohne Kontext oder Anhaltspunkte.

Während wir zurückfahren, versuche ich, so zu tun, als sei ich keine veränderte Frau, als hätte er nicht gerade meine Welt mit irrem, wildem Sex erschüttert und mich dazu gebracht, mich in eine verletzte, aber freundliche Seele zu verlieben, die sich hinter einer rauen Schale verbirgt.

„Nun, Danke", murmle ich, als der Pickup-Truck hinter meinen Subaru rollt, der komplett mit Schnee überzogen ist. „Für alles."

Caleb schaltet den Motor aus und öffnet seine Tür, als würde er mit mir reinkommen.

Okay, damit habe ich nicht gerechnet, aber wir haben auch nicht wirklich besprochen, was als Nächstes passieren wird.

Bär stürmt an Caleb vorbei, springt raus und eilt davon, um an allem zu schnüffeln. Caleb hebt ebenfalls seine Nase in die Luft und schnuppert, während seine Augen die Gegend um die Hütte scannen.

„Was?"

„Ich vergewissere mich nur, dass niemand hier war."

Mein Mund klappt überrascht auf, aber ich sehe mich auch um. Es sind keine Fußabdrücke im Schnee zu sehen – alles wirkt unberührt.

„Wegen der vermissten Frauen?"

Er nickt einmal knapp. Seine Brauen sind nach unten gezogen, sein Mund fest zusammengepresst. Das ist der Mann, den ich zu Beginn kennenlernte. Kein Lächeln. Ernst. Wortkarg.

Ich frage mich, ob er denkt, dass es eine Verbindung

zwischen den vermissten Frauen und dem Tod seiner Frau gibt. Sicherlich nicht.

„Es gefällt mir nicht, dass du hier allein wohnst." Irgendwie klingt dieser Gedanke so anders, wenn er von ihm anstatt von dem Mann aus dem kleinen Gemischtwarenladen kommt. So viel persönlicher. Seine Sorge um mich füllt meine Brust mit flüssiger Wärme.

„Danke, aber wir werden schon klarkommen." Ich schaue hinab auf Bär.

„Ich vermute mal, es gibt in dieser Hütte keinen Festnetzanschluss."

„Nein." Ich hatte bemerkt, dass er auch keinen Festnetzanschluss hat. Ich vermute mal, dass er gerne dauerhaft von der Außenwelt abgekoppelt ist.

„Wenn hier irgendjemand aus irgendeinem Grund auftaucht, möchte ich, dass du in dein Auto steigst und zu meiner Hütte fährst. Verstanden?"

Die Proteste liegen mir schon auf der Zungenspitze, aber Caleb sieht so missmutig aus, dass ich nur nicke. „Okay, danke."

Sein Mund verspannt sich noch mehr und die Falten zwischen seinen Brauen vertiefen sich.

Ich weiß nicht, wie ich mir unseren Abschied vorgestellt habe – eine Umarmung, ein Händeschütteln. Eine Diskussion darüber, warum wir keine Nummern austauschen, um in Kontakt zu bleiben. Aber es war nicht das hier.

Caleb marschiert zurück zu seinem Truck. Der griesgrämige Holzfäller ist komplett zurückgekehrt. Er steigt ein und lässt den Motor an, während er nach wie vor die Forscherhütte mit finsterer Miene beobachtet.

Und das ist es.

Er fährt weg.

Keine Umarmung, Kuss oder Händeschütteln. Kein

Danke für die Erinnerungen. Nicht einmal ein *war schön, dich kennenzulernen.*

Während er davonfährt, wird mir bewusst, dass ich ihn stoppen hätte sollen – um mich bei ihm dafür zu bedanken, dass er mir das Leben gerettet hat. Und dafür, dass er meine Meinung über Sex geändert hat. Mir kommt sogar in den Sinn, seinem Truck hinterher zu rennen und ihn zurück-zuwinken.

Aber ich tue es nicht.

Ich bewege mich nicht.

Meine Stiefel bleiben starr auf dem Schnee stehen und ich schaue nur zu, wie der Truck wegfährt, wobei er irgendwie so kratzbürstig wie sein Besitzer wirkt.

Tja, verdammt.

Ich habe nicht damit gerechnet, ein so großes Verlustge-fühl zu empfinden.

Als der Truck die Straße hinab verschwindet, fühlt es sich an, als würde er eines meiner Organe mit sich nehmen. Ein lebensnotwendiges Ding aus der Mitte meiner Brust. Die Leere fühlt sich beinahe tödlich an.

Sei nicht so dramatisch – es war nur Sex.

Es war *nur Sex.*

Tränen brennen in meinen Augen. Ich wollte nicht mehr. Ich wollte nicht einmal Sex. Aber jetzt, da ich es im Caleb-Style erlebt habe – jetzt, da ich *Caleb* erlebt habe – fühlt sich meine einzelgängerische Existenz mit Bär so seicht an.

Was mache ich nur? Ich reiße mir den Arsch auf, um mich vor einem Haufen Männer zu beweisen, die mich nie als ebenbürtig betrachten werden, weil ich ein Paar Möpse habe? Und werden meine Anstrengungen jemals genug sein? Werde ich jemals die Anerkennung erhalten, nach der ich mich sehne? Oder gibt es im Leben vielleicht mehr als das?

Ich sehe mich um, betrachte den Schnee, der auf den

Kiefern glitzert und zu meinen Füßen. Die Luft ist kühl und frisch. Der Geruch nach Wald sorgt für eine physiologische Veränderung in mir. Mein Atem wird langsamer. Meine Muskeln entspannen sich. Mein Bewusstsein dehnt sich über die winzige Sphäre meines Körpers hinaus aus. Dieser Wald, dieser Berg, diese hübsche Natur sind das, wofür ich all meine Arbeit mache.

Manchmal vergesse ich das. Bei der Forschung zum Klimawandel geht es darum, den Neinsagern wissenschaftliche Analysen zu liefern. An der Basis zu arbeiten, um den Leuten die Situation bewusster zu machen. Es geht nicht darum, dass ich einen Lehrstuhl an einer Universität ergattere. Es geht nicht darum, wessen Name zuerst auf einem Forschungsartikel steht, auch wenn es darum *geht*, sicherzustellen, dass die Forschung veröffentlicht wird.

Doch es geht auch um Balance. Sich Zeit zum Atmen zu nehmen und dafür, die unglaubliche Natur zu genießen, die wir noch auf diesem wunderschönen Planeten haben.

Und warum weckt das den Wunsch in mir, ich hätte jemanden, mit dem ich das alles genießen könnte? Jemand Menschlichen. Und Männlichen. Der verflucht sexy in Jeans und mit Tattoos aussieht.

Caleb.

Ich seufze.

Ich hasse es irgendwie, wie das zwischen uns endete.

Vielleicht werde ich zurück zu seiner Hütte fahren, um mich angemessen bei ihm zu bedanken, bevor ich den Berg verlasse.

Ja. Dieser Gedanke heitert mich auf. Vielleicht werde ich ihm zum Dank Kekse backen. Oder Heidelbeermuffins.

Bär galoppiert mit wedelndem Schwanz an mir vorbei.

Ich forme einen Schneeball und werfe ihn für ihn. Er rennt ihm hinterher und fängt ihn, aber natürlich zerfällt er in seinem Mund. Ich lache und ignoriere den abwegigen Wunsch, dass Caleb hier wäre, damit ich mir eine Schneeballschlacht mit ihm liefern könnte.

Ich habe den Wald. Ich habe Bär.

Und jetzt werde ich Caleb Heidelbeermuffins backen. Und dann werde ich herausfinden müssen, wie ich die neue Lücke füllen kann, die er in meinem Leben hinterlassen hat.

Aber ich kann das. Ich bin gut darin, mein Gehirn mit etwas zu beschäftigen. Ein Problem, das es lösen kann, während ich den Rest meiner Proben nehme.

Ich gehe nach drinnen und ziehe mich um. Und dann gibt es nichts anders zu tun, als wieder nach draußen zu gehen und meine restlichen Jahrringproben zu beschaffen.

VERSUCHSPERSON 849

MENSCHENFRAU.

Sie ist zurück. Ich sah sie in dem Truck vorbeifahren, der dem Bären gehört. Sah, wie er sie zurückließ.

Das bedeutet, sie ist allein. Allein mit dem Hund. Ich hätte diesen Hund töten sollen, als er meinen Geruch im Wald wahrnahm. Diesen Fehler werde ich nicht noch einmal machen.

Heute werde ich sie entführen. Vielleicht wurde sie von dem Bären geschwängert.

Das würde mir unermessliche Gelegenheiten für meine Forschung bieten.

Eine Genmischung aus Gestaltwandler und Mensch. Ich sollte den Bären dazu bringen, Paarungsstudien durchzuführen, wie sie es mit diesen Löwen taten.

Nein, zu gefährlich.

Der Bär könnte meine Forschung stoppen, wie es der Löwe tat.

Wie es der Löwe tat, als er alle rausließ.

Mich rausließ.

Mich rausließ, damit ich litt.

Dieser Löwe sollte gestoppt werden. Wie hieß er doch gleich?

Nash. Nash der Löwe.

Er ist ein Löwe, so wie ich ein Bär sein sollte.

Aber irgendetwas ging schief.

Schrecklich schief.

Und jetzt bin ich nichts. Kein Mensch. Kein Bär.

Die Forschung muss fortgesetzt werden. Ich muss das Heilmittel finden.

Caleb

GÄBE ES EINE PILLE, mit der man wieder in die Winterruhe gleiten kann – eine richtige Bären-Winterruhe, nicht nur eine Gestaltwandler-Ruhe, bei der alles runtergefahren wird – würde ich sie jetzt einwerfen.

Damit ich alles vergessen kann, das im Verlauf der vergangenen sechsundfünfzig Stunden passierte, und es mir von der Seele schlafen kann.

Nein, das stimmt nicht.

Mein Körper fühlt sich großartig. Der Bär fühlt sich großartig. Wach. Lebendig. Bereit, durch die Gegend zu streifen. Es ist nur die menschliche Seite von mir, die zurück in ein Loch kriechen und sich die Decke über den Kopf ziehen will.

Und das liegt an der Schwere in meiner Magengrube, weil ich Miranda bei dieser Hütte zurückließ. An den Schuldgefühlen, weil ich sie nicht verlassen wollte, und an dem überwältigenden Beschützerinstinkt, der mich auf den Gedanken bringt, dass sie dort allein nicht sicher ist.

Könnte ich diesen verworrenen Ball aus Emotionen entwirren, würde ich sagen, dass es ein Teil Schuldgefühle darüber sind, dass ich Jens Erinnerung betrogen habe, und ein Teil Sehnsucht nach der schrulligen Wissenschaftlerin, die mir ihren Körper einfach furchtlos geschenkt hat und dann gegangen ist. Und zwei Teile Sorge um ihre Sicherheit.

Ich bin wieder dort, wo ich anfing, als ich sie hochfahren sah. Ich muss mich vergewissern, dass keine weitere Frau in diesem Wald verschwindet. Vor allem nicht diese.

Ich werde diesen Wald auseinandernehmen, wenn dieser irgendetwas zustößt.

Davon würde ich mich niemals erholen.

Der metallische Geschmack von Furcht füllt meinen Mund.

Es ist nicht real. Die Bedrohung ist nicht real. Du reagierst über wegen dem, was Jen und Gretchen zugestoßen ist.

Aber die Bedrohung ist real.

Drei Menschenfrauen sind fort. Ihre Körper wurden noch immer nicht gefunden.

Ein Knurren erfüllt meinen Pickup und mein Sichtfeld schärft sich, als würde ich mich gleich verwandeln.

Nun, vielleicht würde es einen Teil der Anspannung verjagen, wenn ich in Bärengestalt rennen gehen würde.

Ich könnte herumschnüffeln und sicherstellen, dass dort draußen nichts Bösartiges lauert. Die Gegend patrouillieren, in der Miranda arbeiten wird. In Bärengestalt könnte ich sie mühelos bewachen. Mein Fell ist warm und meine Energie reichlich vorhanden jetzt, da ich vollständig erwacht bin.

Ich parke meinen Pickup an meiner Hütte und gehe hinein, um meine Kleider abzulegen. Meine Haut kribbelt, das Fleisch wird heiß in Erwartung der Verwandlung. Mein Bär kann es nicht erwarten, loszuziehen.

Dann los. Gehen wir.

Ich kann es auch nicht erwarten.

Ich muss zurück zu Miranda gelangen. Nah genug an sie herankommen, dass ich sie riechen kann. Ich muss wissen, dass sie in Sicherheit ist. Ich trete barfuß nach draußen auf meine Veranda und ziehe die Tür zu. Im Nu bin ich auf allen vieren und springe zwischen den Bäumen hindurch. Über den Bergkamm und darum herum zum Fluss.

Ich muss Miranda finden.

Ich finde die Gegend, wo sie laut ihrer Erzählung die Proben sammelt. Erkenne ihre Fußspuren und ihren Geruch zusammen mit dem ihres Hundes.

Und dann steigt mir ein Geruch in die Nase, der mich wie ein Elektroschock durchfährt.

Bösartigkeit.

Der Geruch von Bösem. Ein unnatürlicher Tiergeruch. Merkwürdig und irgendwie falsch.

Genau der gleiche Geruch, den ich um Jens und Gretchens Leichen wahrnahm.

Fuck, fuck, fuck!

Seit drei Jahren suche ich nach diesem Geruch, doch jetzt da ich ihn gefunden habe, bin ich paralysiert vor Angst. Denn er ist in der Nähe von Miranda. Ich renne in Höchstgeschwindigkeit durch die Bäume. Bären können über kurze Entfernungen schneller als ein Rennpferd rennen und ich bewege mich vermutlich mit vierzig Meilen pro Stunde.

Ich halte schlitternd, als ich Mirandas Geruch wahrnehme, aber nicht den Geruch von Bösartigkeit.

. Welchem folge ich? In meiner ganzen, zwei Meter siebzig großen Bärengestalt zu Miranda zu rennen, wird ihr eine Heidenangst einjagen. Aber wenigstens wüsste ich dann, dass sie in Sicherheit ist. Andererseits, wenn ich die Quelle des Bösen finde, kann ich es für immer stoppen. Ich werde nicht mehr für jede Frau, die diese Wälder betritt, den Wächter spielen müssen.

Ich laufe im Kreis und den Weg zurück, den ich gekommen bin, wobei ich nach dem Geruch schnuppere.

Dort.

Dort ist es.

Unten beim Fluss.

Fuck. Es tarnt seinen Geruch im Wasser. Vielleicht ist es mir dadurch all die Zeit durch die Lappen gegangen.

Flussaufwärts höre ich den Hund bellen. Meine Ohren drehen sich in diese Richtung und lauschen dem Tonfall des Bellens.

Scheiße – er hat Angst. Ich renne zu dem Laut, wobei ich mich an der Uferböschung orientiere und zwischen den Bäumen hindurchschlängle.

Miranda schreit etwas.

Ihr Hund jault auf – ein Schmerzensschrei.

„Bär! Bär, nein! Oh mein Gott!"

Ich sehe zwei Dinge gleichzeitig: der dunkle Körper eines strampelnden Tieres, der flussabwärts gespült wird, und Mirandas rennende Gestalt, die das Ufer in meine Richtung entlang rast.

„Bär!" Das verängstigte Kreischen in ihrer Stimme lässt mich den Kopf verlieren.

Der Fluss fließt unter der eisigen Oberfläche schnell und

das arme Tier saust an mir vorbei, bevor ich beschließen kann, wer gerettet werden muss.

Ich brülle und donnere die steile Uferböschung hinab.

Miranda schreit erneut.

Ich stoppe, um über meine Schulter zu schauen, nur um zu realisieren, dass sie wegen mir schreit. Sie denkt, ich jage ihren Hund.

Fuck. Noch mehr verlorene Sekunden. Ich renne am Ufer entlang, bis ich den Hund überholt habe, dann tauche ich ins Wasser und hindere den Körper des Schäferhundes daran, weiter abzutreiben.

Es ist nicht leicht, aber ich finde auf den glitschigen Felsen Halt und stelle mich hin, wodurch ich den zappelnden Hund in einer Bewegung hochheben und ans Ufer schleudern kann.

Die Rettung kommt jedoch zu spät, denn Miranda ist die Böschung hinab gerannt, wo sie den Halt verliert. Sie stürzt mit dem Kopf voran und einem Schrei ins Wasser.

Fuck, fuck, fuck.

Nein.

Diese Frau ist entschlossen unter meiner Aufsicht zu sterben.

Ich brülle und mein Brüllen hallt von der Uferböschung wider und bringt den gesamten verdammten Wald zum Erzittern.

Miranda taucht auf, um nach Luft zu schnappen, und rudert mit den Armen durch die Luft, um einen umgekippten Baumstamm zu erwischen, bevor sie den Fluss hinab getrieben wird.

Ich kämpfe gegen die Strömung an, um flussaufwärts zu waten und sie zu retten. Das Wasser reicht bis zu meiner Taille und gefriert meine unteren Gliedmaße.

„Miranda!" Zumindest versuche ich, *Miranda* zu brüllen.

Natürlich kommt es nicht als Worte raus, sondern als schreckliches Bärengebrüll.

Ihr Schrei durchbricht die Luft ein zweites Mal, während sie sich an den Baumstamm klammert, die Lippen blau, die Augen vor Schreck über mein Herannahen weit aufgerissen.

∾

Miranda

BÄRENANGRIFF. *Bärenangriff!* Dieser Bär ist vollkommen irre und er kommt auf mich zu.

Ich denke an all die Dinge, die man eigentlich tun soll, wenn man einem Bären begegnet. Nichts davon lässt sich auf diese Situation anwenden. Niemand sagt einem, was man tun soll, wenn man sich im Winter mitten in einem eiskalten Fluss befindet und man von einem verrückten Bären, der keine Winterruhe hält, für einen riesigen Lachs gehalten wird.

Ich hyperventiliere, als er mich erreicht. Ich versuche, mich kleinzumachen und tot zu stellen, aber mein ganzer Körper zittert vor Kälte und ich kann meinen Kopf oder Hals nicht schützen, weil ich mich an den Baumstamm klammern muss, damit ich nicht flussabwärts geschwemmt werde. Meine Hände können sich kaum noch festhalten. Ich verliere den Griff, gerade als er ankommt.

Vielleicht ist es ein Segen, vielleicht werde ich an dem Bären vorbeigetrieben. Natürlich bedeutet das, dass ich wahrscheinlich wegen des eiskalten Wassers sterben werde.

Der Bär bückt sich und fängt mich mit einem geschmeidigen Bogen auf. Als würde er sich sein Abendessen aus der Strömung fischen. Seine Krallen zerfetzen mich jedoch nicht. Genauso wenig bleckt er seine Zähne oder brüllt. Ich schwöre bei Gott, dass er mich in seinen Armen trägt wie ein Bräutigam seine Braut und geradewegs aus dem Fluss marschiert. Es ist so ein menschlicher Griff, dass es mich völlig durchdrehen lässt.

Mein Herz hämmert eine Meile pro Minute und ich bin zunächst viel zu verblüfft, um irgendetwas zu tun. Ich weiß nicht, ob ich Angst haben oder feiern soll. Ich bin von einem Bären aus dem Wasser gerettet worden.

Aber gerettet wofür?

War es wirklich eine Rettung oder bin ich seine Beute? Ich komme wieder zu Verstand und versuche, mich aus den Armen des Bären zu winden, aber er festigt nur seinen Griff, schnaubt und richtet seine bernsteinfarbenen Augen auf mich.

Ich erstarre. Seine schwarze Nase ist nur Zentimeter von meiner entfernt. Der Atem weht heiß gegen meine Wange.

Ich bin mir nicht sicher, ob ich atme. Ich zwinge mich dazu unsichtbar zu werden.

Doch dann vergesse ich meine Sorge um meine eigene Sicherheit. „Bär!" Ich sehe meinen Hund, der mit eingezogenem Schwanz und wegen der Nässe und Kälte mit geducktem Körper auf uns zurennt. „Oh mein Kleiner. Geht's dir gut? Gott sei Dank, dir geht es gut."

Und dann trifft es mich wie ein Knüppel auf den Kopf. Der Bär – der echte Bär, nicht mein Hund – hat Bär gerettet. Er hat Bär gerettet und anschließend mich.

Dieser Bär ist nicht verrückt. Er ist hochintelligent. Und er marschiert ziemlich schnell auf zwei Beinen vorwärts.

Ich erstarre, überwältigt von dem, was gerade geschehen ist. Dieser unglaubliche, riesige Schwarzbär beschloss, einen Menschen und Hund vor dem Tod zu bewahren. Ich fühle mich, als würde ich Zeugin einer dieser seltenen Naturszenen werden – wie zum Beispiel, wenn Elefanten dabei gefilmt werden, wie sie mit ihren Rüsseln Müll aufheben.

Der Bär trottet schwerfällig weiter und setzt mich nicht ab. Mein Hund folgt uns, wobei er einen großen Abstand hält und den Bären nicht herausfordert.

Ein Kribbeln der Aufregung erfüllt mich. Der Angst auch, aber ich bin zu fasziniert von diesem Bären. Von diesem Wunder. Ich habe wirklich das Gefühl, als wäre das ein Zeichen. Für mein Leben, meine Zukunft. Ich bin Wissenschaftlerin, aber es fühlt sich an, als würde mich Mutter Erde gerade segnen, weil ich meine Verpflichtung, die Erde zu retten, erneuert habe.

Und dann wird es noch verrückter.

Denn ich realisiere, dass der Bär schnurstracks zu meiner Forscherhütte trottet.

Was. Zum. Kuckuck?

Er lässt mich vor der Tür auf die Füße fallen und drängt mich an die Tür, wobei sein Atem heiß über meinen Hals weht. Schauder jagen meinen Rücken hoch und runter.

„Dreh nicht durch."

Ich schreie. Pinkle mir fast in die Hose.

Ich wirble herum und finde Caleb direkt hinter mir, dessen Hand auf dem Türgriff liegt. *Und er ist vollkommen... nackt.*

Er stößt die Tür auf und scheucht mich nach drinnen. Bär eilt hinter mir in die Hütte. „Dreh nicht durch, Miranda."

„Ich drehe durch", krächze ich. „Drehe so was von durch."

Wo ist der Bär hin? Halluziniere ich? Sind Visionen eine Auswirkung von Hypothermie?

„Du musst aufhören, unter meiner Aufsicht zu sterben zu versuchen", brummt er.

„W-w-wo ist der Bär? Hast du einen Bären gesehen?"

„Ja. Ich bin der Bär. Ich bin ein Gestaltwandler. Okay? Dann wollen wir dich mal in die Dusche bringen. Sag mir, dass sie warmes Wasser in dieser Hütte haben." Er treibt mich zum Bad. Habe ich erwähnt, dass er splitterfasernackt ist? Und sein Penis vollständig erigiert?

„Ähm. Das haben sie. W-was ist ein Gestaltwandler?"

Er ist ganz geschäftsmäßig, reißt den Duschvorhang auf und schaltet das Wasser auf heiß. Ich schäle mich derweil aus meinen klatschnassen Stiefeln und Socken.

„Wie ein Werwolf. Nur als Bär. Hund, komm her."

„Sein Name ist Bär –" Ich unterbreche mich, als ich realisiere, wie lächerlich das auf Caleb wirken muss. *Der anscheinend ein Bär ist.* Ich fange zu kichern an.

Der Lachs und die Forellen. Die Heidelbeeren. Der Honig. Winterruhe im Winter.

Caleb ist ein Bär!

Nein, das kann nicht sein. Ich halluziniere.

Mein Hund gehorcht ihm und jetzt verstehe ich auch warum. Ja, ich schätze, ein Bär steht in der natürlichen Hackordnung über einem Hund. Ich kichere noch mehr. Ich lache so heftig, dass ich meine Hose nicht ausziehen kann. Oh, das könnte auch daran liegen, dass meine Hände zittern und meine Finger noch immer taub sind. Und ich Wahnvorstellungen habe.

Die Hypothermie muss jetzt wirklich schlimm eingesetzt haben, denn ich dachte, Caleb sei ein *Bär*. Ein riesiger Schwarzbär, der mich aus dem eisigen Pecos-Fluss gefischt hat.

Caleb scheucht Bär unter den Wasserstrahl, dann dreht er sich um, um mir dabei zu helfen, die nassen Kleider auszuziehen.

„Ich dachte, du wärst ein Bär", kichere ich. „Als du mich gerettet hast."

Caleb macht ein finsteres Gesicht. „Du rastest aus,

Doktor. Ich hab dir doch gesagt, dass du nicht ausflippen sollst."

Ich höre zu lachen auf und blinzle ihn an. „Ist das wirklich passiert? Bist du ein Bär?"

Er schürzt seine Lippen, aber nickt.

„Also wenn Vollmond ist…" Ich ziehe an ihn gewandt die Brauen hoch.

„Nein, diese Vollmond-Sache ist Schwachsinn. Wir verwandeln uns auf unseren Wunsch hin. Und wir jagen keine Menschen, wenn wir in Tiergestalt sind. Oder jemals."

Ich starre ihn vor Schock mit offenem Mund an, aber meine Hände strecken sich, um seine durchtrainierte Brust zu berühren. Als würde ich bestätigen, dass er sich noch wie ein Mann anfühlt. Ich streiche mit den Fingerspitzen über die straffen Muskeln, die Tattoos. Er umfängt meinen Hinterkopf mit seiner großen Hand.

„Ein Bär?", wispere ich, da ich es noch immer nicht glauben kann, obwohl ich es mit eigenen Augen gesehen habe.

Seine Miene ist noch immer angespannt, sein Blick eher ein wütendes Funkeln. „Hast du Angst?"

Ich schüttle den Kopf, wobei meine Haare eiskalte Wassertropfen in alle Richtungen schleudern. „Ich bin verzaubert", murmle ich. Ein heftigeres Zittern ergreift von meinem Körper Besitz, weshalb er mich loslässt und unter den Wasserstrahl schiebt. Ich keuche wegen des Brennens des warmen Wassers auf meiner erfrorenen Haut.

„Raus, Hund." Er schnippt mit den Fingern und Bär schleicht nach draußen, den Kopf tief zum Zeichen der Unterwerfung gesenkt. Caleb trocknet Bär mit einem Handtuch ab.

„Solltest du nicht auch reinkommen?"

Zuerst antwortet er nicht. Er ist noch damit beschäftigt, Bär abzutrocknen. Ich beobachte das durch die Lücke im

Duschvorhang. Als er Bär noch zusätzliche Zuwendungen schenkt, indem er die Seiten seines Gesichts und Ohren massiert, schmilzt mein Herz dahin.

„Wenn ich dort reinkomme, wirst du hart gevögelt werden", grollt er nach einem Moment.

„Ähm, ja, ich habe irgendwie bemerkt, dass dein, ähm…"

Er reißt den Duschvorhang auf und betritt die Dusche. Jepp, sein Glied ragt immer noch stolz empor. Dick, geädert und hübsch.

Ich denke nicht nach, sondern falle einfach auf die Knie und packe ihn.

Caleb atmet scharf ein und stützt seine Hand an den Fliesen ab. „Gibst du gerne Blowjobs?" Seine Stimme ist so belegt, dass ich mich anstrengen muss, seine Worte zu verstehen.

Ich umschließe seine Schwanzspitze mit den Lippen und wirble mit der Zunge um sie. „Normalerweise nicht", sage ich, als ich mich von ihm löse. „Aber es passiert nicht jeden Tag, dass ein Mann-Bär meinen Hund rettet und mich aus einem eisigen Fluss zieht, bevor ich einen schrecklichen, kalten Tod sterbe." Ich schlinge meine Lippen wieder um ihn und nehme ihn dieses Mal tiefer auf.

Es stimmt, ich habe nie gerne einen Mann geblasen. Ich fand es immer irgendwie eklig, aber gerade jetzt ist es verdammt heiß und ich bin so bereit, diesem Mann einen Blowjob zu geben, der so viel für mich getan hat. Ich nehme ihn tiefer und tiefer auf und experimentiere, wie weit ich gehen kann, bevor er meine Kehle trifft.

Gott, ich schätze, bei meinen vergangenen Partnern und Beziehungen war ich so sehr damit beschäftigt, Mauern und Verteidigungswälle zu errichten, damit ich nicht verletzt wurde, dass ich nie in der Lage war, zu geben. Bei Caleb gibt es keine Erwartungen. Auf beiden Seiten. Es ist, als könnten wir bei dem jeweils anderen einfach *sein*. Uns öffnen und nehmen und geben ohne Sorge darüber, was als Nächstes kommt.

Und *heilige Scheiße, er ist ein Bär!* Ich kann das noch immer nicht verarbeiten. Eine Million Fragen huschen an den Rändern meines Gehirns umher, aber gerade jetzt zählt nur, ihm Lust zu bereiten. Denn ich bin wahnsinnig geil, weil ich weiß, dass ich ihn zum Höhepunkt bringe.

Ich gehe so langsam vor, wie ich kann, und bemühe mich, meinen Schluckreflex zu entspannen, um ihn weiter als bis zu meinem Rachen aufnehmen zu können. Er lässt ein langes, langes Stöhnen fahren, das von den Duschwänden hallt.

Ich umfange seine Hoden und massiere sie mit einer Hand, während ich seine Schwanzwurzel mit der anderen packe. Mein Kiefer schmerzt bereits, weil es so weit geöffnet ist, aber ich werde erst aufhören, wenn Caleb kommt. Ich muss ihm meine Wertschätzung ausdrücken und dies ist eine Möglichkeit, wie ich das tun kann.

Sämtliche Kälte in meinem Körper verschwindet. Hitze durchdringt meine Haut wegen des warmen Wassers und strömt von meiner geschmolzenen Mitte aus mir.

„Wunderschön", murmelt Caleb. „Verdammt schön." Er packt meinen Hinterkopf und drängt mich, schneller zu machen.

Meine Kontrollprobleme melden sich einen Augenblick – als müsste ich um meine Souveränität kämpfen, doch dann schaue ich auf und sehe das ungezügelte Verlangen auf seinem Gesicht. Als würde er Lustschmerzen empfinden. Als würde er sterben, wenn ich ihn nicht fester blase. Schneller mache.

Also tue ich genau das. Meine Hüften bocken nach vorne und meine Pussy zieht sich um nichts zusammen. Ich gebe alles, das ich habe, und mehr. Sauge, wippe mit dem Kopf vor und zurück, schließe die Augen und ergebe mich dem Augenblick. Es ist Ekstase. Ekstase, die ich im Geben finde. Nicht einmal im Nehmen.

Ich liebe es. Ich liebe jede einzelne Sekunde. Und als Caleb brüllt – ein Herr des Waldes Brüllen, das die gesamte Hütte zum Erzittern bringt – erschaudere ich allein wegen der Freude, ihn zum Kommen gebracht zu haben.

Er kommt in meinem Mund – mit heißen Schüben seiner salzigen Essenz. Ich wünschte, ich könnte sagen, dass ich so cool bin, es zu schlucken, aber es schockiert mich und ich weiche zurück und würge leicht.

Caleb gluckst. „Spuck es aus, Baby."

Ich spucke auf den Duschboden und das Wasser wäscht es fort. Ich lache und wische mir mit dem Handrücken über den Mund. „Sorry. Das war sehr uncool."

Er zieht mich nach oben, sodass ich vor ihm stehe, und drückt seinen Mund auf meinen. „Machst du Witze?", haucht er, als er den Kuss unterbricht. „Das war die Definition von cool." Er küsst mich erneut.

Ich schmelze dahin.

Oh Gott. Das ist schlimm. Ich war schon auf dem besten Weg mich Hals über Kopf in diesen Mann zu verlieben, bevor ich herausfand, dass er ein Bär ist.

Und jetzt geht meine Zuneigung für ihn durch die Decke.

Caleb

SIE WEISS ES.

Ich konnte es nicht vermeiden. Ich musste sicherstellen,

dass sie in die Hütte kam und sich aufwärmte, bevor die Hypothermie einsetzte. Noch einmal.

„Hör zu." Wir treten aus der Dusche und ich reiche ihr ein Handtuch. „Menschen sollen eigentlich nichts über Gestaltwandler wissen."

Sie richtet aufgerissene Augen auf mich. Ich kann erkennen, dass sie aufgeregt ist, was ich verstehe. Sie ist Wissenschaftlerin. Eine Naturforscherin. Zur Hölle, sie war begeistert, mich zu sehen, als sie dachte, ich sei ein normaler Bär. Ich wette, ihr Natur liebendes, kluges Gehirn dreht gerade wegen dieser Sache völlig am Rad.

„Ich werde dein Geheimnis mit ins Grab nehmen", haucht sie mit solcher Ehrfurcht, dass ich ein Lächeln niederkämpfen muss.

„Das musst du auch. Ich hätte mich dir niemals gezeigt, wenn dein Leben nicht davon abgehängt hätte."

Die Art und Weise, wie sie zu mir hochstarrt, macht mich nervös. So viel Dankbarkeit und Zuneigung liegen in diesem Blick.

Und in ihrem Mund zu kommen, hat meine Anspannung kaum gelindert. Mein Bär ist noch immer aufgebracht, weil er sie fast verloren hat. Aggression strömt nach wie vor durch mich. Da ich von ihr wegmuss, bevor ich sie gegen die Badezimmerwand presse und ihre Pussy hart und grob nehme, schlinge ich ein Handtuch um meine Taille, marschiere aus dem Bad und werfe weitere Holzscheite in den Ofen. Ihr Hund hat sich bereits in dessen Nähe zusammengerollt, ein feuchtes Fellbündel, das sich wärmt.

„Geh ins Schlafzimmer", befehle ich. Ich wage einen Blick zu ihr in der Erwartung, dass sie mir Kontra gibt, so wie sie es normalerweise tut, aber sie lächelt nur und errötet. Als hätte ich mich gerade verraten.

Was ich vermutlich getan habe.

Ich kann nicht so tun, als wäre ich nicht fast vollkommen durchgedreht, als ich sie in diesen Fluss stürzen sah.

Beim Schicksal, ich dachte, sie wäre garantiert tot.

Ich gehe ihr nach. So viel dazu, Distanz zu ihr zu wahren. Sie wird gleich den Sex ihres Lebens bekommen.

Sie wirbelt herum und lässt ihr Handtuch fallen, als hätte sie mit mir gerechnet. Ihre Augen sind hell, ihre Wangen gerötet.

Ich nähere mich ihr und all der Zorn darüber, dass ich sie beinahe verloren habe, drängt sich in den Vordergrund. Sie muss es auf meinem Gesicht sehen, denn sie weicht einen Schritt zurück. Doch sie will es noch immer. Ihre Nippel sind so hart, dass sie Glas schneiden könnten, und ihre Erregung tropft bereits aus ihr seit dem Moment, in dem wir in die Hütte traten und sie mein äußerst schmerzhaftes Interesse sah.

„Hör. Auf. Fast. Zu. Sterben", knurre ich und bedränge sie, bis das Bett gegen ihre Knie drückt und sie nach hinten fällt. „Ich will deinen Hintern nicht aus Schneestürmen oder Flüssen oder lodernden Feuern oder Autowracks ziehen oder irgendeiner anderen lebensbedrohlichen Situation. Verstanden?"

Ihre Hände legen sich flach auf meine Brust und ihre Lippen biegen sich zu einem Lächeln.

„Du solltest nicht lächeln." Ich starre finster auf ihr reizendes Gesicht hinab und verdecke ihren Körper mit meinem. Mein Handtuch lockert sich um meine Taille und fällt weg. Ich reiße den Stoff zwischen uns weg und lasse meine Männlichkeit auf die Stelle zwischen ihren Beinen fallen.

„Was wird passieren?" Sie klingt atemlos. Ihre Pupillen sind geweitet.

„Ich werde dich besinnungslos ficken." Ich lege meine Hand um ihre Kehle. Es ist bedrohlich, aber ich spanne meine

Finger nicht an. Sie bockt mit den Hüften und reibt ihre klatschnasse Spalte über meinen Schwanz.

Ich lasse ihren Hals los und schlage auf eine ihrer großen Brüste, wodurch sie zur Mitte hüpft und zurückfedert.

Ihre Augen weiten sich vor Schock, ihre beerenroten Lippen teilen sich.

„Du wirst bestraft werden."

Sie lässt ein leises Stöhnen fahren und drängt sich mir wieder entgegen. Ich schlage auf die gleiche Brust.

„Zuerst werde ich deine Brüste schlagen. Dann werde ich dir den Hintern versohlen. Dann werde ich dich bis in den Morgen vögeln. Kapiert?"

„Okay", sagt sie leise.

„Ja?" Meine Miene ist noch immer streng, aber ich kämpfe gegen ein Lächeln an, weil sie sich mir so vollständig hingibt. Ich weiß, dass sie es nicht aus Angst tut. Der Geruch ihrer Erregung durchdringt den Raum.

Ich schlage ihren anderen Busen. „Ja. Roll herum." Ich lehne mich nach rechts, sodass sie sich zur Seite rollen kann, ohne ihre Beine mit meinen zu verheddern. Als sie auf dem Bauch liegt, ziehe ich ihre Hüften in die Luft, bis sie auf ihren Knien ist. Daraufhin umfange ich ihren Nacken und drücke ihren Oberkörper nach unten.

Der Laut des ersten Schlags und ihr scharfes Keuchen hallen durch den Raum. Ich schlage abermals auf die gleiche Stelle, dann verpasse ich der anderen Pobacke zwei weitere Hiebe. Das Rosa meiner Handabdrücke erblüht auf ihrer bleichen Haut.

Verlangen durchfährt mich und veranlasst meine Zähne beinahe, sich für den Paarungsbiss zu senken. Stattdessen packe ich ihre Hüften und ramme mich ohne Vorwarnung in sie.

Miranda schreit. Stöhnt. Schnurrt. Ich gleite ein paarmal

langsam rein und raus, um sicherzugehen, dass sie feucht genug ist, dann lasse ich meine Kontrolle fahren. Ich muss sie hart und schnell ficken. Ich muss diese Aggression in mir rauslassen, meine Ängste um sie aus meinem Körper vögeln. Meine Finger bohren sich in ihre Hüften und dann vergesse ich vollkommen, wie man ein guter Liebhaber ist. An diesem Akt ist nichts Sanftes oder Gebendes. Es ist reines, rohes, animalisches Ficken. Ich hämmere mich in sie und klatsche bei jedem Stoß mit meinen Lenden gegen ihren Hintern, drücke gegen ihren Klit.

Das leise Grunzen und Wimmern, das sie von sich gibt, lässt mich nur noch brutaler und wilder werden. Ich vögle und vögle, bis sie ein schluchzendes Häufchen ist, bis sie meinen Namen mit großer Dringlichkeit ruft.

„Kein. Beinahe. Sterben. Mehr", knurre ich, dann ramme ich mich so hart in sie, dass ihre Knie auseinanderrutschen und wir beide nach vorne taumeln. Ihre Pussy verkrampft sich um meinen Schwanz, während ich tief in ihr bin und komme, wobei meine Augen in meinen Kopf rollen und meine Zähne scharf werden.

Ich reiße den Kopf zurück, damit ich meine Zähne nicht für einen Paarungsbiss in ihrem Hals versenke, und spieße sie stattdessen mit einem weiteren harten Stoß auf.

Sie kommt, drückt meinen Schwanz und gibt ihn frei in kurzen, kleinen sexy Impulsen, die an und an dauern.

Als sich meine Sicht schließlich klärt und meine Zähne zurückziehen, falle ich nach unten auf sie, den Schwanz nach wie vor tief in ihr vergraben, und reibe meine Nase an ihrem Hals.

„Oh mein Gott, Caleb."

Ich schiebe meine Hand unter ihre Hüften und massiere ihre Klit und sie kommt noch einmal, wobei sie erstickt schluchzt.

Miranda

CALEB IST ZWEIMAL GEKOMMEN und sein Glied ist noch immer hart. Er rollt mich auf die Seite und umfängt meinen Busen, während mich seine Männlichkeit noch füllt. Unsere keuchenden Atemzüge synchronisieren sich, während er mit meiner Brustwarze spielt, sie drückt und zupft, als er sich langsam in mich rein und raus bewegt.

Ich stoße einen zufriedenen Seufzer aus.

Wow.

Nun *das* war guter Sex.

Ich kann nicht so tun, als hätte das Wissen, dass sich Caleb um mich Sorgen gemacht hat, die Intensität nicht erhöht. Als hätte es seine Wildheit nicht zu einer Art Läuterung gemacht. Seine Aggression ist ein Segen.

Wir liegen lange Zeit schweigend da. Nach einer Weile geht mein Gehirn mit einer Million Fragen wieder online.

„Deine Frau und Kind? Waren sie –"

„Gestaltwandler, ja."

„Also hat der Bär sie getötet?"

„Ich weiß es nicht. Der Geruch passte nicht zu einem Bärengestaltwandler, aber die Kratzspuren sahen wie die eines Bären aus. Ein einfacher Bär hätte meine Gefährtin allerdings nicht töten können. Gestaltwandler sind größer und stärker als unsere einfachen Tier-Gegenstücke. Wir sind wie Super-Tiere."

Ich lasse zu, dass diese Information zu mir durchsickert, denn ich bin mir äußerst bewusst, wie viel Stress dieses ungelöste Verbrechen Caleb verursacht hat und wie viel Elend es ihm noch immer bereitet. Dass es ihn seine geistige Gesundheit kostet.

„Ich war letzten Monat für einen Kampf in Tucson." Er zwickt meine Brustwarze noch etwas mehr. Er ist grob dabei, fast schon grausam. Ich hätte nie gedacht, dass ich eine solche Behandlung mögen würde, aber das tue ich. Ich liebe es. „Dort habe ich einen Geruch aufgeschnappt, der mich daran erinnert hat. Nicht den gleichen – ihm fehlte Geruch eines Bären. Aber der Grundgeruch war der Gleiche. Als wäre es eine Art mutierter Gestaltwandler. Ich weiß es nicht."

„Aber es war ein Mensch? Ich meine, jemand in Menschengestalt?"

„Ja. Drei Männer. Aber ich blieb nicht länger dort, um mehr herauszufinden. Und mein Handy funktioniert hier oben nicht. Ich habe mir schon den ganzen Monat dafür in den Arsch gebissen, dass ich nicht mehr in Erfahrung gebracht habe."

„Könntest du nach Pecos fahren, um bei ihnen anzurufen?"

Caleb weicht von mir zurück und rollt sich auf den Rücken, von wo er zur Decke hochstarrt. „Fuck", flucht er.

„Was?"

Er zupft an seinem Bart. „Ich weiß nicht, was zum Henker nicht mit mir stimmt. Ich hätte das schon vor Wochen tun sollen."

Ich habe ein wenig Angst, ihn anzufassen, da er zurückgewichen ist und er wegen seiner toten Gefährtin aufgebracht ist, aber ich lege eine Hand auf seinen gewölbten Bizeps. „Hör auf, dich deswegen fertig zu machen. Du kannst das morgen machen. Heute Abend, wenn du möchtest."

Caleb wirft mir einen seitlichen Blick zu. „Ja. Ja, ich schätze schon." Seine Stimme ist schroff. „Morgen." Er rollt sich wieder auf die Seite. „Miranda?" Er zieht an meiner Hüfte, um mich zu sich zu drehen. „Hast du heute im Wald irgendetwas gesehen?" Seine Miene macht mir Angst. Ich vermute, dass das daran liegt, dass ich die Besorgnis auf seinem Gesicht sehe – als würde sein schlimmster Alptraum wahrwerden.

Ich schüttle den Kopf. „Nein, warum?"

Er kratzt mit einer Hand über seinen Bart. „Ich habe etwas gerochen. Was hat Bär angebellt?"

Ich denke darüber nach und versuche, mich daran zu erinnern, wie alles abgelaufen ist. „Er rannte voraus zum Flussufer. Ich hörte ihn bellen und er kam nicht, als ich nach ihm rief, was sonderbar für ihn ist. Als ich zum Flussufer gelangte, sah ich, wie er reinfiel."

„Reinfiel? Ist er reingefallen?", verlangt Caleb zu wissen und mein Herz beginnt, schneller zu schlagen. Denkt er etwa, dass jemand Bär reingeworfen hat?

Ich kaue auf meiner Unterlippe herum und denke darüber nach, was ich sah. „Er stolperte rein. Das ist es, was ich sah, Caleb."

Caleb lässt sich zurück auf das Kissen fallen. Ich kann nicht entscheiden, ob er enttäuscht oder erleichtert ist. Er schweigt so lange Zeit, während ich mir den Kopf zerbreche, was ich sagen könnte. „Manchmal bin ich mir nicht sicher, was real ist und was dem PTBS geschuldet ist", murmelt er.

„Was?" Ich stemme mich auf einen Ellbogen.

„Ich bin völlig durchgedreht, als meine Familie getötet wurde. Ich verwandelte mich in einen Bären und blieb so. Wenn das passiert, muss man einen Gestaltwandler normalerweise töten. Es verwirrt den Verstand. Der menschliche Teil geht verloren und das Tier wird extrem gefährlich."

Tränen treten mir um seinetwillen in die Augen. Wegen des Schmerzes, den er ertrug. Ich halte mir entsetzt den Mund zu. „Es tut mir so leid, Caleb."

Er blinzelt schnell. „Manchmal…" Seine Stimme klingt gebrochen und kratzig. „Manchmal bin ich verwirrt in Bezug darauf, was wirklich passiert ist. Ich frage mich, ob ich sie getötet habe."

Calebs Worte treffen mich wie ein Elektroschocker. Einen schrecklichen Augenblick fühle ich mich, als befände ich mich in einem Horrorfilm und würde gerade realisieren, dass ich mit dem Mörder im Bett liege. Und dann weiß ich es – ich weiß es mit Gewissheit – dass er es nicht ist.

Dieses Mal zögere ich nicht, ihn zu berühren. Ich packe seinen Arm und drücke zu. „Das hast du nicht getan." Ich lasse meine Worte klar und deutlich klingen. „Caleb." Ich warte, bis er mich ansieht. „Du hast sie nicht umgebracht. Warst du vor ihrem Tod verwirrt?"

Er schüttelt den Kopf. „Nein, damals war noch alles normal."

„Richtig. Du bist jetzt verwirrt, weil du zu viel Zeit in Bärengestalt verbracht hast, während du getrauert hast. Und dann hast du die Verwirrung in der Zeit nach hinten gedreht. Das ist nicht das, was passiert ist."

Er sieht mir in die Augen, sein Gesichtsausdruck ist intensiv, als würde ich die Worte aussprechen, die seine Erlösung darstellen. „Woher willst du das wissen?", krächzt er.

Ich schüttle nur den Kopf. „Ich kenne dich. Du bist kein Mörder. Du bist fürsorglich und großzügig und zutiefst menschlich, ganz egal, was nach der Tragödie passiert ist. Du würdest nie, niemals deiner Familie schaden. Ich kenne dich seit drei Tagen und ich bin mir diesbezüglich hundertprozentig sicher."

Ein Tränenschimmer tritt in Calebs Augen und er legt sich einen Arm über das Gesicht.

Ich drücke ihn. „Es ist okay, zu trauern. Es ist okay, wütend zu sein und nach Antworten und Gerechtigkeit zu suchen. Je mehr du das tust, desto mehr nimmst du deine Menschlichkeit wieder an. Sich gegen dich zu wenden, dich einzuigeln und dein Tier zu sein, oder den ganzen Winter Winterruhe zu halten... das führt dich davon weg." Ich beende den letzten Teil mit leiser Stimme, weil ich leicht nervös bin, wie er meine Meinung auffassen wird. „Ich verurteile nicht, wie du getrauert hast – ganz und gar nicht. Ich sage nur... vielleicht kannst du deine Familie ehren, indem du daran arbeitest, das Rätsel zu lösen. Indem du lebst."

Ein gebrochenes Schluchzen bricht aus Caleb hervor und ich bin schockiert, als er sich auf mich rollt und mir erlaubt, ihn an meine Brust zu ziehen, während er weint.

Tränen strömen auch über mein Gesicht, während ich um seinen Verlust und seinen Schmerz weine. Ich kann auf seine Trauer für seine tote Gefährtin nicht eifersüchtig sein, weil wir in diesem Moment eins sind. Sein Kummer ist meiner. Sein Verlust ist meiner.

Ich schiebe meine Finger hinten in seine Haare und massiere seinen Schädel, bis er fertig ist.

Ich massiere ihn immer weiter, bis sein Atem langsam wird und sich sein riesiger Körper entspannt, weil er schläft.

aleb

ICH WACHE AUF, als hätte ich Winterruhe gehalten. Ich brauche lange Zeit, bis ich herausfinde, wo zur Hölle ich bin.

Die Forscherhütte.

Mirandas Nahtoderfahrung.

Beim Schicksal, wie lange habe ich geschlafen?

Ich stolpere aus dem Bett, woraufhin mir einfällt, dass ich hier keine Klamotten habe. Klasse. Hoffentlich hat sie nichts gegen meine Morgenlatte.

Ich suche mir den Weg zum Bad, wo ich pinkle und mir den Mund mit Wasser ausspüle. Zu diesem Zeitpunkt bemerke ich, dass es in der Hütte köstlich riecht. Als würde süßes Brot gebacken. Ich wickle mir ein Handtuch um die Taille und tapse hinaus in die Küche. Miranda sitzt hinter ihrem Computer und beobachtet mich mit gefühlvoller Sorge. Die Erinnerung daran, was ich ihr letzte Nacht anvertraute, kommt wie ein dumpfer Schmerz zurück.

„Guten Morgen", brumme ich. „Was für ein Tag ist heute? Ich habe das Gefühl, als hätte ich monatelang geschlafen."

„Nur die Nacht durch. Allerdings ungefähr sechzehn Stunden. Wie fühlst du dich?"

Ich denke darüber nach. „Besser." Ich reibe mir über den Bart. „Es hat gutgetan, darüber zu reden. Ich habe das Gefühl, als wäre ich durch die Mangel gedreht worden, aber ohne so viel Ballast auf der anderen Seite rausgekommen, falls das irgendeinen Sinn macht."

Sie hebt ihre intelligenten grünen Augen zu meinen. „Großen Sinn." Sie steht auf und gießt sich eine Tasse Kaffee aus der Kanne ein und reicht sie mir. „Ich habe nicht viel zum Essen hier, aber ich mache dir Heidelbeermuffins. Du weißt schon, weil du mir schon wieder das Leben gerettet hast."

Ich trete zu ihr und ziehe ihre weiche Gestalt an meine und küsse sie auf den Scheitel. „Das ist lieb von dir."

Zu ihren Füßen klopft ihr Hund mit seinem schwarzen, haarigen Schwanz auf den Boden.

„Wie geht es dir, Hund?"

Bär springt auf die Füße und rennt mit wedelndem Schwanz zu mir.

Ich lasse mich auf einen Stuhl fallen und nehme den Kopf des Hundes in die Hände, streichle sein Gesicht und lobe ihn. „Du bist ein guter Junge, nicht wahr? Sind wir Freunde? Du hast keine allzu große Angst vor meinem Bären, oder?"

Bär dreht seinen Kopf, um mir über die Hand zu lecken.

Ich hebe meinen Blick zu Miranda. „Was ist mit dir? Bist du nicht am Ausflippen?"

Sie schüttelt den Kopf. „Ich liebe es. Und ich verspreche, ich werde nie, niemals zu irgendjemandem auch nur ein Sterbenswörtchen sagen. Ich verrate meine Freunde nicht." Sie stolpert über das Wort *Freunde* und ich muss das stumme

Drängen meines Bären, sie zu beanspruchen, beiseiteschieben.

Sie kann nicht beansprucht werden.

Sie ist ein Mensch.

Ich bin ein Gestaltwandler.

Sie hat ihre Forschung. Lebt in Albuquerque.

Ich trauere noch.

Doch der scharfe Dolch aus Schmerz, der zwischen meinen Rippen steckte, seit Jen und Gretchen starben, ist heute nicht da. Der Schmerz ist zu einem dumpfen Pochen abgeklungen.

Wegen Miranda. Und nicht nur, weil sie mich letzte Nacht getröstet hat, auch wenn das viel dabei geholfen hat, meine gebrochene Seele zu heilen. Nein, es liegt auch an dem Sex und dem Lachen. Der Gesellschaft. Und ja, der Freundschaft.

Und Liebe, flüstert mein Bär.

Liebe.

Fuck. Ich bin nicht in der Lage, noch einmal zu lieben.

Nein, ich kann das nicht weiterverfolgen.

Ich räuspere mich. „Dankeschön. Das ist extrem wichtig, Miranda. Ich weiß deinen Respekt für unsere Geheimhaltung zu schätzen."

„Selbstverständlich."

Ich glaube ihr. Sie wird das ehren, dessen bin ich mir sicher.

Ihr Handy piept und sie eilt zu dem Ofen und zieht die Muffins raus. Mein Magen knurrt.

„Ich hoffe, du hast mehr als eine Form von denen gemacht, denn ich werde alle zwölf allein essen", warne ich sie.

Ihr Lachen ist Musik in meinen Ohren und magisch. Es füllt den Raum und hellt die Ecken meiner Seele auf, die seit Jahren kein Lachen gehört haben. „Hau rein. Sie sind alle für dich. Ich würde ja anbieten, dir Abendessen zu kochen, aber diese Hütte ist nicht wirklich dafür eingerichtet, Gäste zu unterhalten."

Ich nehme einen heißen Muffin aus der Form und werfe ihn zwischen meinen Händen hin und her, um ihn abzukühlen. „Das wird reichen. Ich liebe Heidelbeeren."

Sie lacht erneut. „Das habe ich bemerkt. Und jetzt weiß ich auch warum."

Ich stopfe mir einen halben Muffin in den Mund. „Warum?", frage ich mit vollem Mund.

Sie verdreht die Augen. „Bärenessen."

„Oh ja." Ich schenke ihr ein verlegenes Lächeln und verputze die andere Hälfte des Muffins, während ich einen zweiten aus der Form nehme.

„Wie oft verwandelst du dich in einen Bären?", fragt sie, während sie meinen nackten Oberkörper beäugt, als sei er ein Dessert. Sie sollte aufhören, mich so anzuschauen, oder sie wird erneut ihr blaues Wunder im Schlafzimmer erleben.

Ich zucke mit den Achseln. „Ich weiß es nicht. Einmal pro Woche? Einmal pro Monat? Hängt davon ab, was ich tun will."

„Was hast du gestern gemacht?"

„Dich im Auge behalten. Wann wirst du diese Forschung beenden, damit ich wieder Winterruhe halten kann?" Es sieht mir nicht ähnlich, zu necken oder zu scherzen. Zur Hölle, es sieht mir nicht einmal ähnlich, zu lächeln, aber ich bringe ein Grinsen zustande, damit sie weiß, dass ich kein totales Arschloch bin. Auch wenn sie mein Leben gewaltig aufgemischt hat, werde ich sie vermissen, wenn sie geht.

Das Strahlen auf ihrem Gesicht wird gedämpft. „Mein Tablet wurde von dem Wasser zerstört, also habe ich sämtliche Arbeit verloren, die ich in deiner Hütte gemacht habe. Wenigstens habe ich nicht meinen ganzen Rucksack verloren.

Ich habe tatsächlich versucht, ihn auszuziehen, bevor du mich gerettet hast. Also habe ich noch meine Proben. Ich brauche noch ein oder zwei Tage, um die restlichen Proben zu nehmen, und dann kann ich zurückfahren." Ihre Stimme stockt am Ende, als würde es auch ihr zu denken geben, dass sie bald wieder geht. Es ist nicht meine Absicht, doch ich fange ihren Blick auf und unsere Blicke verhaken sich, bleiben aufeinander liegen wegen dem, das zwischen uns nicht ausgesprochen wird.

„Ich muss los", platze ich heraus. „Ich werde in die Stadt fahren und diesen Anruf machen, von dem wir geredet haben. Ich werde dich aufsuchen, wenn ich fertig bin, um mich zu vergewissern, dass du dort draußen in Sicherheit bist. Behalte Bär die ganze Zeit über dicht bei dir. Näher als gestern, verstanden?"

„Ähm… aber du bist nackt." Sie blickt hinab auf das Handtuch um meine Taille.

Ich schiebe mir noch einen Muffin in den Mund. „Ich werde mich verwandeln. Willst du zuschauen?" Ich grinse, denn ich weiß, dass sie es will. Mein Bär gibt jetzt an.

„Oh mein Gott, ja." Sie folgt mir nach draußen. Ich werfe mir noch einen Muffin in den Mund, bevor ich die Augen schließe und mich dem Tier in mir unterwerfe. Meine Gedanken zerstäuben. Die Fähigkeit, zu denken, und die Vernunft verringern sich. Meine Instinkte schärfen sich. In meinem Kopf bin ich noch ich, aber andere Teile meines Gehirns werden aktiviert. Es ist, als hätte ich Superkräfte, während ich betrunken bin.

Ich falle auf alle viere und schlendere zu den Stufen der Hütte, ehe ich meine Vordertatzen auf die oberste Stufe stelle, wo Miranda steht. Sie atmet scharf ein. Ich hebe meine Schnauze, um ihr ins Gesicht zu blicken. Ihr Gesichtsausdruck ist nicht weniger staunend als die ersten zwei Mal, bei denen sie mich sah. Sie streckt zögernd eine Hand aus, aber sie erstarrt auf halbem Weg zu meinem Kopf, als hätte sie zu große Angst, mich tatsächlich zu berühren.

Ich senke den Kopf und stupse sachte gegen ihre Körpermitte.

Sie kichert und ihre Hand landet auf meinem Kopf. Sie streichelt die Seite meines Gesichts und summt leise: „Mein Gott, du bist umwerfend. So wunderschön. So atemberaubend."

Ich erlaube ihr, meinen Bären noch einige weitere Minuten zu genießen, dann mache ich kehrt und trotte davon. Ihr antwortendes Keuchen klingelt in meinen Ohren, während ich zu meiner Hütte renne.

~

Caleb

ICH FAHRE NACH PECOS, damit ich mein Handy benutzen kann.

„Caleb. Was ist los?" Garret hatte schon immer eine effiziente Art, ans Telefon zu gehen.

„Hey. Ich habe eine Frage an dich, Wolf." Ich bin auch niemand, der viel Zeit auf unnütze Worte verschwendet.

„Was gibt's?"

„Als ich für den Kampf da war, habe ich einen merkwürdigen Geruch wahrgenommen. Kein Gestaltwandler. Kein Mensch. Etwas anderes."

„Vampir?"

„Nein. Die habe ich auch gerochen, aber diesen Geruch kenne ich. Nein, es ist ein Gestaltwandler-Geruch, aber kein erkennbares Tier. Mehr als eines. Einige Kerle."

„Ah. Die drei Stooges."

„Wie bitte?"

„Hast du jemals von Data-X gehört?"

„Nein. Was ist das?"

„Es war ein Forschungslabor der Regierung, das auch privat finanziert wurde. Die Versuchspersonen waren Gestaltwandler und Menschen, die sie durch genetische Mutationen zu Gestaltwandlern zu machen versuchten. Der Geruch, den du wahrgenommen hast, ist das Ergebnis ihrer Experimente. Männer, die zu Gestaltwandlern mutiert wurden. Manche erfolgreicher als andere."

Ein Kribbeln läuft mir über die Haut. Ein mutierter Bär. Etwas, das kein Bär, kein Mensch ist. Das ist es, wonach ich suche.

„Wo ist dieses Data-X?"

„Sie hatten Labore in Kalifornien und Utah. Sie haben sie in abgelegenen Wildnisgebieten versteckt. Einer aus unserem Rudel war dort als Jugendlicher ein Gefangener. Wir schlossen das letzte Labor letztes Jahr und befreiten die übrigen Gefangenen."

„Also rennen jetzt ein Haufen Mutanten frei herum?", blaffe ich.

Garrett knurrt leise ins Telefon. „Ich nehme an, du stellst diese Frage aus einem guten Grund."

„Ja, das tue ich. Dieser Geruch. Dieser verkorkste Mutanten-Geruch. Ich roch ihn an den Leichen meiner Frau und meiner Tochter."

Garrett flucht. „Okay. Fuck. Ich schätze, das würde es erklären. Nun, lass mich mit den drei Stooges reden. Sie sind keine Mörder, keiner von ihnen, dessen bin ich mir sicher."

„Ja, das weiß ich. Andere Gerüche. Aber ähnlich."

„Ich werde Parker bitten, dass er dich anruft. Er ist der geistig Fitteste von den dreien. Er weiß vielleicht von irgendwelchen Bär-Experimenten. Oder Sam, unser Wolfbruder, könnte etwas wissen, aber er floh vor Jahren. Oder Nash, ein vollkommen irrer Löwe. Ich schreibe dir ihre Nummern, nachdem ich mit ihnen geredet habe. Klingt das gut?"

Ich kann die Erleichterung, die mich durchströmt, nicht beschreiben. Ich weiß, dass ich Garrett mein Leben schulde, aber ehrlich? Ich war ihm nie sonderlich dankbar dafür, dass er mich am Leben ließ. Jetzt empfinde ich die Liebe jedoch. „Ja. Das weiß ich wirklich zu schätzen, Garrett. Danke."

Ich bin vielleicht nah dran, Antworten zu erhalten. Endlich.

Und ich kann nicht so tun, als wäre dieser Fortschritt nicht Mirandas Verdienst. Sie riss mich aus meiner Starre. Rüttelte mich wach. Schickte mich mit klarem Kopf zurück in den Ring.

Ich sitze in meinem Truck, der vor einer der örtlichen Kneipen geparkt ist, und will ihr meine Dankbarkeit zeigen. Sie hat mir Muffins gebacken. Was kann ich für sie tun?

Das heißt abgesehen davon, sie vor Sonnenaufgang zehnmal zum Kommen zu bringen.

Ich schaue auf und realisiere, dass ich direkt auf die Antwort starre.

Ein großes „Heute Trivia-Abend"-Schild hängt im Fenster der Kneipe.

Trivia-Abend. Hat Miranda nicht gesagt, dass sie Trivial Pursuit liebt? Scheint so, als würde ich mein Mädchen heute Abend in die Stadt ausführen müssen.

Und ja, ich weiß, dass sie nicht mein Mädchen ist.

Aber nur für eine Nacht – vermutlich unsere letzte – kann ich die Gesellschaft der sexy Wissenschaftlerin genießen.

KAPITEL 12

M iranda

CALEB TAUCHT IM WALD AUF, nicht als Bär, sondern als Mann. Ich bin nicht enttäuscht. Ich wäre von jeder Version von ihm begeistert gewesen.

Ich stehe auf, als ich ihn näher kommen höre. Bär rennt mit einem freudigen Wuff und wedelndem Schwanz zu ihm. „Hi."

Er blickt auf den Inkrementbohrer in meiner Hand. „Wie kann ich helfen?"

Ich blinzle überrascht.

Er will mir helfen?

Welcher Mann hat mir jemals Hilfe angeboten, ohne dass etwas für ihn dabei heraussprang?

Kein Mann abgesehen von Caleb.

Und ich habe plötzlich das Gefühl, als wären wir auf einem ersten Date. Als wäre mein heimlicher Schwarm gerade aufgetaucht und ich bin sprachlos und habe schwitzige

Hände. Ich schätze, das bedeutet, dass ich mir eingestanden habe, dass ich den Mann mag.

Mehr als ein bisschen.

Was ein großes Problem ist.

„Nun, ich nehme von jedem Baum auf dieser Parzelle eine Probe." Ich zeige ihm, wie man die Proben von dem Baum nimmt, und dann wie ich sie verpacke und zur späteren Erforschung wegräume.

Er nimmt mir den Bohrer aus der Hand, ganz geschäftsmäßig. „Ich werde die Proben nehmen. Du verpackst sie. Zeig mir den nächsten Baum."

Hach.

Dieser Mann hat wirklich rein gar nichts davon, wenn er die Arbeit für mich macht. Ich will ihn küssen oder auf meine Knie sinken und ihm erneut einen Blowjob geben, aber er nimmt bereits die nächste Probe und dann die nächste. Er ist stärker und flinker als ich. Er lässt die Arbeit wie ein Spaziergang über eine Wiese aussehen. Ich folge ihm, wobei ich wegen der Wölbung seiner Muskeln sabbere, während er arbeitet, und mich anstrenge, ihn nicht zu sehr anzuglotzen.

Während wir arbeiten, erzählt er mir von seinem Telefonat und was er von seiner Kontaktperson in Tucson erfahren hat. Die Information passt auf jeden Fall zu den Puzzleteilen, die Caleb bereits hat.

Wir sind innerhalb von wenigen Stunden fertig. Das, wozu ich noch einen halben Tag gebraucht hätte, ist jetzt erledigt.

Ich sollte mich freuen, doch stattdessen verknotet sich mein Magen.

Es ist an der Zeit, Pecos zu verlassen und zurück nach Albuquerque zu gehen. Es gibt keine weiteren Schneestürme, die mich bei Caleb einsperren, keine Forschung, die mich auf dem Berg festhält.

Caleb begleitet mich zurück zur Forscherhütte und lässt seinen Blick beim Gehen wieder wachsam über die Gegend schweifen. Als wir ankommen, sagt er: „Du packst besser jetzt deine Sachen und machst alles fertig, denn heute Abend führe ich dich aus."

Ich starre ihn überrascht mit offenem Mund an.

„Was, wie bei einem Date?"

Caleb zuckt leicht zusammen und mein Gesicht wird warm. „Okay, kein Date. Ich habe nicht vorgeschlagen, dass du das tun solltest. Ich habe nur –"

„Es ist Trivia-Abend in der Kneipe. Ich dachte, ich sollte meinen Champion dorthin bringen und den Laden auf den Kopf stellen."

Ich verkneife mir das breite Lächeln nicht, das sich von einem Ohr zum anderen auf meinem Gesicht ausbreitet. „Trivia? Ich liebe Trivia!"

Seine Lippen krümmen sich vor Belustigung nach oben. „Das hast du gesagt. Ich will dich in Aktion sehen."

Mein Gesicht wird erneut heiß, aber Freude durchströmt mich und wärmt all meine neu entdeckten Lustzonen.

JOES' BAR IST ein altes Backsteingebäude mit einem vintage-anmutenden Coors-Bier-Schild über der Tür. Das Schild war vermutlich nicht altmodisch, als sie es aufhängten. Es ist eher so, dass es schon so lange dort hängt, dass es jetzt als eine Antiquität durchgeht und deshalb cool ist. Ich bezweifle, dass Joe oder – wenn die Platzierung des Apostrophs korrekt ist – Joes Plural sich für coole Dekorationen interessieren. Dieses Lokal ist eine Kneipe ohne jeglichen Schnickschnack, die die Einheimischen aufsuchen, um über die Touristen zu schimpfen, da sie hoffen, dass der jahrhundertealte Schmutz, der das

Gebäude bedeckt, und das Schild ausreichen, um etwaige Fremde, die hier nur den Winter verbringen, fernzuhalten.

Meine Theorie erweist sich als korrekt, als ich reinlaufe und sich die gesamte Kneipe – neunzig Prozent davon männlich – umdrehen, um mich finster anzustarren. Ich mache mich in meiner dicken Winterjacke klein in der Hoffnung, dass ich dadurch nicht zu sehr wie eine Außenseiterin aussehe, die in ihr örtliches Heiligtum eindringt. Ich ziehe in Erwägung, allen zu winken, aber beschließe, dass ihnen das nur beweisen würde, dass ich nicht aus der Stadt und noch dazu ein Trottel bin. Stattdessen trete ich hinein und lasse sie Caleb sehen.

In dem Moment, in dem er hereinkommt, verfliegt die Spannung, die nie existierte. Der Barkeeper nickt Caleb zu, als erkenne er ihn, und Caleb hebt sein Kinn zu einer absoluten Macho-Holzfäller-Begrüßung. Die Bewegung sagt: *Ich bin ein Einzelgänger, aber das hier ist eine Kleinstadt, also sagen wir Hallo. Höflich, aber mit der geringstmöglichen Anstrengung.* Eine Menge Kommunikation in einer schlichten Geste. Es wäre interessant, wenn wir einander wie Hunde begrüßen würden, an der Nase des anderen schnüffeln würden, an den Mündern und… andere Stellen. Okay, nicht interessant, peinlich.

Caleb berührt mich und ich zucke zusammen.

„Bist du okay?", fragt er.

„Ja", flüstere ich zurück. „Alles gut."

Er nimmt meinen Ellbogen und führt mich an den vollbesetzten Tischen vorbei. Der Trivia-Abend muss beliebt sein. Auf unserem Weg zur Bar erhält Caleb weitere Holzfäller-Begrüßungen. Einige dieser Augen huschen zu mir und Calebs Hand legt sich in seiner sehr eindeutigen Geste in mein Kreuz. Er markiert sein Territorium und warnt potenziell interessierte Männchen, mir nicht zu nahe zu kommen.

Schauen, aber nicht näher kommen. Die hier ist schon beansprucht.

Ich könnte ihm sagen, dass es okay ist, dass mich wahrscheinlich niemand ansprechen wird, aber ich weiß es nicht. Wenn es eine Sache gibt, die andere Menschenmänner anzieht, ist es eine Frau, auf die ein anderer Mann, ein Alphamann, Anspruch erhoben hat. Hat irgendetwas damit zu tun, zu wollen, was sie nicht haben können. Es sagt mehr über ihre Achtung vor Caleb aus als über mich. Sie sehen mich mit Caleb und fragen sich, welche verborgenen Vorzüge ich haben könnte, die einen Machomann wie ihn ansprechen. Sie wissen nicht, dass wir eingeschneit waren und nichts anderes zu tun hatten.

Caleb bringt uns zur Bar, wobei seine große Hand nach wie vor in meinem Kreuz liegt. Normalerweise stehe ich nicht auf den *Du bist meine Frau* Mist, aber es fühlt sich nett an. Gentlemanlike. Vor allem da uns die halbe Kneipe (alles Männer) noch immer anstarrt. Ich streiche eine Haarsträhne hinter mein Ohr und mache eine Bestandsaufnahme nur für den Fall, dass mein Hosenschlitz geöffnet ist oder meine Unterwäsche zu sehen ist.

Ich trage eine pinke Weste und ein weißes Thermooberteil sowie bequeme Jeans. Im Spiegel hinter der Bar sehe ich, dass das Pink zu meinen Wangen passt, die von der Kälte gerötet sind. Und von multiplen Orgasmen. Ich fühle mich hübsch – viel sexyer, als bevor ich Caleb kennenlernte – aber das ist wahrscheinlich nicht der Grund dafür, dass sie mich anstarren. Erstens haben sie Caleb vermutlich einige Male gesehen, aber nie mit einer Frau. Oder mit jemand anderem, dem er so nahestand, dass er ihn berührt und mit ihm geredet hat. Zweitens habe ich Sexhaare. Ich habe mein Bestes gegeben, sie glatt zu streichen, aber die vergangenen zweiundsiebzig Stunden waren gefüllt mit wildem Sex und es wird mehr als eine Bürste brauchen, um meine „bin gerade mit einem leidenschaftlichen Lustmolch ins Bett gestiegen" Frisur zu zähmen. Eine Flasche Haarspray, vielleicht auch zwei. Und ein Gotteswunder. Natürlich hat Caleb kein Haarspray oder irgendeinen „Frauenscheiß". Er hielt mich für verrückt, nur weil ich danach fragte.

Was ein Gotteswunder angeht, so bin ich Atheistin, aber sogar ich weiß, dass es ein Wunder ist, dass ein heißer Holzfäller mit mir geschlafen hat, und ich werde wahrscheinlich nicht so bald noch ein Wunder erleben.

Der Barkeeper beendet die Bestellung seines letzten Kunden und kommt, um uns zu bedienen. Er ist ein großer Holzfäller-Typ, nicht so groß wie Caleb, aber aus dem gleichen Macho-Stoff geschnitten. Normalerweise hätte ich eine Heidenangst davor, in so einen Laden zu gehen, aber mit Caleb, dem taffsten Kerl von allen, ist es irgendwie witzig.

Ich lehne mich an die Bar und schenke dem Mann ein freundliches Lächeln. „Sind Joe und Joe hier?", zwitschere ich.

Der Barkeeper zieht eine Braue hoch und grunzt: „Wer?"

„Die Joes, denen die Kneipe gehört", sage ich aufmunternd.

„Es gibt nur einen Joe."

„Oh, das wusste ich nicht. Es ist das Schild –" Ich deute hinter mich zur Tür. „Das Apostroph ist hinter dem ‚s' und das bedeutet…" Ich stoppe. Der Barkeeper betrachtet mich, als hätte ich zwei Köpfe. Der Rest der Kneipe starrt mich an, nippt an seinen Getränken und beobachtet die Show. Ich spreche weiter: „Es bedeutet, dass es der Plural ist. Joe und Joe. Nicht… ähm… Singular, sondern Plural."

„Babe", brummt Caleb. Seine Wange zuckt auf eine Weise, die mir verrät, dass er sich bemüht, nicht zu lachen.

„Vergessen Sie es", murmle ich.

„Babe", sagt Caleb erneut und legt einen Arm um meine Schultern, womit er mir den Rücken auf die wortwörtlichste Art und Weise stärkt. „Was willst du trinken?"

Ich sehe mich mit leicht zusammengekniffenen Augen in der Kneipe um, aber sehe keine Speisekarten, weshalb ich den Kopf schieflege und den Barkeeper frage: „Haben Sie Weißwein?"

Jemand hinter mir schnaubt. Meine Wangen werden heiß und Caleb dreht sich um. Ich stelle mir vor, dass er denjenigen, der gelacht hat, mit einem finsteren Blick zum Verstummen gebracht hat, denn es wird wieder ruhig im Raum.

„Nein", antwortet der Barkeeper langgezogen mit einem Was-zum-Henker Gesichtsausdruck.

Mist. Ich bin kein großer Fan von Bier. „Coors?"

Der Barkeeper fasst meine Frage als Bestellung auf, denn er stellt zwei Flaschen vor uns und geht weiter.

Okey-dokey.

„Schätze, das hier ist kein Lokal, in dem man Weißwein bestellt", brummle ich.

„Du bist wahrscheinlich die Einzige, die jemals hier reingelaufen ist und einen bestellt hat." Caleb nimmt die Biere.

„Wahrscheinlich."

Caleb gluckst und führt mich weg. Meine Enttäuschung hält so lange an, wie die Spielleiterin des Trivia-Abends braucht, um aufzustehen und das Spiel anzukündigen, ehe sie ihre freiwillige Helferin die Punktekarten austeilen lässt.

„Ich werde schreiben", informiere ich Caleb und beschäftige mich mit dem Bleistift, indem ich mich vergewissere, dass er spitz und nicht gebrochen ist und dass der Radiergummi gut ist. Caleb beobachtet mich, wobei sich seine Augen an den Seiten kringeln. Er findet mein Gehabe niedlich. Ich weiß das, weil er es mir sagt.

Die Spielleiterin bittet um Ruhe und er beugt sich dicht zu mir.

„Bist du bereit?"

„Ich wurde bereit geboren." Ich verharre mit dem Bleistift über der Punktekarte, die Augen auf die Spielleiterin gerichtet.

Er gluckst und Gänsehaut breitet sich auf meinem gesamten Körper aus. Es ist schön, aber weckt auch den Wunsch in mir, ihn in den dunklen Gang zu ziehen und ihn um den Verstand zu küssen.

„Du lenkst mich ab." Ich rümpfe die Nase.

„Ich?" Seine Lippen biegen sich nach oben und er trinkt einen Schluck von dem Bier, um sein Lächeln zu verbergen. „Ich werde den Mund halten."

Seine kräftige Kehle arbeitet, während er schluckt. „Das wird nicht helfen", brumme ich. „Außer du hast vor, dir eine Tüte über den Kopf zu ziehen."

„Niedlich", sagt er erneut und schüttelt den Kopf.

„Schhh." Ich konzentriere mich auf die Fragen, die nun vorgelesen werden. Nummer eins: welches ist das längste, fortwährende Sportereignis in den USA? *Kentucky Derby.* „Und los geht's…"

Wir verfallen in einen Rhythmus, bei dem ich schreibe, während er über meine Schulter zusieht und sein Bier trinkt. Die erste Runde sind ausschließlich Sportfragen, bei der zweiten geht es um Fernsehen. Ich danke meiner Oma für all die Nachmittage, an denen sie auf mich aufpasste, indem sie mich vor ihren alten Fernseher setzte und Wiederholungen alter Shows laufen ließ.

„Du bist gut darin", murmelt Caleb und drückt meinen Nacken. Womit er ein weiteres Mal beweist, dass er von meinem Verstand oder Wettbewerbsgeist nicht eingeschüchtert ist. Ich schenke ihm ein strahlendes Lächeln. „Trinkst du das hier noch?" Er hält mein unangetastetes Bier hoch.

Ich schüttle den Kopf und schreibe weiter. Ich komme auf den Namen von Charles Darwins Haustierschildkröte (Harriet), die Farbe einer Giraffenzunge (schwarz), den Standort der größten Pyramide der Welt (nicht Ägypten, sondern Mexiko).

„Bist du dir da wirklich sicher, Babe?", fragt Caleb nach der letzten Frage.

„Ja." Ich lehne mich näher zu ihm, um ihm ins Ohr zu flüstern: „Die meisten Leute wissen nicht, dass es die größte ist, weil sie in einem Berg vergraben ist."

„Kapiert." Er dreht seinen Kopf, berührt mein Kinn, um mich ruhigzuhalten, und küsst mich. Er schmeckt nach Coors. Zum Glück mag ich Machomann mit Biergeschmack recht gerne. Der Kuss vertieft sich und ein Kribbeln rast durch meinen Körper bis hinab in meine Zehen.

Caleb unterbricht den Kuss. Ich verharre mit gerecktem Hals und geöffneten Lippen.

„Welche südamerikanische Wüste ist einer der trockensten Orte der Erde?", fragt er.

„Was?", frage ich benommen.

„Miranda, konzentrier dich."

Ich blinzle, aber sein Lächeln ist das Einzige, das ich sehen kann.

Die Spielleiterin wiederholt die Frage und ich kehre in die Realität zurück.

„Richtig." Ich schreibe Atacama-Wüste auf und funkle Caleb an. „Ablenkend", forme ich mit den Lippen.

„Richtig." Er steht auf. „Wie ich sehe, hast du alles unter Kontrolle." Caleb nimmt sich die leeren Bierflaschen und geht zur Bar, um Nachschub zu holen, während ich noch einige weitere Fragen beantworte. Amazon.com's erste

Websiteadresse (Relentless.com), die Stadt, in der der Bürgermeister gewählt wird, indem Namen aus einem Hut gezogen werden (Dorset, Minnesota), und die Angst, Brücken zu überqueren (Gephyrophobie).

Caleb kehrt zurück, geht meine Arbeit durch und schürzt bei der letzten Antwort die Lippen.

„Bitte mich nicht, das auszusprechen", sage ich zu ihm.

An meinem Ellbogen steht ein Glas Weißwein.

„Caleb." Ich pieke ihn in die Seite und deute darauf. „Ich dachte, sie hätten keinen Weißwein."

„Hatten sie auch nicht, aber der Eigentümer hörte, wie du danach gefragt hast, und ist losgerannt und hat welchen gekauft."

„Awww, das ist so nett." Ich hebe an den grauhaarigen Kerl hinter der Bar gewandt das Glas. „Ich sollte in den kalten Monaten eigentlich keinen Weißwein trinken, aber ich liebe ihn."

„Ich werde dich warmhalten." Er legt einen Arm um mich. Ähm, nett.

„Und jetzt zur Schnellfragerunde", verkündet die Spielleiterin. „Höchstpersönlich zusammengestellt von unserem Joe von Joes' Bar." Der grauhaarige Mann verbeugt sich.

„Sie sollten eine Runde über korrekte Zeichensetzung machen", brummle ich vor mich hin.

„Die Kategorie ist Kollektiva", fährt die Spielleiterin fort.

„Was zur Hölle ist das?", fragt jemand, aber ich stoße verstohlen meine Faust in die Luft.

„Hast du das unter Kontrolle?", erkundigt sich Caleb.

„Oh ja."

„Was ist das Kollektivum für Büffel?"

„Herde", kritzle ich. „Das war leicht", flüstere ich Caleb zu. Er toastet mir mit einem Grinsen zu.

„Kollektivum für Hühner."

„Fuck." Am Tisch neben uns läuft es gar nicht gut. Ich lächle vor mich hin und schreibe „Brut" auf.

„Ein Kollektivum für Fisch."

„Schwarm", schreibe ich und drehe mich lächelnd zu Caleb.

„Löwen." Leicht. „Rudel."

„Delphine."

„Schule", flüstert mir Caleb zu.

Ich nicke und grinse und schreibe.

„Bären."

„Bären sind einzelgängerische Tiere." Ich blicke Caleb mit gerunzelter Stirn an.

Er stellt sein Bier mit einem dumpfen Knall ab. „Eine Gruppe von Bären wird Meute genannt", murmelt er und tippt auf die Punktekarte. „Schreib es."

Das tue ich, wobei mein Mund offenhängt. „Woher weißt du das?"

„Mir war langweilig und ich schlug es nach." Er tippt abermals auf die Punktekarte und ich beuge meinen Kopf, um mich ans Werk zu machen.

„Hast du jemals eine Gruppe Bären gesehen?"

„Nein. Wir sind einzelgängerische Tiere." Er zwinkert.

„Eine Gruppe Enten" ist als Nächstes dran. Der Schreiber am Tisch neben uns wirft den Bleistift hin. Ich schreibe „Schoof" und flüstere Caleb zu: „Das habe ich von einer Tierdoku gelernt."

„Und zu guter Letzt. Fasane."

„Ja", zische ich. Ich schreibe ‚Gesperre', aber zweifle dann an meiner Antwort.

„Was ist das?" Caleb beugt sich näher zu mir.

„Das ist die Antwort", ich tippe auf das Papier, „außer sie fliegen als eine Gruppe auf – dann werden sie Bukett genannt. Alle Fasane in einem Revier werden Besatz genannt." Ich kaue auf meiner Lippe. „Was soll ich aufschreiben?"

„Hör auf dein Bauchgefühl", rät mir Caleb.

„Wenn ihr fertig seid, bringt eure Punktekarte zu uns", sagt die Spielleiterin und ich springe auf, um meine abzugeben. Wir sind die Ersten, die ihre Karte einreichen, was uns einen Vorsprung von zehn Punkten einbringt.

Calebs Augen kräuseln sich an den Winkeln, als ich zu ihm zurückkehre. Er legt einen Arm um mich, zieht mich fest an seinen harten Körper und gibt mir noch einen Kuss mit Biergeschmack. Der Tisch neben uns johlt und ich mache mich von ihm los, um nach Luft zu schnappen.

„Ich bin stolz auf dich", sagt Caleb, der mein Weinglas in die Hand nimmt und mir reicht.

„Wirklich?" Ich unterdrücke einen Schauder. Ich sitze in den Armen eines stattlichen Mannes, eines Mannes, der keine Mühen gescheut hat, um mir einen großartigen Abend zu bereiten. Er ist sexy und er ist nicht von mir eingeschüchtert.

„Oh ja, zuzuschauen, wie du in dem Spiel versinkst… heiß." Dieses Mal erlaube ich dem Schauder, durch mich zu rollen. Calebs Lippen treffen mein Ohr. „Eine Sache jedoch, Babe. Es war zu einfach. Das nächste Mal, wenn wir spielen, werde ich es schwieriger für dich machen." Seine freie Hand streichelt an der Hosennaht an meinem Innenschenkel hinauf und ich lasse fast mein Weinglas fallen.

„D-das klingt interessant. Ich wäre gewillt, das auszuprobieren."

„Mmhmm." Caleb entfernt seine Hand, aber nicht seinen Arm. Ich lehne mich nach hinten und trinke mein Getränk. Scheiß auf Trivial Pursuit. Ich werde mit Caleb jedes Spiel spielen, solange er die Regeln festlegt.

Ich gewinne den Preis, einen Anstecker, auf dem „Lieferant nutzlosen Wissens" steht. Joe, der Eigentümer, kommt persönlich nach vorne, um ihn mir zu überreichen. Ich zupfe an dem Logo für Joes' Bar und seufzte wegen der Stellung des Apostrophs, bis sich Joe zu mir lehnt und mir mitteilt: „Ich habe dich vorhin gehört und ja, es ist Joes', Plural." Ich blinzle ihn an und er fährt fort: „Er war ein Armeekumpel. Starb im Krieg. Wir redeten immer darüber, dass wir gemeinsam eine Kneipe eröffnen würden, wenn wir zurückkämen. Also ist der Apostroph an der richtigen Stelle." Er hält inne. „Nicht, dass irgendjemand die Anspielung versteht."

Ich umarme Joe und drehe mich zu Caleb und reiße die Augen auf.

„EINE GRUPPE REBHÜHNER ist eine Kette. Eine Gruppe Wildschweine wird eine Rotte genannt. Eine Gruppe Rehe wird ein Sprung genannt", skandiere ich, die Stiefel auf das Armaturenbrett von Calebs Truck gelegt.

Caleb parkt, kommt um den Wagen herum zu meiner Tür und hilft mir nach draußen.

„Eine Gruppe Bienen ist ein Staat oder Volk." Meine Füße treffen auf den Boden und Caleb hebt mich in seine Arme. Ich lege einen um seinen Hals und informiere ihn: „Eine Gruppe Dachse ist eine Kola… kolo…" Ich schmatze mit den Lippen und versuche es noch einmal. „Kolonie."

„Bist du betrunken?"

„Vielleicht. Irgendwie. Eine Gruppe Ameisen wird eine Armee genannt."

„Du bist so verdammt klug", teilt er mir mit und wirft mich auf das Bett.

„Du denkst, ich bin klug", murmle ich glücklich. Ich

beobachte, wie seine Jacke, Hemd und Stiefel auf den Boden fallen, und dann stürzt er sich auf mich.

„Ich weiß, dass du das bist." Er öffnet den Reißverschluss meiner Jacke sowie Weste und schält mir beide vom Körper. „Weißt du nicht, dass du klug bist?"

„Das weiß ich", versichere ich ihm, während er mein Shirt nach oben zieht. „Es ist nur einfach, zu vergessen, wenn mich meine Kollegen ständig schlechtmachen."

„Sie sind Idioten", sagt Caleb auf seine Machomann-Art, bevor er mir mein Shirt über den Kopf zieht. „Miranda, du musst wissen, dass du klug und nett und hübsch bist. Fuck." Er umfängt meine Wange und betrachtet mich einfach nur. Ich bemühe mich, mich unter seinem Blick nicht zu winden. „So verdammt hübsch."

„Caleb", flüstere ich und er senkt sich auf mich. Sein Bart streicht über meinen Hals, während er köstliche, kratzige Küsse entlang meines Schlüsselbeins platziert. „Caleb", mein Flüstern wird zu einem Stöhnen und ich winde mich unter ihm, während seine Lippen die obere Rundung meiner Brüste streifen. Er zieht meinen BH mit seinen Zähnen nach unten und lehnt sich nach hinten, um mich zu nehmen. Der Ausdruck in seinen Augen ist alles. Ich könnte jetzt gleich zum Orgasmus kommen, nur indem ich ihn anschaue. Er sieht mich. Er versteht mich. Er sorgt sich um mich. Das hat er immer getan, von Anfang an.

Es ist furchterregend.

Ich wende das Gesicht ab. „Eine Gruppe Mäuse wird eine Sippe genannt."

„Miranda", ruft er. Seine Finger, die sachte auf meinem Kiefer liegen, drehen mein Gesicht wieder zu ihm. „Gibt es etwas, das du mir sagen möchtest?"

Ja. Ich beiße mir auf die Lippe, damit nicht aus mir

herausplatzt: *Ich weiß, das hier ist nur vorübergehend, aber ich bin dabei mich in dich zu verlieben.*

„Miranda?"

„Eine Gruppe Füchse wird Geheck genannt", wispere ich und spanne meine Arme um seinen Hals an, als er sich in mich schiebt. Ich atme scharf ein. Seine Hand umfängt meine Brüste und sein Daumen neckt meine Nippel. Meine inneren Muskeln spannen sich um ihn an, während er sich bewegt, immer tiefer in mich stößt und mein Bein nach oben drückt, damit er Stellen in mir treffen kann, die ich noch nie zuvor gefühlt habe. Ich schließe die Augen und rase auf einen Orgasmus zu, während sich mein Verstand abschaltet. Calebs Penis trifft diese eine Stelle und meine Gedanken verfliegen, sodass ich mich nicht der Wahrheit stellen muss: das hier ist nicht für immer. Es wird enden.

Aber noch nicht. Nicht heute Nacht.

Kapitel Dreizehn

Miranda

ICH FÜHLE MICH WIE GLAS, das gleich zerbrechen wird. Alles ist merkwürdig und fühlt sich wie eine außerkörperliche Erfahrung an. Mit Caleb aufzuwachen. Mit ihm zu frühstücken. Meine Sachen wieder hinten im Subaru zu verstauen.

Alles an diesem Morgen wird in meinem Mund zu Asche.

Ich reise ab. Verabschiede mich und fahre von Pecos weg.

Von Caleb weg.

Und ich will irgendeinen Plan schmieden – ihm meine Nummer geben und ihn bitten, mich anzurufen. Oder ihm sagen, dass er mich in Albuquerque besuchen soll, aber wir wissen beide, dass nichts von diesen Dingen geschehen wird.

Er gehört hierher und ich habe mein eigenes Leben. Außerdem führen wir keine Beziehung. Wir hatten Sex.

Eine Menge.

Wir hatten eine Menge Sex.

Das bedeutet nicht, dass wir ein Paar sind. Es bedeutet nicht, dass wir uns einander verpflichtet oder Versprechen ausgetauscht haben.

Es bedeutet nicht, dass wir eine gemeinsame Zukunft haben.

„Nun." Ich stehe neben meinem Auto, dessen Tür geöffnet ist. Bär ist bereits drinnen und wartet mit wedelndem Schwanz.

„In Ordnung. Sichere Fahrt." Caleb blickt mir nicht in die Augen.

„Danke für alles." Ich versuche, meine Arme zu öffnen, als würden wir uns eine freundschaftliche Umarmung geben.

Caleb bewegt sich nicht. Sein dunkler Blick fixiert mich an Ort und Stelle und sein finsterer Blick hält mich davon ab, weitere bedeutungslose Worte aus meinem Mund purzeln zu lassen.

„Ich habe dich gern, Miranda", sagt er.

Ich höre zu atmen auf.

„Mir gefällt die Vorstellung nicht, dass du von diesen Wissenschaftlern herumgeschubst wirst."

Oh.

Wir sind wieder bei dem Thema angelangt. Wo wir vor vier Tagen in seiner Hütte anfingen.

„Ich kann auf mich selbst aufpassen", brumme ich und versuche, die Enttäuschung abzuschütteln.

„Das solltest du auch besser tun." Er sagt es wie eine

Warnung. Der mürrische Holzfäller ist heute Morgen mit voller Kraft zurück.

„Wenn du jemals in Albuquerque bist –"

„Das werde ich nicht sein", fällt er mir ins Wort.

„Richtig. Okay. Nun, ich bin dort. Und, ähm, du wirst hier sein." Ich erwähne nicht, dass ich für meine Forschung vielleicht zurückkommen muss. Es fühlt sich an, als würde ich nach etwas heischen, das er mir nicht geben will.

Ich trete zu ihm und stelle mich auf die Zehenspitzen, um ihm ein Küsschen auf die Wange zu drücken.

Er rührt sich nicht. Steht nur wie eine Statue da. Als hätte ihn mein Kuss zur Salzsäule erstarren lassen.

„Tschüss", flüstere ich.

Denn es ist wirklich ein *Tschüss*. Kein *Auf Wiedersehen* oder *bis zum nächsten Mal*.

Er sagt nichts.

Mein Magen ist so hart wie ein Stein, als ich in den Subaru steige und ihn anlasse. Ich fange erst zu weinen an, nachdem ich um die erste Kurve gebogen bin.

Und dann breche ich vollkommen zusammen.

Caleb

Ich schaue zu, wie Mirandas Subaru auf der Forststraße verschwindet und mein Bär brüllt vor Qualen.

Lass sie nicht gehen.

Lass sie *nicht* gehen.

Aber ich muss es tun. Welche Wahl habe ich? Sie gehört nicht zu mir. Ich habe dieser Frau nichts zu bieten. Ich bin ein gebrochener Mann, habe nur wenig Geld und noch weniger

Ehrgeiz. Ich bin gebrochen von Trauer und mein Gehirn ist benommen von meinem Tier. Selbst ohne das alles, bin ich noch immer ein Gestaltwandler und sie ein Mensch. Wir sollten uns nicht mischen.

Ich steige in meinen Truck und fahre zurück zu meiner Hütte. Unterdessen dreht mein Bär völlig durch. Versucht, die Kontrolle an sich zu reißen. Brüllt unter meiner Haut.

Lass sie gehen, Bär. Wir können sie nicht haben.

Sie ist nicht für uns.

~

Miranda

ES BEDEUTETE NICHTS. Oder vielleicht bedeutete es nicht genug.

Ich war nicht genug, um Caleb von seiner Trauer abzulenken.

Von seinem Verlust.

Und obwohl ich dafür sorgte, dass es nur um Sex ging, hat er einen Weg in mein Herz gefunden. Denn ich fahre davon, während eben dieses Organ in winzig kleine Stücke zersplittert ist. Hinterlasse Stücke davon auf dem gesamten Berg.

Ich habe gerade die Stadt Pecos hinter mir gelassen, als ein Mann vor mein Auto tritt und mit den Armen wedelt, als bräuchte er Hilfe.

Ich bremse und stoppe, dann senke ich mein Fenster. „Ja?"

Bär dreht vollkommen durch und bellt auf der Rückbank, doch bevor ich auf die Warnung hören kann, schießt die Hand des Mannes schon so schnell durch das geöffnete Fenster, dass ich sie kaum kommen sehe. Er sticht mir mit etwas Spitzem in den Hals.

Ich starre zu ihm hoch und Entsetzen spült die Trauer weg.

Caleb hatte die ganze Zeit über recht. Da draußen war ein Mörder, der mich als Beute betrachtet und verfolgt hat.

Und jetzt hat er mich erwischt.

Ich breche über dem Lenkrad zusammen, während alles schwarz wird.

ALS ICH AUFWACHE, befinde ich mich in meinem Slip und Top in einem Käfig. Es ist ein großer Gitterkäfig, wie ein großer Hundekäfig, der sich in einem schwach beleuchteten Raum befindet, der modrig und erdig riecht. Als wären wir in einem Keller. Furcht durchströmt mich und reißt mich aus meinem benebelten Zustand, als mir einfällt, was passiert ist. Ich versuche, mich aufzusetzen, und stoße mir den Kopf an der Decke meines Gefängnisses an.

Ich stöhne, blinzle und bemühe mich, meine Umgebung zu erfassen, während mein Gehirn darum kämpft, alles zu verarbeiten.

Das ist der Moment, in dem ich realisiere, dass ich nicht allein bin. Neben mir ist ein Käfig und – oh mein Gott – in diesem ist eine andere Frau. Sie ist dünn und bleich. Ihre blonden Haare sind ein zerzauster Wirrwarr. Sie legt warnend einen Finger auf die Lippen.

Neue Furcht fließt durch meine Adern, aber meine Vernunft muntert mich auf. Ich bin nicht allein. Und wenn diese Frau auch noch hier ist, heißt das, dass mir in naher Zukunft vermutlich nicht der sofortige Tod bevorsteht. Denn ich tippe darauf, dass sie eine der vermissten Wanderinnen ist.

Ich spähe in den schwachbeleuchteten Raum und entdecke einen anderen Käfig und noch einen. Acht insgesamt. Zwei weitere sind belegt, ebenfalls von jungen Frauen. Das könnten also die drei vermissten Frauen sein.

Und ich wurde gerade zu Nummer vier.

Dieser Gedanke sinkt wie ein Stein in meinen Magen, aber dann folgt ihm Hoffnung.

Caleb wird mich finden.

Ich versuche, diese Disney-Prinzessinnen-Hoffnung von mir zu schieben, denn Caleb sucht nicht nach mir. Er denkt, ich bin zurück nach Albuquerque gefahren, und auch wenn ich ihm meine Telefonnummer gegeben habe, bevor ich ging, haben wir keine Pläne gemacht, jemals wieder miteinander zu sprechen.

Es ist nicht so, dass er die Cops alarmieren wird, wenn ich ihm keine Nachricht schicke, dass ich sicher nach Hause gekommen bin.

Niemand wird das tun.

Es wird Tage – vielleicht über eine Woche – dauern, bis jemand bemerkt, dass irgendetwas schiefgelaufen sein muss. Die Männer im Labor und meine Freunde werden einfach annehmen, dass ich noch hier oben bin und meiner Forschung nachgehe. Ich habe niemandem erzählt, dass ich heute den Berg verlassen würde.

Ich spähe erneut in den Käfig neben meinem.

Abermals legt die Frau ihren Finger auf ihre Lippen und schüttelt den Kopf. „Ruhig", formt sie mit dem Mund.

Schauder jagen über mein Rückgrat, aber ich nicke verstehend.

Ich muss meiner Mitgefangenen in dieser Situation vertrauen. Sie ist schon länger hier als ich.

Lange Zeit passiert nichts. Ich katalogisiere eine Million Fragen, die ich diesen Frauen stellen möchte, wenn – falls – ich die Gelegenheit dazu erhalte.

Schließlich öffnet sich eine Tür, womit ein Lichtstrahl in den Raum fällt, und der Mann, der mich auf der Straße gestoppt hat, kommt herein. Er trägt einen weißen Labormantel.

„Ah, unsere neueste Versuchsperson ist wach", sagt er in einer dieser falschen, fröhlichen Stimmen. „Zeit mit den Tests zu beginnen."

Ich werfe der Frau neben mir einen Blick zu und das Grauen auf ihrem Gesicht bestätigt, dass mir das nicht gefallen wird.

Mein Entführer öffnet den Käfig. „Erzähl mir, was hast du mit dem Bären gemacht?"

Da bin ich mir ohne jeden Zweifel sicher, dass dies der Mann ist, der Calebs Frau und Kind ermordet hat.

Er packt meinen Arm und rammt eine Nadel in mich, mit deren Hilfe er mir etwas spritzt. Dieses Mal werde ich nicht ohnmächtig, aber meine Muskeln erschlaffen. Ich kann meine Gliedmaße nicht bewegen oder auch nur den Kopf aufrecht halten.

Der Mann rollt eine Krankenliege zu dem Käfig und zerrt mich am Arm nach draußen. Ich kann nicht spüren, dass er mich packt, aber mir wird bewusst, dass er unmenschlich stark sein muss, denn er arrangiert mein volles Gewicht mit Leichtigkeit.

Ich weigere mich, das hilflose Opfer zu spielen, weshalb ich die einzige Waffe benutze, die mir im Moment zur Verfügung steht – mein Verstand und meine Zunge. „*Du* bist der Bär", beschuldige ich ihn.

Er erstarrt und seine Augen werden bernsteinfarben. Während ich entsetzt zuschaue, verwandelt er sich. Oder verwandelt sich zur Hälfte. Sein Gesicht verändert sich zu einem Bären – eine Schnauze wächst dort, wo seine Nase war, bösartig aussehende Zähne ragen aus seinem Mund. Seine Hände werden zu riesigen Tatzen – gigantische Tatzen mit mörderischen Krallen. Es sprießt auch ein wenig Fell, aber nur stellenweise. Er verwandelt sich nicht vollständig. Er steckt irgendwo in der Mitte fest: halb Mann, halb Bär.

Eine der anderen Frauen in den Käfigen kreischt, was mir verrät, dass sie diese Seite ihres Entführers bisher noch nicht gesehen hat, oder dass sie etwas ist, vor dem man sich fürchten muss.

Der Kerl dreht völlig am Rad, schlägt mit den Krallen durch die Luft und stößt einen Tisch sowie einen Stuhl um. Er wirft die Liege, auf der ich liege, um und mein Körper kracht auf den Boden. Es ist vermutlich ein Segen, dass ich keinerlei Muskelkontrolle habe, denn die Weichheit meines Körpers erleichtert meine Landung.

Er schleudert die Käfige durch den Raum. Die Frauen darin schreien. Er gibt sich weiterhin seiner Zerstörungswut hin, reißt alles nieder und zerschlägt die Laborausrüstung – Dekanter und Reagenzröhrchen und Phiolen.

Es scheint eine Ewigkeit zu vergehen. Als nichts mehr übrig ist, das er zertrümmern kann, rennt er aus dem Raum, hustend und keuchend zwischen lautem Gebrüll.

Ich höre, wie eine weitere Tür zugeknallt wird, dann spricht eine der Frauen. „Heilige Scheiße. Was zur Hölle war das?"

„Ein Gestaltwandler-Experiment, das schiefgegangen ist", antworte ich.

„Ein was?" Die zittrige Frage kommt aus einem anderen Käfig.

„Dieser Typ war eine Versuchsperson bei einem Forschungsprojekt der Regierung, das schiefgelaufen ist. Ich vermute mal, dass es ihn wahnsinnig werden hat lassen und zu einem Monster gemacht hat."

„Ach du grüne Neune", sagt die erste Frau. „Das macht Sinn."

„Warum?"

„Er nennt diesen Keller *das Labor*. Er denkt, er führt Experimente an uns durch, aber sie bringen keine Ergebnisse. Er nimmt uns Blut ab und vermischt es in kleinen Phiolen mit Lebensmittelfarbe und Wasser. Er foltert uns und nennt das Schmerztoleranztests. Während wir schreien, brüllt er uns an, dass wir uns verwandeln sollen. Wir hatten keine verfluchte Ahnung, was er wollte oder zu tun versuchte. Nur, dass er komplett durchgeknallt ist."

Ich versuche angestrengt, mich zu bewegen, aber mein Körper gehorcht meinem Gehirn noch immer nicht. „Ich muss uns hier rausbringen", murmle ich, da meine Lippen und Zunge allmählich so taub werden wie der Rest von mir.

„Ja, viel Glück damit. Du wirst dich die nächsten sechs Stunden nicht bewegen können."

„Mein Name ist Miranda", erzähle ich ihnen. „Und wir werden hier rauskommen."

„Du klingst ziemlich zuversichtlich, Miranda", sagt eine von ihnen trocken. „Aber auf mich macht es nicht gerade den Eindruck, als würde dein Plan aufgehen. Ich bin Julia."

„Ich bin Rachel."

„Ich bin Tracy."

„Ich würde ja sagen, dass es schön ist, euch kennenzulernen, aber die Umstände sind beschissen", sage ich. Ich lalle leicht wegen des Muskelrelaxans. „Überall in ganz New Mexico hängen Vermisstenplakate für euch drei. Ihr seid nicht vergessen worden."

„Bist du ein Cop oder so was?", will eine von ihnen – Tracy, glaube ich – wissen.

„Nein. Ich bin Ökologin. Aber ich habe diese Woche einen Mann kennengelernt, der versucht hat, eure Fälle zu lösen. Er denkt, dieser Typ hat seine Frau und Kind umgebracht."

Caleb.

Daran zu denken, dass ich ihn nie wieder sehen werde, sorgt dafür, dass es in meiner Brust so eng wird, als würde sie von einem Korsett zusammengeschnürt werden.

Ich kann mich nicht darauf verlassen, dass er uns findet. Wir haben uns voneinander verabschiedet und er hat keinen Grund, zu vermuten, dass ich mittlerweile nicht sicher zu Hause und mit meinem Hund auf das Sofa gekuschelt bin.

Bär!

„Hat irgendeine von euch meinen Hund gesehen oder von ihm gehört?"

Mein Herz hämmert wie wild, als ich daran denke, wie Bär in diesen Fluss fiel. Was, wenn es kein Unfall war und mein Entführer ihn dort reinwarf? Was, wenn er Bär etwas Schreckliches angetan hat?

„Nein", antwortet jede von ihnen.

Ich höre eine Tür aufgehen und die drei Gefangenen machen alle Schh-Geräusche. Ich schließe den Mund und beachte ihre Warnung. Den verrückten Mann wütend zu machen, war nicht gerade mein bester Plan.

Ich muss mein Gehirn dazu kriegen, an einem Plan zu arbeiten, wie wir hier rauskommen können. Denn für immer als Versuchsperson eines verrückten Mannes hier eingesperrt zu sein, ist keine Option.

~

Caleb

. . .

ALLES IN MEINER Hütte sieht falsch aus.

Fühlt sich falsch an.

Es sind zwei Tage vergangen, seit Miranda gegangen ist, und es ist unmöglich zu meiner alten Routine zurückzukehren. Ich habe mich verändert.

Sie veränderte mich.

Die Hütte wirkt ohne sie leer. Und eigenartigerweise fühlt sie sich nicht mehr wie eine Gedenkstätte für Jen und Gretchen an. Nicht, dass ihre Erinnerungen ausgelöscht wurden. Nein, wenn überhaupt habe ich jetzt eher das Gefühl, als würde ich sie ehren. Ich bin entschlossener, ihren Mörder aufzuspüren und einen Abschluss zu erhalten. Aber ich verstehe auch, dass es an der Zeit ist, anzufangen, wieder zu leben.

Mich hier oben allein zu verschanzen und mich zu einem Einsiedler zu machen, fühlt sich nicht mehr richtig an.

Ich will mehr.

Brauche mehr.

Fuck, ich vermisse Miranda. Tatsächlich vermisse ich sie ganz schrecklich.

Ich werfe einen Blick auf mein Handy, auf dem ich ihre Nummer gespeichert habe. Natürlich kriege ich in der Hütte keinen Empfang rein. Aber vielleicht ist es das wert, in die Stadt zu fahren. Ich kann nachschauen, ob Parker angerufen hat, und Miranda eine SMS schicken.

Oder sie anrufen.

Ich muss ihr mitteilen, dass ich mehr mit ihr möchte.

Uns.

Ich will uns. Ich dachte, in meinem Herz gäbe es keinen Platz mehr für eine weitere Person. Dass jemand anderen zu lieben, ein Verrat an meiner toten Gefährtin wäre.

Was ich nicht realisierte, war, dass mein Herz bereits Platz für eine andere gemacht hatte. Und ich ließ diese Person davonfahren, ohne ihr das zu erzählen. Ich war ein Idiot, aber es könnte noch nicht zu spät sein, das in Ordnung zu bringen.

Ein Teil der Schwere auf meiner Brust hebt sich.

Ich stehe vom Sofa auf, schiebe mein Handy in meine Tasche und laufe zur Tür.

Und das ist der Moment, in dem ich das Winseln höre.

Es kommt direkt von der anderen Seite meiner Tür und –

Ich reiße die Tür auf und gehe in die Hocke. „Bär!"

Mirandas Hund sitzt dort und bellt mich an. Was macht er hier?

Ich spähe nach draußen, aber es ist weit und breit keine Spur von Mirandas Subaru zu sehen. Sie fuhr nicht hierher zurück.

„Komm her, Junge." Ich strecke die Hand aus, um den Hund zu streicheln, aber er weicht zurück und bellt noch mehr. Ich rieche sein Blut – nicht frisch. Er humpelt leicht. Er kommt nicht rein, obwohl er halb erfroren aussieht. Nein, er will mir etwas mitteilen.

Oh fuck.

Was ist Miranda jetzt wieder zugestoßen?

Aber ich weiß es bereits.

Ich weiß es mit dem sicheren Grauen, wegen dem sich all meine Nackenhärchen aufrichten. Ich weiß es mit der Qual eines Dolches, der mir ins Herz gerammt wird.

Bitte mach, dass sie nicht tot ist.

Bitte nicht wie bei Jen.

Ein kaltes Band zieht sich um meine Brust zusammen, während ich mir meine Jacke schnappe und nach draußen jogge. „Wo ist sie, Junge? Zeig mir wo."

Bär rennt davon und ich realisiere, dass wir nicht in meinem Truck fahren werden.

„Warte, Hund." Ich pfeife und Bär kommt zurück und bellt erneut.

„Dreißig Sekunden", informiere ich ihn, obwohl er mich nicht verstehen kann. Den Sinn wird er schon verstehen. Ich stürze nach drinnen und ziehe mich aus, dann trete ich wieder nach draußen, ziehe die Tür zu und verwandle mich.

Bär winselt, aber rennt erneut davon und ich springe hinter ihm her, während wir meilenweit an der Seite des Berges hinabrennen.

Als mir der Geruch des mutierten Gestaltwandlers in die Nase steigt, will ich mich übergeben. Ich knurre die ganze Zeit, während wir rennen, ein leises, wütendes Grollen, das mir dabei hilft, mich zu konzentrieren. Als der Geruch immer stärker wird, steht das Fell in meinem Nacken zu Berge. Und dann sehe ich ihn – Mirandas Subaru unten in einem Graben einige hundert Meter entfernt von der Straße nach Santa Fe.

Fuck.

Bär dreht durch, bellt und rennt um das Auto.

Scheiße. Er weiß nicht, wo sie ist. Das muss der letzte Ort sein, an dem er sie sah. Ich muss das Rätsel selbst lösen.

Ich hebe meine Nase in die Luft, um ihre Witterung aufzunehmen. Ihr Geruch ist mit dem des mutierten Bären vermischt, aber ich erhasche ihn. Ich folge dem Geruch eine weitere Meile den Berg hinab, bis wir zu einer Hütte gelangen.

Der Ort stinkt nach einem mutierten Bären. Das muss der richtige Ort sein.

Das ist der Moment, in dem ich sie schreien höre.

∿

Miranda

. . .

MEINE KEHLE IST WUND und heiser vom Schreien. Ich bin an die Krankenliege gefesselt, während ein Irrer über mir steht. Er hat mir bereits viermal Blut abgenommen, wofür er seine schmutzige, nicht sterilisierte Ausrüstung benutzt hat. Die anderen Gefangenen hatten recht – hier findet keine richtige Forschung statt. Es handelt sich nur um einen wahnhaften Irren, der sich für einen echten Wissenschaftler hält. Und es genießt, anderen Schmerzen zuzufügen. Ich schreie, als er die Nadel tiefer unter meinen Daumennagel schiebt.

„Verwandle dich!", brüllt der Irre, wobei ihm Spucke aus dem Mund fliegt. „In dir wächst Bären-DNA heran. Benutze sie, um dich zu verwandeln!"

Ich schreie erneut.

Die anderen Frauen haben sich in eine Ecke ihrer Käfige gekauert, die Augen geschlossen, und halten sich die Ohren zu, um den Schrecken meiner Folter auszusperren.

Plötzlich fliegt die Tür in den Raum. Sie wurde aus den Angeln gerissen. Ich höre Bär bellen und das Knurren eines sehr echten Bären.

Caleb.

Ich wusste, dass er kommen würde.

Der Irre wirbelt herum, die falsche Brille fällt ihm von der Nase und sein schmutziger Labormantel peitscht um seine Beine.

Ein antwortendes Knurren kommt von ihm – dämonisch und wild. Er verwandelt sich in sein Monster-Selbst, aber Caleb hat ihn bereits zu Boden gerissen. Bär – mein furchtloser, geliebter Hund – umkreist sie beide bellend und knurrend.

Caleb bleckt die Zähne und brüllt wie ein dunkler Gott, der auf die Erde kommt, um das Böse selbst auszulöschen.

Mein Entführer kämpft jedoch wie der Irre, der er ist. Er verfügt auch über übermenschliche Kraft und ist vollkommen außer Kontrolle. Die zwei Tiere brüllen und stolpern durch den Raum, wobei sie alles zertrümmern und Dinge umwerfen.

Caleb hebt meinen Entführer hoch und schleudert ihn durch den Raum. Er prallt gegen die Wand und rutscht daran hinunter, doch er ist sofort wieder auf den Beinen und fummelt an der Laborausrüstung herum.

„Pass auf die Spritze auf!", schreie ich, als ich realisiere, dass er eine der Subkutanspritzen aufzieht. Er darf Caleb nicht auch noch gefangen nehmen. Das darf er einfach nicht.

Caleb weicht der Spritze aus und schlägt sie meinem Entführer aus der Hand. Sie rollt davon und Rachel greift zwischen den Käfigstäben hindurch, um sie aufzuheben. Anschließend begegnet sie meinem Blick und nickt mir zu.

Ich nicke zurück.

Caleb greift unseren Entführer an und stößt ein schreckliches Knurren aus, während er seine Krallen über die Kehle des Mannes zieht. Ein gurgelnder Laut bestätigt seinen Tod. Caleb fährt jedoch damit fort, ihn aufzuschlitzen und die Brust und Bauch des Mannes aufzureißen.

„Caleb!", kreische ich.

Er schüttelt seinen großen Kopf und schwenkt ihn in meine Richtung. Seine Lefzen sind von seinen furchterregenden Zähnen zurückgezogen und er brüllt abermals, noch wilder als zuvor.

Die Frauen in den Käfigen schreien.

Er scheint sie zum ersten Mal zu sehen und brüllt noch mehr.

Er schneidet mit den Krallen durch die Fesseln, die meine Handgelenke fixieren, wobei er einen Teil meiner Haut aufritzt.

Ich keuche, aber murmle rasch: „Mir geht's gut."

Er ruckt an der anderen Seite und ich bin frei. Ich setze

mich auf und reiße die Nadel unter meinem Daumennagel hervor, wobei ich laut schreie. Bär winselt an meiner Seite, leckt meine Hand ab und den blutigen Kratzer an meinem Handgelenk.

Caleb entblößt erneut seine Zähne, hebt seinen Kopf zur Decke und brüllt vor Wut.

Ich stehe auf, um die Leiche unseres Entführers nach den Schlüsseln zu den Käfigen abzusuchen, aber Caleb packt die Tür eines der Käfige mit einer riesigen Tatze und drückt seinen Fuß gegen den Käfig und reißt die Tür aus den Angeln. Rachel hebt die Subkutanspritze, bereit, sie in Calebs Hals zu rammen.

„Nein, nicht!", schreie ich.

Sie erstarrt.

Caleb schnaubt und schlägt ihr die Spritze aus der Hand.

„Es ist okay. Er ist, ähm… er wird uns nicht wehtun." Ich helfe ihr aus dem Käfig.

Caleb geht zum nächsten Käfig, von dem er ebenfalls die Tür abreißt. Dann zum nächsten.

„Lasst uns von hier verschwinden", sagt Rachel und eilt zur Tür.

Caleb stürmt auf allen vieren an uns vorbei, wodurch er uns aus dem Weg stößt, als müsste er als Erster gehen.

„Es ist okay. Er wird euch nicht wehtun, ich verspreche es", versichere ich ihnen, während mein Gehirn bereits ange- strengt daran arbeitet, wie ich ihnen meinen Haustierbären erklären soll.

Wir erklimmen eine Treppe – er hatte uns, wie ich vermutet hatte, in einem Keller festgehalten. Oben ist ein primitives, schmutziges Cottage. Spuren eines Mannes, der kaum in der Lage war, sich um seine persönlichen Bedürf- nisse zu kümmern.

Wir stürzen alle nach draußen, obwohl wir kaum bekleidet sind und keine Jacken oder Schuhe anhaben.

Ich packe Calebs haarige Schulter. „Geh und hol Caleb", schärfe ich ihm bestimmt ein, während ich in der Kälte zittere. Wir brauchen ihn jetzt in Manngestalt. Wir müssen die Polizei und vielleicht einen Krankenwagen rufen.

Er schüttelt seinen großen Kopf, als wolle er mich nicht verlassen.

Ich zeige ihm die Subkutanspritze, die ich aufgehoben habe, nachdem er sie aus Rachels Hand schlug. „Ich bin mir ziemlich sicher, dass er tot ist, aber ich bin bewaffnet, nur für den Fall."

Caleb schnaubt und rennt davon. Seine großen Schritte tragen ihn in schockierender Geschwindigkeit die Seite des Berges hinauf.

„Was. Zum Kuckuck. War das?", fragt Julia.

„Ähm, mein Freund Caleb hat einen, äh, Haustierbären. Ich meine, er ist nicht wirklich ein Haustier, aber sie sind Freunde. Er ist hochintelligent."

Julia, Rachel und Tracy starren mich alle ungläubig an.

Verdammt, ich bin eine schreckliche Lügnerin. Aber ich versprach Caleb, dass ich sein Geheimnis mit ins Grab nehmen würde und ich beabsichtige, dieses Versprechen zu halten.

„Ich weiß nicht, wie es euch dreien geht, aber ich werde hier keine weitere Minute bleiben", verkündet Tracy und läuft barfuß in den Schnee.

„Nein, nein, nein", rufe ich. „Warte hier. Caleb wird kommen und Hilfe mitbringen. Ich verspreche es."

Tracy blickt zurück, die Augen zusammengekniffen. „Bist du irre? Du hast einem Bären gesagt, dass er deinen Freund zurückbringen soll und denkst, dass er hier auftauchen wird?

Du bist so verrückt wie der Typ dort unten." Sie deutet in die Richtung des Kellers.

„Nein, wirklich. Hat uns der Bär nicht gerade die Haut gerettet? Er wird Caleb herbringen. Vertrau mir."

Ihre Lippen pressen sich zusammen, aber sie kommt zurück und wir drei gehen zurück in die Hütte, denn draußen frieren wir uns den Hintern ab. Ich finde meine Kleider in seiner Schmutzwäsche und ziehe sie an. Ich habe jedoch kein Glück damit, den Rest ihrer Kleider zu finden, aber das ist okay, denn Calebs Truck rast über die festgefahrene Piste und hält schlitternd. Er hüpft aus dem Truck und rennt zu mir, bevor ich auch nur seinen Namen hauchen kann.

Ich eile die Stufen hinab und werfe mich in seine Arme.

„Caleb!" Plötzlich weine ich. Heule, um genau zu sein. „Ich wusste, dass du kommen würdest. Ich meine, ich hoffte, dass du es tun würdest. Und du hast es getan. Vielen Dank."

„Fuck, Baby, fuck. Ich bin so froh, dass du noch lebst. Ich bin so verdammt froh." Er wirbelt mich langsam herum, sodass meine Füße den Boden nicht berühren. „Ich hätte dich nie wegfahren lassen sollen. Warte – das ist nicht das, was ich meinte." Er blickt zu den drei Frauen auf, die im Türrahmen stehen. „Vergiss das, ich werde es dir später erzählen." Er winkt meinen Mitgefangenen mit einem Arm. „Steigt in den Truck. Ich werde euch zum Sheriff bringen."

Mein Herz hängt noch immer an dem *Ich werde es dir später erzählen* fest. Er hat mir etwas zu erzählen? Darüber, dass er mich nicht gehen lassen will?

Wir quetschen uns alle in das Führerhäuschen von Calebs Truck – einschließlich Bär – und er fährt einige Meilen die Straße hoch in die Stadt Pecos und rast vor das Gebäude des Sheriffs.

Es ist eine Kleinstadt, weshalb Leute nach draußen kommen, um herauszufinden, worum es bei dem ganzen

Wirbel geht. Jemand erkennt die Frauen von den Vermissten-
plakaten und deutet und dann plappern alle auf einmal und
drängen sich näher, um weitere Informationen zu erhalten,
während wir in das Büro des Sheriffs trotten.

Caleb nimmt beschützend meine Hand, während wir rein-
gehen, und mein Herz macht einen kompletten Salto. Jede
von uns erzählt dem Sheriff unsere Geschichte fünf oder
sechs Mal, der einen Krankenwagen ruft, damit er uns runter
nach Santa Fe bringt, wo wir untersucht werden können.
Caleb bleibt die ganze Zeit über an meiner Seite, mein star-
ker, stummer Bodyguard. Der Sheriff spricht respektvoll mit
ihm, als würden sie sich schon lange kennen. Caleb erzählt
ihm, dass mein Hund ihn geholt hat und er uns so gefunden
hat. Keine von uns widerspricht ihm – die Bärengeschichte
war ohnehin zu phantastisch.

Er glaubt unsere Geschichte, dass sich der Mann in ein
Monster verwandelte, auch nicht, bis Caleb und seine Depu-
tys, die vor Ort waren, bestätigen, dass es stimmt.

Der Rest der Nacht ist eine verschwommene Erinnerung
aus ein Dutzend Wiederholungen meiner Geschichte und
Untersuchungen von Ärzten im Krankenhaus.

Nachdem wir das Büro des Sheriffs verlassen hatten,
brachte Caleb Bär zu seiner Hütte und ich fuhr im Krankenwagen nach Santa Fe. Während unserer Gefangennahme
waren uns nur Brot und kleine Wassermengen gegeben
worden und Rachel wurde ohnmächtig, als der Krankenwagen endlich kam. Sie war am längsten dort gewesen – acht
Monate. Gemäß aller, die die Geschichte hörten, haben wir
alle Glück, dass wir noch am Leben sind angesichts des
mentalen Zustandes unseres Entführers. Die Familien der
anderen Frauen wurden verständigt und das Krankenhaus
versucht momentan, die Medien fernzuhalten, um ihnen
Privatsphäre zu geben. Ich bin froh, dass ich nie als vermisst

gemeldet wurde – vielleicht kann meine Geschichte dadurch aus den Medien gehalten werden.

Caleb wartet mit mir in dem Krankenhauszimmer. Ich sitze auf dem Bett, er auf dem Stuhl daneben.

„Gibt es jemanden, den ich anrufen soll? Deine Eltern oder jemand anderen?"

„Oh, ähm…" Die Enttäuschung trifft mich wie ein Schlag in den Solarplexus. Aus irgendeinem Grund dachte ich, dass ich zurück zu Calebs Hütte gehen würde. Aber vielleicht war das die falsche Annahme.

Er muss meine Verwirrung bemerken, denn er nimmt meine Hand in seine. „Ich werde mich natürlich heute Nacht um dich kümmern. Ich wollte mich nur nicht aufzwingen. Du weißt schon, falls jemand anderes wissen sollte, was los ist."

Freude kriecht zurück in meine Glieder. „Oh. Nein, ich kann meine Eltern später mit der Geschichte beunruhigen. Sie werden vollkommen ausrasten, aber das kann warten."

Er nickt. „Gut. Dann bringe ich dich heute Nacht zurück zu meiner Hütte."

Zufriedenheit fließt durch mich wie ein sanfter Fluss. Zurück zu Calebs Hütte. Wo ich zwei der besten Tage meines Lebens verbrachte.

Er umfängt mein Kinn. „Hör zu, Miranda. Ich mochte nicht, wie wir auseinander gegangen sind."

Ich lecke mir über die Lippen. „W-was meinst du?" Mein Herz schlägt tierisch schnell. Ich habe gerade eine Entführung und Folter überlebt. Über eine Beziehung mit Caleb zu reden, sollte mich nicht in kalten Schweiß ausbrechen lassen, aber das tut es.

„Ich meine…" Er fährt sich mit einer Hand über den Bart. „Ich will dich wieder sehen. Ich will nicht, dass die Dinge enden. Ich weiß, du hast deine Karriere –"

„Ich will auch nicht, dass die Dinge enden", bricht es aus mir hervor, dann spüre ich, dass mein Gesicht heiß wird.

Caleb legt eine große Hand um meinen Hinterkopf und zieht mich auf die Füße, ehe er meinen Mund mit der Aggression eines wilden Tieres erobert.

Ich unterwerfe mich ihm glücklich, erlaube ihm, meinen Mund mit seiner Zunge zu plündern, und stöhne, als er meine Unterlippe zwischen seine Zähne zieht.

„Dann sind wir einer Meinung", haucht Caleb, als er den Kuss unterbricht.

Die Krankenschwester, die in der Tür steht, räuspert sich. „Der Doktor hat Ihre Entlassungspapiere unterschrieben. Sie können an der Rezeption auschecken."

„Klasse." Ich strahle sie an, nehme Calebs Hand und lasse mich von ihm nach draußen zu seinem Truck führen.

～

Caleb

MIRANDA UND ICH MÜSSEN REDEN, aber ich war zu sehr damit beschäftigt, ihr das Gehirn rauszuvögeln. Ich nahm sie in meinem Bett. Oder auf dem Wohnzimmerboden. Über dem Sofa. An der Küchentheke. Wieder auf dem Bett. Dort ist sie auch jetzt, eine schlaffe Stoffpuppe, die keucht, während sie sich erholt.

Zuerst war ich sanft, weil ich mich so schrecklich fühlte wegen der Folter, die sie ertragen hatte, und dem Kratzer, den ich ihr mit meinen Krallen zugefügt hatte. Doch dann verlor ich die Kontrolle und musste sie grob nehmen. In jeder vorstellbaren Position.

Ich habe sie im Grunde genommen die ganze Nacht lang

wachgehalten. Jetzt, da ich beschlossen habe, dass ich sie haben kann, bin ich unersättlich. Mein Bär will sie dauerhaft für sich beanspruchen.

Es ist merkwürdig, dass ein Bär den Drang verspürt, sich dauerhaft zu paaren. Noch merkwürdiger, dass es mir zweimal passiert ist. Natürlich kann ich mich nicht mit Miranda paaren. Sie ist keine Gestaltwandlerin. Aber die Tatsache, dass ich es tun will, ist ein köstliches Rätsel. Ich fühle mich lebendiger als seit Jahren. Es fühlt sich an, als wäre alles möglich.

Ich streichle ihre dicken, roten Locken aus ihrem Gesicht und staune, wie hell ihre Haut ist. Der Schwarzbär und die rothaarige Wissenschaftsgöttin. Sie ist eine Kriegerin aus eigenem Recht. Sie rettet die Erde mit ihrer hartnäckigen Entschlossenheit, den Klimawandel zu katalogisieren und von diesem zu berichten.

„Ich muss heute zurückfahren", seufzt Miranda.

„Ja. Deswegen." Meine Kehle wird trocken. Ich weiß nicht einmal, was ich fragen werde. Oder zumindest bin ich diesbezüglich zwiegespalten. Ich will Miranda und sie lebt in Albuquerque. Aber ich bin ein Bär und ich gehöre in den Wald.

Miranda richtet große, fragende, grüne Augen auf mich.

Ich schlucke. „Ich könnte mit dir gehen. Sicherstellen, dass du sicher ankommst und dich wieder einlebst."

Miranda lächelt das breiteste Lächeln, das ich jemals gesehen habe. „Das wäre fantastisch. Ich würde das lieben. Du könntest so lange bleiben, wie du willst. Ich meine, wenn du nicht hierher zurückkehren musst oder so was."

Irgendetwas in mir lockert sich und meine Augen brennen. Ich werde mir wirklich erlauben, das hier zu haben. Sie zu haben. Ich werde wirklich meine Tragödie hinter mir lassen und wieder leben.

Ich rolle mich auf sie und stütze mich auf meine Unterarme, um sie vor meinem kompletten Gewicht zu schützen. „Ich bin nicht gerne weit weg vom Wald, aber ich will auch nicht weit weg von dir sein."

Ihr stockt der Atem und ein Tränenschleier glitzert in ihren Augen. „Ich will auch nicht von dir entfernt sein." Ihre Lippen zittern.

Ich drücke Küsse auf ihre Stirn. Ihre Schläfen. Ihren Nasenrücken. „Also werde ich mit nach Albuquerque kommen. Dir Frühstück machen und dich beschützen. Wir werden sehen, wie sich mein Bär in Gefangenschaft schlägt."

Tränen quellen aus ihren Augen. „Ich will nicht, dass du dein Zuhause verlässt, aber dich in Albuquerque zu haben, wäre unglaublich. Versprich mir, dass du hierher zurückkehrst, sowie du rastlos wirst. Oder wenn du die Nase voll von mir hast."

Ich stoße meine Hüften gegen ihre und zeige ihr, wie schnell mein Verlangen nach ihr zurückkehrt. „Denkst du, dass ich von dem hier jemals die Nase vollhaben werde?" Ich spieße sie mit meiner Erektion auf und sie wimmert, da sie wund ist von all dem Sex, den wir hatten.

Ich habe Erbarmen mit ihr und ziehe mich wieder aus ihr.

„Außerdem habe ich ein neuentdecktes Interesse daran, dir dabei zuzuschauen, wie du deine Konkurrenz bei Trivia-Fragen in den Boden stampfst. Ich denke darüber nach, dich nach Burbank zu bringen, damit du an *Jeopardy* teilnehmen kannst."

Sie lacht.

„Ich meine das ernst. Du solltest um das große Geld spielen."

„Nun, wir können an den Wochenenden hierher zurückkommen. Ich kann meinen Arbeitsplan so umstellen, dass ich nur drei Tage die Woche im Labor arbeite. Allerdings müsstest du dann WiFi installieren. Ist das möglich?"

„Wenn dich WiFi hier hält, Hübsche, werde ich es besorgen. Ich will, dass du glücklich bist. Und bei mir."

„Ist das okay? Dass du mit einem Menschen zusammen bist? Ich meine, ist das gegen die Regeln?" Sie läuft rosa an und ihre Wangen bekommen diese hübsche Färbung, die ich zu lieben gelernt habe.

„Es wird nicht empfohlen. Ja, es ist irgendwie schon gegen die Regeln. Das ist mir scheißegal."

Sie packt meinen Schwanz und führt mich wieder in sie. „Du kannst mich nicht einfach so necken und dann hängen lassen." Ihr verführerischer Tonfall schwappt in Schattierungen der Glückseligkeit über mich.

Meine Zähne fahren aus, um sie zu markieren. Ich stöhne, aber kann die Wonne nicht von mir stoßen. Sie überschwemmt mich wie eine mächtige Droge. „Miranda, ich muss dir etwas erzählen." Es ist ein Kampf, überhaupt Worte zu formen.

Sie hört damit auf, ihr Becken kreisen zu lassen, und schaut zu mir hoch. „Was ist es?"

„Bären paaren sich normalerweise nicht fürs Leben. Viele sind polyamorös. Aber manchmal tun sie es." Hitze schwillt plötzlich am Ansatz meiner Wirbelsäule an und meine Hoden ziehen sich zusammen.

„Okaaay." Sie sieht meine Zähne und ihre Augen weiten sich.

„Es fällt mir allerdings wirklich schwer, meinen Bären unter Kontrolle zu halten. Er will, dass ich dich als meine Gefährtin markiere."

Sie beäugt meine scharfen Zähne. „Was bedeutet das?" Es ist kaum mehr als ein Wispern.

„Es bedeutet einen Biss. Einen Liebesbiss. Um meinen Geruch in dir einzubetten. Um andere Männer fernzuhalten."

„Okay."

„Okay?" Ich rechnete nicht damit, dass sie zustimmen würde. Ich versuchte nur, ihr zu erklären, dass es mir schwerfällt, meine Zähne daran zu hindern, auszufahren.

Sie nickt und leuchtet förmlich.

„Baby, das könnte eine Narbe hinterlassen. Es wird definitiv wehtun." Ich kann nicht aufhören, mich an sie zu drängen, kann meine Augen nicht daran hindern, vor Wonne zurück in meinen Kopf zu rollen.

„Wo wirst du es tun?"

Werde ich es tun, nicht *würde* ich es tun. Sie akzeptiert es ohne irgendwelche Proteste. Meine unabhängige Feministin möchte meinen Paarungsbiss.

„Oh beim Schicksal." Jetzt kann ich mich kaum noch zurückhalten. „Sag du es mir, Baby. Es ist normalerweise am Hals, aber ich kann dich in den Schenkel beißen oder an einer anderen Stelle, an der es nicht auffällt. Fuck, Miranda, ich kann mich nicht zurückhalten."

„Beiß mich!" Sie wölbt sich mir entgegen und stößt diese großen, wunderbaren Brüste in mein Gesicht.

Mein Kiefer klappt zu und ich habe sie beansprucht, bevor ich überhaupt Zeit habe, zurückzuweichen. Meine Zähne stecken tief im Fleisch ihrer Schulter, direkt in der Mitte ihres hübschen Tattoos.

Sie schreit, aber ich schwöre beim Schicksal, dass sie auch zum Orgasmus kommt.

Ich komme ebenfalls. *Heftig.*

In den vergangenen zwölf Stunden bin ich bereits ein halbes Dutzend Mal gekommen, aber die Essenz, die jetzt aus mir strömt, scheint kein Ende zu nehmen. Ich fülle sie, zwinge meinen Kiefer, sich zu öffnen, und lecke das Blut weg, während ich mich nach wie vor in sie stoße.

Sie schlingt ihre Arme um mich und weint ein wenig. Lacht ein wenig.

„Es tut mir leid. Es tut mir so leid, Babe. Sag mir, dass es dir gut geht."

„Mir geht's gut. Es tut weh, aber es reicht nicht so tief. Ich werde schon klarkommen."

„Ich werde mich von dir auf jede Weise markieren lassen, die du möchtest", schwöre ich, da ich ihr im Gegenzug auch etwas anbieten möchte.

Sie lässt ein wässriges Lachen verlauten. „Ja? Würdest du dir meinen Namen auf deinen Brustmuskel tätowieren lassen?"

„Was auch immer du willst", verspreche ich.

„Ich mache nur Spaß", sagt sie sanft. „Das Einzige, das ich will, bist du."

„Du hast mich, Baby. Ich bin hier."

Ich lecke ihre Wunde, denn das Serum in meinem Mund sollte dabei helfen, dass sie schneller heilt. Ich hoffe beim Schicksal, dass sie schnell heilt, denn ich werde mich jeden Tag, an dem die Wunde sie schmerzt, beschissen fühlen.

„Caleb?" Ihre Stimme ist leise und zögernd.

„Ja, Babe?"

„Ich werde immer die Erinnerung an deine Frau und Kind mit dir ehren. Ich möchte nicht, dass du jemals das Gefühl hast, als wäre es nicht okay, über sie zu reden oder das zu feiern, was du hattest."

Meine Augen brennen und ich lasse meinen Kopf auf ihre Halsbeuge sinken. Diese Frau ist zu viel. Zu gut. Sie zwingt mich nicht, zwischen meiner Vergangenheit und der Gegenwart zu wählen. „Miranda", würge ich hervor. „Du bist meine

Rettung – weißt du das? Du hast mich ins Leben zurück-gebracht."

„Du hast mir mich gegeben", antwortet sie.

„Was heißt das?"

„Ich meine, du hast mir geholfen, mich damit wohlzufüh-len, wer ich bin. Mit meinem Körper. Meinem Verstand. Ich muss dir nichts beweisen. Du feierst mich so, wie ich bin."

„Das liegt daran, dass du bereits perfekt bist", informiere ich sie.

Ihre Lippen finden meinen Hals und sie platziert dort sanfte Küsse. „Ich liebe dich, Caleb."

„Ich liebe dich auch, Babe."

EPILOG

Miranda

„Bär! Komm hierher zurück!" Ich renne den Wanderweg hinauf und biege um einen Felsen gerade rechtzeitig, um die Schwanzspitze meines Hundes zwischen zwei Bäumen verschwinden zu sehen.

Er rannte einfach bellend davon. Ich rase hinter ihm her, während ich wegen eines kleinen Flashbacks bezüglich meiner Entführung Anfang des Jahres erschaudere. Die Wälder sind jetzt sicher.

Ein Schatten fällt auf mich. „Was habe ich dir darüber gesagt, allein in diesem Wald wandern zu gehen?"

Ich fahre herum und aus meiner Haut, bis meine Augen auf Caleb landen, der hinter einem Baum hervortritt.

„Ohmeingott, Caleb, du hast mir eine Heidenangst eingejagt."

Mit einem glücklichen Knurren tritt er zu mir, hebt mich einfach hoch und küsst mich um den Verstand. Meine Beine schlingen sich fest um seine Hüften und meine Brüste schwellen an, um über seine Brust zu streichen. Seine harte, nackte Brust. Mmmm…

Wir sind mit Lippen und Zungen ineinander verschlungen, während Bär uns bellend umkreist.

„Vorsicht, hübsche Lady", knurrt er. „Hier draußen ist es für dich allein nicht sicher."

„Warum? Gibt es hier einen großen bösen Bären, der mich fressen könnte?"

„Verdammt richtig." Er drückt meinen Hintern, dann verpasst er ihm einen ordentlichen Klaps.

„Der Paarungsruf des Berg-Werbären", murmle ich.

„Du kennst ihn." Ich bin gerade erst dauerhaft hierhergezogen und wir befinden uns noch immer in unserer Flitterwochen-Phase. Caleb hat WiFi installiert und ich ein Forschungsstipendium erhalten, das mir erlauben wird, hier oben auf dem Berg zu leben und zu arbeiten.

Wie sich herausstellt, war es die beste Entscheidung, die ich je getroffen habe, meine Kollegen und den Konkurrenzkampf auf der UNM hinter mir zu lassen. Ich war noch nie in meinem Leben so glücklich.

„Etwas wurde für dich geliefert." Caleb zieht einen Brief aus seiner hinteren Tasche.

Ich sehe den Namen der wissenschaftlichen Zeitschrift, der ich einen Artikel geschickt hatte, und reiße ihm den Brief aus der Hand, ehe ich ihn in Rekordzeit aufreiße.

Ich entfalte ihn und überfliege ihn, so schnell ich kann. „Ja!"

Caleb zieht fragend seine Augenbrauen hoch.

„Es ist ein Ja! Sie haben meinen Artikel für die Veröffentlichung angenommen und mich eingeladen, ihn auf der jährlichen Konferenz zu präsentieren! Das ist eine große Sache!"

„Herzlichen Glückwunsch!" Caleb hebt mich hoch und wirbelt mich herum. „Du hast es geschafft. Ich wusste, dass du das tun würdest. Du bist fantastisch!"

„Danke, danke, danke." Ich küsse sein Ohr und Schläfe, überall, wo meine Lippen ihn erreichen können.

Er lacht. „Wofür bedankst du dich bei mir?"

„Dass du an mich geglaubt hast. Dass du mich glücklich machst. Dieses Leben."

Er drückt mich fester, so fest, dass mir der Atem aus der Brust weicht. „Fuck, ich liebe dich, Babe."

„Ich liebe dich so sehr, Caleb."

Er lässt mich nach unten gleiten, verschränkt seine Finger mit meinen und zieht mich zurück zur Hütte.

„Wohin gehen wir?", lache ich, auch wenn ich die Antwort bereits kenne.

„Feiern. Nackt. Den ganzen Nachmittag lang."

„Hmm…" Ich gebe vor, darüber nachzudenken. „Ja, ich denke, das würde mir wirklich bei meiner Forschung helfen." Ich strahle zu ihm hoch, während die Freude nur so aus mir sprudelt.

Er fegt mich in seine Arme, als wöge ich nichts, und trägt mich zurück zur Hütte, wo er, wie ich weiß, dafür sorgen wird, dass ich all die nötigen Daten sammeln kann.

MEHR WOLLEN?

Bitte genieße diesen kurzen Auszug aus dem nächsten alleinstehenden Buch in der *Bad-Boy-Alpha*-Serie

Bad Boy Alphas
Alphas Versuchung
Alphas Gefahr
Alphas Preis
Alphas Herausforderung
Alphas Besessenheit
Alphas Verlangen
Alphas Krieg
Alphas Aufgabe
Alphas Fluch
Alphas Geheimnis
Alphas Beute
Alphas Blut
Alphas Sonne

HOLEN SIE SICH IHR KOSTENLOSES BUCH!

Tragen Sie sich in meine E-Mail Liste ein, um als erstes von Neuerscheinungen, kostenlosen Büchern, Sonderpreisen und anderen Zugaben zu erfahren.

https://geni.us/jungfrauunddervampir

RENEE ROSE: HOLEN SIE SICH IHR KOSTENLOSES BUCH!

Tragen Sie sich in meine E-Mail Liste ein, um als erstes von Neuerscheinungen, kostenlosen Büchern, Sonderpreisen und anderen Zugaben zu erfahren.

https://www.subscribepage.com/mafiadaddy_de

EBENFALLS VON LEE SAVINO

Die Berserker-Saga

Verkauft an die Berserker

Gepaart mit den Berserkern

Entführt von den Berserkern

Übergeben an die Berserker

Gefordert von den Berserkern

Die Frauen der Berserker

Gerettet vom Berserker – Hasel und Knut

Gefangen von den Berserkern – Weide, Leif und Brokk

Verschleppt von den Berserkern – Salbei, Thorbjorn und Rolf

Gebunden an die Berserker – Laurel, Haakon und Ulf

Berserker-Nachwuchs – die Schwestern Brenna, Sabine, Muriel,
Fleur und ihre Gefährten

(demnächst)

Die Nacht der Berserker – **die Geschichte der Hexe Yseult**

Eigentum der Berserker – **Farn, Dagg und Svein**

Gezähmt von den Berserkern – **Ampfer, Thorsteinn und Vik**

Beherrscht von den Berserkern

ÜBER DIE AUTORIN

USA TODAY Bestseller-Autorin RENEE ROSE liebt dominante, verbalerotische Alpha-Helden! Sie hat bereits über eine Million Exemplare ihrer erotischen Liebesromane mit unterschiedlichen Abstufungen verruchter sexueller Vorlieben und Erotik verkauft. Ihre Bücher wurden außerdem in *USA Todays Happily Ever After* und *Popsugar* vorgestellt. 2013 wurde sie von *Eroticon USA* zum nächsten *Top Erotic Author* ernannt und freut sich ebenfalls über die Auszeichnungen Spunky and Sassy's *Favorite Sci-Fi and Anthology Autor*, The Romance Reviews *Best Historical Romance* und Spanking Romance Reviews *Best Sci-fi, Paranormal, Historical, Erotic, Ageplay and Couple Author*. Bereits fünfmal gelang ihr eine Platzierung in der USA-Today-Bestsellerliste mit verschiedenen literarischen Werken.

Besuchen Sie ihren Blog unter www.reneeroseromance.com

ÜBER DIE AUTORIN

Lee Savino ist *USA Today*-Bestsellerautorin. Außerdem ist sie Mutter und schokosüchtig. Sie hat eine ganze Reihe von Büchern geschrieben, die alle unter die Rubrik »smexy« Liebesgeschichten fallen. *Smexy* steht dabei für »smart und sexy«.

Sie hofft, dass euch dieses Buch gefallen hat.

Besucht sie unter:
www.leesavino.com